밥은 먹고 다니냐

김혜숙 수필집

초판 발행 2021년 9월 30일
지은이 김혜숙
펴낸이 안창현 **펴낸곳** 코드미디어
북 디자인 Micky Ahn **교정 교열** 민혜정
본문 삽화 gettyimagesbank.com

등록 2001년 3월 7일
등록번호 제 25100-2001-5호
주소 서울시 은평구 갈현로 318-1 1층
전화 02-6326-1402 **팩스** 02-388-1302
전자우편 codmedia@codmedia.com

ISBN 979-11-89690-56-4 03810

정가 15,000원

밥은
먹고
다니냐

김혜숙 수필집

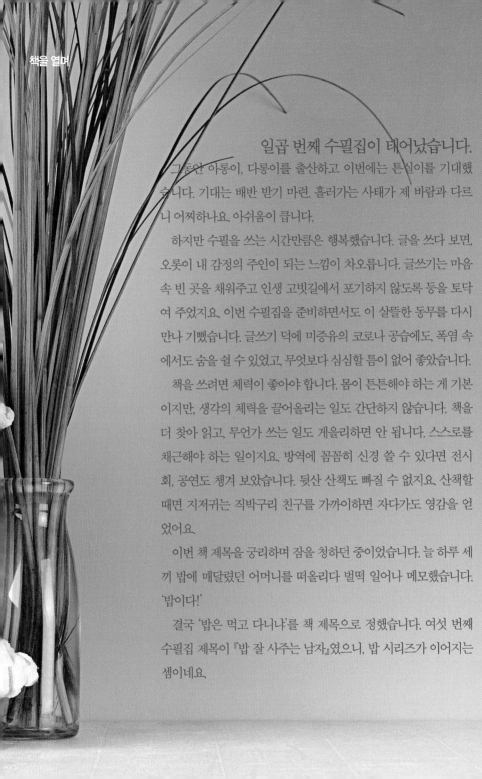

일곱 번째 수필집이 태어났습니다. 그동안 아롱이, 다롱이를 출산하고 이번에는 튼실이를 기대했습니다. 기대는 배반 받기 마련. 흘러가는 사태가 제 바람과 다르니 어쩌하나요. 아쉬움이 큽니다.

하지만 수필을 쓰는 시간만큼은 행복했습니다. 글을 쓰다 보면, 오롯이 내 감정의 주인이 되는 느낌이 차오릅니다. 글쓰기는 마음속 빈 곳을 채워주고 인생 고빗길에서 포기하지 않도록 등을 토닥여 주었지요. 이번 수필집을 준비하면서도 이 살뜰한 동무를 다시 만나 기뻤습니다. 글쓰기 덕에 미증유의 코로나 공습에도, 폭염 속에서도 숨을 쉴 수 있었고 무엇보다 심심할 틈이 없어 좋았습니다.

책을 쓰려면 체력이 좋아야 합니다. 몸이 튼튼해야 하는 게 기본이지만, 생각의 체력을 끌어올리는 일도 간단하지 않습니다. 책을 더 찾아 읽고, 무언가 쓰는 일도 게을리하면 안 됩니다. 스스로를 채근해야 하는 일이지요. 방역에 꼼꼼히 신경 쓸 수 있다면 전시회, 공연도 챙겨 보았습니다. 뒷산 산책도 빠질 수 없지요. 산책할 때면 지저귀는 직박구리 친구를 가까이하면 자다가도 영감을 얻었어요.

이번 책 제목을 궁리하며 잠을 청하던 중이었습니다. 늘 하루 세끼 밥에 매달렸던 어머니를 떠올리다 벌떡 일어나 메모했습니다. '밥이다!'

결국 '밥은 먹고 다니냐'를 책 제목으로 정했습니다. 여섯 번째 수필집 제목이 『밥 잘 사주는 남자』였으니, 밥 시리즈가 이어지는 셈이네요.

함께 밥 먹으며 공감하고 소통하는 일은 모든 이들의 공통 관심 사입니다. 희로애락에 발맞춰 밥상을 펼치며 축하하거나 위로와 격려를 보냅니다. 하지만 현실은 어떤가요. 1인 가구가 늘어나고, 맞벌이가 아니면 생계를 이어가기 힘이 듭니다. 여럿이 함께 사는 가족이라도 생활 패턴이 다르면 식탁에 함께하지 못합니다. 간편식, 분식으로 혼자 끼니를 때우는 경우가 흔해지고, 상황과 필요에 따라 끼니를 거르는 것도 당연하게 여깁니다. 딱하고 힘든 세상입니다. 함께하는 밥상만큼 넓은 세상. 그 속에 꿀맛 같은 웃음소리가 들려오는 정 깊은 밥상을 그려봅니다.

　　내게 밥 이야기를 따뜻하게 전할 수 있게 해준 가족과 친구, 교우에게 고마움을 전합니다. 일곱 번째 수필집 『밥은 먹고 다니냐』를 곱게 빚어낸 코드미디어 안창현 대표님과 가족에게 큰절 올립니다. 특히 저의 형부와 대모님께 감사드립니다. 역병의 습격에 잘 버티시기를. 새 세상이 열리면 함께 밥 먹으며 그동안 못다 나눈 얘기들 풀어내고 싶네요.

　　이 책이, 무엇보다 재미나게 읽히길 바랍니다. 이 책을 집어든 누군가가 문장 한 줄에 빙그레 미소짓는다면 얼마나 좋을까 상상해 봅니다.

　　내내 건강하시고 늘 평화와 자유가 함께하길 소망합니다.

2021년 9월 가을 초입에
물빛마을에서 김 혜 숙 합장

Contents

둘

일상에 예술을 입히다

Contents

셋

책 선물하는 여자

넷

밥은 먹고 다니냐

Contents

여섯

기쁨 싣고 나는 떠나네

함께하는 밥상만큼 넓은 세상. 그 속에 꿀맛 같은
웃음소리가 들려오는 정 깊은 밥상을 그려봅니다.

반복된 우리의 만남은 서로의 마음을 따뜻하게 매만
지고 어려운 고개를 함께 넘게 해주었다. 아픔도 조
금씩 삭아지는 듯했고 조금씩 마음이 편안해지며 내
우주가 조금 넓어지는 느낌이 좋았다.
- 「그냥 안아주세요」 중

하나

—

그냥
안아주세요

완연한 봄이다. 올해도 어김없이 묵은 가지에 새순이 돋고 봄꽃도 흐드러지게 피어난다. 생동감이 넘치고 봄기운은 도도하다. 하지만 아파트 광장에 햇살 따라 달려 나오던 아이들의 경쾌한 웃음소리가 사라졌다. 공연장과 전시장은 말할 것도 없고, 결혼식과 장례식장으로 향하던 발걸음도 멎었다. 코로나19의 확산 때문이다. "복숭아꽃 살구꽃 아기 진달래. 울긋불긋 꽃 대궐 차린~ 동네…" 순수로 돌아가 동요 부르며 떠나려던 남도 여행도 다음을 기약할 수밖에 없다. 이 난국이 끝나길 조용히 기다리며 소소한 일상이 얼마나 소중한지 새삼 깨닫는다.

위험은 내 곁에 한 발짝씩 다가서는 느낌이다. 가까운 친척의 감염 소식에 가슴이 철렁 내려앉는 일도 있었다. 다행히 조금씩 위험에서 벗어나고 있다는 소식을 듣기 무섭게, 또 다른 지인은 직장동료의 사투 소식을 전했다. 코로나에 감염되어 산소포화도가 급격히 떨어지고 호흡 능력이 아주 조금밖에 남아있지 않아 의식불명이란다. 어려운 이들을 돕다가 감염됐다니 이 무슨 변고인가. 45세 청년의 비극이 눈물겹다. 이 몹쓸 바이러스가 만물의 영장이라고 자처하는 인간을 쩔쩔매게 하고 있으니 어이없다.

바이러스가 몰고 온 재앙은 국가적 스케일로 폭발했다. 언론에서는 문명국으로 동경하던 나라의 거리 풍경을 생중계하듯 알려준다. 텅 빈 거리, 사재기로 싹쓸이되어 텅텅 빈 매대, 허술한 의료 실태, 죽어가는 환자들, 소각되거나 묻히는 시신… 프란치스코 교황마저도 미사를 홀로 진행해야 하는 처지다. 그분은 미사에서 "나도 울고, 우리 모두에게 눈물의 일요일"이라고 했다. 겁에 질린 많은 나라는 결국 대문 빗장을 걸어 잠갔다. 두려움은 사라지지 않을 것이고, 곤두선 마음엔 결국 외로움이 찾아올 것이다. 굴레에 갇힌 이들에게 연민을 느낀다. 이른 새벽, 내가 할 수 있는 건 묵주를 찾아 드는 일뿐.

우리나라 상황은 훨씬 나은 편이지만, 지치는 건 어쩔 수 없다. 심리적 공포와 강박에서 벗어나고 싶어졌다. TV를 멀리하고 모든 조바심 내려놓고, 텅 빈 방 안의 고요 속에 묻혀 나에게 집중해 보기로 했다. 어차피 '잠시 멈춤 거리두기'에 적극 호응해야 하는 상황이니, 나 혼자만의 시간을 의미 있게 맞이하리라. 이곳을 무인도라고 여기자. 고독과 친구가 되어 기도와 명상의 시간을 늘려나가자.

그렇게 사유가 거듭 사유를 부르던 어느 날, 달리 말해 비몽사몽 중에, 눈앞에 빽빽한 탱자나무 울타리가 나타나는가 싶더니, 그곳에 갇혀있는 한 선비의 쓸쓸한 모습이 보였다. 이 세상 모든 것으로부터 차단된 그의 표정에는 이 세상 온갖 슬픔이 담겨있다. 그 표정에서 눈을 뗄 수 없어 이끌리듯 바라보려는데, 선비는 오간 데 없고 내가 그 선비가 되어 있는 게 아닌가! 나는 무덤 속에 갇힌 듯, 공포에 싸여 울부짖으며 손을 마구 휘젓는다. 절박함이 지나쳤는지 소리도 입 밖으로 나오지 않는다. 결국엔 악! 소리 지르며 깨어난 꿈속 장면은 너무나 생생하다.

한동안 어리둥절하며 꿈속 이야기를 되짚다가 추사 김정희에 기억이 닿았다. 그 외로운 선비의 이름이다. 헌종 임금은 그에게 군신 간을 이간질했다며 위리안치형을 내렸다. 위리안치란 탱자나무 가시울타리에 둘러싸인 집에 감금하는 유배 형벌이다. 추사는 절해고도 제주의 대정마을에서 그런 절대고독의 형벌을 감당하며 8년 넘게 곤고한 삶을 이겨내야만 했다. 언젠가 답사한 그곳, 추사의 적거지에서 빠져들었던 깊은 사유가 방금 전 꿈자리의 배경이 된 모양이다. 그곳에서 '비정하고 모진 세월을 추사는 어떻게 이겨냈을까' 하는 생각에 사로잡혔었다. 천재 예술가, 추사의 행적과 작품에 대해서 더 알고 싶어져서 그에 관련된 서적과 자료 그리고 발자취를 답사하는 여정을 계속 이어갔었다. 한동안 잊고 지냈던 기억이다.

유배지는 외로움, 소외, 슬픔의 공간이다. 하지만 추사는 고통과 번민을 없애지 않았다. 차라리 의미 있는 변화를 찾았다. 시·서·화에 마음을 쏟아 부을 수 있었던 것도 고통이 몰고 오는 강력한 에너지 때문이리라. 고통이 그의 영혼에 점화한 빛은 〈세한도〉와 '추사체'로 타올랐다. 〈세한도〉는 메마르

고 거친 필치로 황량한 분위기를 절묘하게 묘사했다. 위리안치의 외로움을 달랬던 흔적이 짙게 배어있다. 영혼으로 빚은 〈세한도〉. 소명으로 이뤄낸 추사체 완성. 그는 비로소 한 맺힌 삶을 치유하고 한恨 너머의 정신세계에 도달할 수 있었으리라.

위리안치라는 절대고독을 통해 불멸의 예술세계를 이룬 사람으로는 서포 김만중도 빼놓을 수 없다. 서포 역시 숙종임금이 인현왕후를 폐위하고 장희빈을 왕비로 맞아들이려 하자 이를 반대하다 중죄인으로 몰려 위리안치형을 받았다. 그는 노도에서 임금의 마음을 참회시키려 풍자소설 「사씨남정기」를 집필했다. 소란스러운 시대, 풍진 세상을 예리한 필봉으로 맛있게 그려냈다. 다채로운 인간의 감정을 오묘하게 잘 표현했다. 애써 '중국의 이야기'라며 속마음을 적당히 감추고 골계적 표현을 아끼지 않은 한글소설, 우리 문학사에 길이 남을 걸출한 작품을 유배지 노도에서 탄생시켰고 그곳에서 숨을 거뒀다.

비정하고 모진 세월을 홀로 이겨내고 마침내 예술로 삶을 아름답게 꽃피운 추사와 서포. 외로움은 불행의 시작처럼 보이지만, 그들의 존재를 넘어선 불멸의 가치를 창조하기도 한다. 마음먹기에 따라선.

코로나19 탓에, 집안에 갇혀 지내야 한다. 스스로 선택한 격리다. 다음으로 미뤄진 약속 덕에 성찰할 시간이 주어졌다. 현대판 위리안치나 마찬가지다. 그동안 수필 작가로 태만했음을 감각한다. 조금이라도 떳떳한 글쟁이로 살기 위해 내 영혼을 단련해 보자. 분주했던 삶을 멈추고 내 인생을 뒤돌아보는 시간을 마련해 보리라. 추사와 서포가 몽글몽글 떠오른 일도 예사롭지 않다. 세상의 벼랑 끝에 서서 고독과 소외를 품고 값진 창작품을 빚어낸 이들을 소환해 보자. 위리안치형을 받으며 예술가로 문자 향을 피워낸 이들의 경험과 인식을 재료로 삼아 좋은 수필을 창작해보리라. 낯없지만 소명으로 받아들이고 싶다.

꿈을 부르니 꿈이 꿈틀댄다. 마음 밭에 볕뉘가 새어 들어온다. 내 바람이 가슴을 타고 찬찬히 흐르며 무딘 필력을 자극한다. 언젠가 자가 격리의 시간이 지나고 옛날 얘기 할 수 있는 날이 오겠지. 봄꽃은 모두 지겠지만 내 마음에 간직했던 꿈이 발아하길 염원한다. 〈세한도〉에 생각이 머무른다. 나의 문학은 그런 소명의 흔적으로 남을 수 있을까. 세상에 내어놓아도 부끄럽지 않은 작품, 고통과 아픔으로 단련된 작품이기를 바란다. 외람되지만 간절히 소망한다.

코로나 너머
위기를 넘어

코로나라는 재앙의 한가운데를 지나는 중이다. 코로나는 인간의 육체를 파괴하고 인간과 인간의 결속을 파괴하더니, 바야흐로 국가 공동체의 조직력과 신뢰 자본을 파괴하려는 마지막 공세에 나서고 있다. 이것이 인류세의 마지막인가. 설마! 인간은 자신의 불행을 과장하는 경향이 있고, 이것은 복음이 될 수도 있다.

코로나가 최악은 아닐 것이다. 이만큼 처절한 살풍경이 있었겠지. 그렇지만 인간의 연대와 지혜로 벗어난 역사도 있었을 거야. 역사를 거슬러 가려는데, 겨우 반세기 전 강렬한 개인적 기억에 탐색이 멈춰버린다. 그래. 우리 집이 불탔었지. 어머니는 황망해서 울지도 못했다. 여덟 자식과 살아낼 일만 떠올리셨겠지. 화마로 검게 타버린 가구와 살림살이, 잿더미가 된 조상님의 서예 병풍과 아버지 서예 작품, 책더미 앞에서 내가 할 수 있는 일은 없었다. 쪼그려 앉아 검댕이가 된 사진첩을 막대로 파헤치는 일밖에. 그때의 막막한 느낌이라니.

아. 불이 아니라 물이 더 참담했다. 그때의 감정은 '참혹'이라고 해야 온당할 듯하다. 사라호 태풍. 1959년 그 태풍은 역대의 기록을 모두 갈아엎었다.

내 고향은 항구도시였고 우리 집은 해안에서 그다지 멀지 않았다. 해일, 요즘 말로 쓰나미라는 걸 처음 겪어 보았다. 추석을 맞아 쑥떡이니 찰떡이니 하는 명절 음식들을 많이도 장만해 둔 상태였다. 나는 정신 나간 듯 쑥떡 찰떡 소쿠리만은 살려 보려고 이쪽저쪽으로 분주하게 옮겼던 기억이 난다. 정작 언니 혼수로 준비해 둔 비단 한복 옷감은 신경 쓰지 못했다. 결국 흙탕물이 짙게 배어들어 아무짝에도 쓸모없어 내버리게 되었다. 더 중요한 물건들이 수없이 수장되었을 텐데, 왜 떡에 집착했었는지는 잘 기억나지 않는다.

홍수는 한 번이 아니라 두 번 들이닥쳤다. 이웃 도시 이사천이 범람해서 생긴 일이었다. 우리 집 가까이 있는 연등천도 범람해 시가지가 물바다로 변했다. 사라호 태풍보다는 규모가 적은 재난이었을 테지만, 조금 더 철이 들고 겪은 일이라 그런지 디테일의 감각이 오히려 더 생생하다. 집 앞 사거리 자동차가 다니던 길이 순식간에 허리 높이의 급류로 바뀌어 있었다. 가족들은 넋이 나가 물살을 헤치고 고지대로 피신해야만 했다. 재래식 화장실에서 떠오른 배설물도 물 위로 떠다니고 뿌리 뽑힌 나뭇가지에 가축과 사람들의 사체가 걸려 있었다. 수마가 할퀴고 지나간 흔적은 말 그대로 목불인견이었

다. 끔찍했고 참담했다.

　난리를 겪는 와중에는 넋이 나간다. 어쩔 수 없이 찾아오는 공황 상태다. 강인한 정신이니 불굴의 의지니 하는 것도 아무 소용없다. 삶의 기반이 날아가 버리는 일은 어떤 정신이라도 온전한 정신으로 받아들일 수 없는 종류의 일이다. 그래도 우리 가족은 다시 일어섰다. 그건 온전히 이웃 덕이었다. 친척들이 거처를 정비해 주고 먹을 것을 전해 주고 세간살이를 마련해주었다. 부모님의 친구와 형제들, 지인들이 경제적으로 큰 도움을 주었고 앞으로 살아갈 수 있도록 다리를 놓아 주었다. 희망이라는 걸 기억해 낼 수 있도록 디딤판을 놓아준 그분들의 은혜를 어찌 잊겠는가. 지금도 그들과 맺은 사랑의 고리는 탄탄하게 이어져 있다. 코로나바이러스가 모든 것을 잃고 암울했던 그때의 기억을 불러오다니.

　스스로 겪었던 재난을 넘어 인간 역사의 재앙으로 눈길을 돌린다. 재앙을 가장 선명하게 포착하는 부류는 역시 예술가다. 많은 문학가가 전염병과 관련된 작품에 관심을 가졌다. 『콜레라 시대의 사랑』『눈먼 자들의 도시』『전염병 연대기』『황폐한 집』『당신들의 천국』 등 끝이 없다. 실제로 카뮈의 작

품『페스트』는 코로나 덕분에 판매량이 급상승 중이라고 한다.『페스트』에서도 오랑이라는 도시의 시민들은 재앙이 원하는 대로 살지 않는다. 서로 사랑을 확인하고 용기를 간직하며 인간적 품위를 고양한다. 결국 절망에 맞서 생존하려면 공동체 전체의 행복에 대한 의지가 있어야 하고 그러기 위해서는 인간에 대한 최소한의 애정이라는 가는 고리라도 굳게 이어져야 한다. 그러나 이런 상황에서는 시민 개개인에게 어떠한 의무도 지울 수 없다. 그저 오랑의 시민들은, 서로를 사랑하지 않는 것이 너무나 참혹해서, 서로를 사랑하는 길을 택했다. 이런 기적이 내가 속한 공동체에서도 벌어진다면!

꿈같은 일이라고 기대를 접으려는데, 눈물겨운 소식들이 모국어 뉴스로 들려오기 시작한다. 대구의 어느 식당 주인이 손님이 없는 식당에 휴업 안내문을 써두고 바이러스와 싸우고 있는 의료진을 위해 매일 도시락을 배달한다는 이야기였다. 얼마 지나지 않아 어느 건물주가 손님이 없어서 애타는 가게 세입자에게 월세를 일정 기간 동안 받지 않기로 약속했다는 소식도 듣게 되었다. 마음에 제일 오래 여운을 남긴 건 어느 지체 장애인 소식이었다. 그분은 노란 봉투 안에 '너무 적어서 죄송합니다'라는 메시지와 함께 마스크 11매와 사탕 몇 알을 넣어서 속마음을 전하고 있었다.

그러다 의사와 간호사들에게 시선이 멈췄다. 그들은 이미 피로라는 말이 무색한 극한의 바닥 상태에 있었다. 환자의 진단과 검사 그리고 치료를 위해 남은 체력의 마지막 방울을 짜내는 그들. 그 어마어마한 희생의 밑바닥에는 결국 오랑의 시민들과 같은 마음이 있을 것이다. 그렇게 하지 않는 것이 너무나 참혹해서 시민을 진료하는 길을 택했겠지. 그들을 향해 머리를 숙여 고마움과 위로를 건네야 한다. 인간을 포기하지 않는 일은 이렇듯 자기를 포기하는 일과 잘 구분되지 않는다. 공동체를 위해 이렇게까지 희생하는 일은 누구도 강요할 수 없다. 그런 일에 나선 개개인의 성정이라고밖에 설명할 수 없고, 그런 개인들을 길러내는 공동체의 생명력이라고밖에 말할 길이 없다. 이런 정신은 그래서 그 자체로 희소하다. 나라의 위기에 목숨을 걸고 나섰던 의병 정도가 같은 마음이었을 것이다.

아! 한 번이 아니었다. 태안반도에 유조선이 좌초하였을 때 온 국민이 헝겊으로 갯바위의 기름을 닦아 냈다. IMF 때는 장롱에 보관하던 금을 모아 구제 금융을 갚아냈다. 이건 백 년 전 국채보상운동부터 이어 내려온 흐름이다. 슬쩍 희망이 생기려 한다. 그 희망이 기댄 곳은 시민 개개인이다. 품성에 깃든 한 방울 연민과 책임감이다. 나 스스로 금모으기운동, 기름 닦기 봉사 활동에 참여하면서 슬쩍 그 마음을 짐작해 볼 기회도 있었다.

'코로나19'는 우리 모두에게 갑갑하고 고통스러운 나날을 안겨주었다. 하지만 그 덕에 우리가 하나의 공동체에 속해 있음을 확인하게 되었다. 나는 글을 쓰는 사람이고, 내 글은 어쩔 수 없이 공동체 구성원들을 서로 연결하는 가느다란 끈에 매달려 있다. 관계가 따스하면 내 글도 살아날 것이고, 서로가 서로를 놓아버린다면 내 글도 차가운 땅 위를 구를 것이다. 나도 작가로서 코로나 세상에 사람들이 기대어 만드는 집단적 체온에 불을 지펴보려 한다. '어떻게 살 것인가'를 사유하며 내 삶과 세상을 껴안는 법을 익혀 보려 한다. 세상과 함께 아파하면서 좋은 작품을 창작해보려는 꿈도 가져 본다. 어디로든 발품을 팔기도 하고 마음 아픈 이들과 대화도 열어야 하리라. 코로나 너머, 위기를 넘어 글을 짓고 사랑도 짓고 미소도 지어 볼까 한다. 결국 내 삶을 아름답게 연주할 수 있게 하는 언어는 사랑이니까.

그냥 안아주세요

　　지하철 입구에서 취객이 난동을 부린다. 경찰관과 실랑이를 벌이는 동안 구경꾼이 몰려든다. 그 난장판 한가운데로 듬직한 한 청년이 다가선다. 업어치기 한판이라도 벌어지지 않을까. 저마다 긴장하며 그를 주시하고 있다. 그때 그 젊은이는 천지 분간 못하고 날뛰는 사람을 지긋이, 한참 동안 포옹한다. 어느 책에서 읽은 줄거리를 간추렸다.

　알지 못하는 누군가를 '안아주는 일'이 어디 쉬운 일인가. 게다가 많은 사람에게 둘러싸인 복판으로 성큼 다가가 난동을 부리는 사람을 안아주기엔 상당한 용기가 필요했으리라. 자지러지게 울던 아가가 엄마 품에서 안정을 취하며 울음을 뚝 그치듯, 취객은 청년에게 심신을 의탁하고 조용해지지 않았는가. 그 청년의 포옹은 술 마시고 제정신이 아닌 사람까지도 밀도 있게 꽉 채워주는 정신적인 포만감을 불러왔다. 구경꾼들은 무슨 생각을 하며 그 자리를 떠났을까. 그들도 삶의 진창을 빠져나오며 참아왔던 일들을 떠올렸을까. 그때 그들의 상처와 아픔을 위무하고 연민하며 다가왔던 고마운 이들과 치유의 시간을 생각해보았을까.

　그 청년의 용기와 결 고운 행동은 어디에서 비롯됐을까. 나의 사유가 끝없이 이어졌다. 그도 불안과 고통 등 어려운 시간을 오랫동안 견뎌냈을 거야. 온실 안의 화초처럼 성장한 사람들은 남의 고통을 내 고통으로 받아들이는 일이 서툴지 않던가. 그의 사랑과 온기로 적셔진 품성은 질곡의 시간이 쌓인 후, 체득됐을 거라 짐작했다. 해서 동병상련으로 길 가다가 마주친 취객의 아픈 마음까지 보듬어 안고 다독여준 것이리라. 많은 생각들이 꼬리를 문다. 나는 왜 이 일에 천착하는가, 헤아려본다. 내 가슴 밑바닥에 쌓였던 슬픔의 덩이가 꿈틀대며 일어섰다.

십 년 전 여름, 건장했던 남편은 돌아올 수 없는 머나먼 곳으로 홀연히 떠나고 말았다. 육십 대 중반의 나는 삶의 매듭이 싹둑 잘려 나간 듯 휘청대기 시작했다. 물 한 모금 삼킬 수 없었던 그때, 딸 같은 며느리는 아무 말 없이 내 등을 쓰다듬으며 내 곁을 지켜주었다. 어떤 말로 위로할 수 있었겠는가. 등을 토닥여주고 손잡아주며 긴 호흡으로 기다려주었다. 내 감정에 공감하고 존중해줬던 일련의 행동은 말보다 강한 메시지를 품고 있었다. 그 성숙한 공감력 덕분에 조금은 내 주위를 돌아볼 수 있었다.

남편의 장례식장에 옛 동료 ㅊ선생님이 문상을 왔다. 그이는 애들이 아주 어렸을 때 남편을 위중한 병으로 떠나보냈다. 하지만 엄마로서, 교사로서, 교회의 어른으로서 멋지게 당신의 소임을 다했다. 하지만 나는 그의 설움과 상실감을 깊이 느끼지 못했다. 내가 겪은 후에야 비로소 그의 아픔을 감지했다. 그 상처의 넓이와 깊이 그리고 끔찍함을 그때서야 알아차린 것이다. 너무나 미안해서 한동안 그를 끌어안고 눈물을 삼켰다. 진정으로 위로했다. 공감의 자리였다.

그 후, 세월이 훌쩍 지났다. 나와 같은 아픔을 지닌 이들이 나를 찾아왔다. 그들은 한결같이 그 힘든 세월을 어떻게 견뎠냐며 고통을 호소했다. 나는 두 손을 잡아주거나, 등을 토닥이거나, 부둥켜안으며 그들이 속마음을 드러낼 때까지 기다리며 고개를 천천히 끄덕거렸다. 어떤 이는 달리는 자동차에 뛰어들고 싶다고 했다. 다른 이도 당장 남편 뒤를 따르고 싶다며 목메어 말을 잇지 못했다. 그들 모두가 과거의 나와 비슷한 통증으로 삶의 매듭이 풀리고 있었다. 나는 그들의 고통에 내 마음을 포개며 어둡고 아찔한 구덩이 속에 빠져들었던 옛일을 들려주었다. 콧등이 시큰거렸다. 그들과 함께 교직된 아픔에 공명했다. 반복된 우리의 만남은 서로의 마음을 따뜻하게 매만지고 어려운 고개를 함께 넘게 해주었다. 아픔도 조금씩 삭아지는 듯했고 조금씩 마음이 편안해지며 내 우주가 조금 넓어지는 느낌이 좋았다. 나도 꽤 괜찮은 사람이라며 내 머리를 다독거리며 아슬아슬하게 고갯마루에서 내려왔다.

사람의 무게는 '사랑의 무게'라고 하지 않던가. 어느 영혼이 맑은 화가의 '안아줄게요' 프로그램을 일간지에서 흥미 있게 읽었다. 그는 스스로 가난한 화가라고 했다. 코로나 사태로 전시회가 취소되고 그림의 판로가 막혀 어쩔 수 없이 더 가난한 화가가 되자 현실을 살아낼 일을 고민한다고 했다. 하지만 그녀는 스스로 자가 격리하며 시도 때도 없이 그림을 그렸다. 이 시기에 그려진 그림은 그리움이고 시이며 노래이고, 춤이고 위로이며 기쁨이라고 했다. 삶을 지탱해준 에너지가 된 것이다. 힘든 시기에 그렸던 작품으로 역경과 고난에 처한 이들에게 위로와 힐링의 장을 마련하겠다고 했다. 코로나19의 최전선에서 고군분투하는 서울시립 ○○ 병원 간호사들에게 맨 먼저 '안아줄게요' 프로그램을 선보인다고 했다. 이 일이 알려지자 '우리도 안아 달라'고 여기저기에서 신청한다니 얼마나 큰 보람이었겠는가. 뉴욕의 한인들로부터도 '좀 안아 달라'는 메일을 받고선 왈칵 눈물이 나는 바람에 밤을 설쳤다니 얼마나 맑은 영혼인가. 세상과 함께 아파하며 상처받고 힘든 이들을 그림으로 위로하는 화가. 그의 인생에 대한 관조와 삶의 태도가 귀하게 여겨진다. 이렇듯 우리의 삶은 서로 돌보고 의지하며 사랑으로 이어진다.

온 정성과 마음을 다하는 정서적 공감은 결국 사랑이다. 사랑은 치유의 시작이며 끝이다. 말없이 진심으로 안아주는 일은 목이 타는 사람에게 다가가 나뭇잎 띄운 물을 건네주는 일과 다를 게 없지 않은가. 취객을 이불처럼 포근하게 감싸줬던 청년. 조용히 다가와 내 등을 어루만졌던 며느리. '안아줄게요' 프로그램을 진행한 가난한 화가. 우리가 사는 이곳은 그들처럼 온 마음과 정성을 다해 힘들고 지친 사람을 안아주는 세상이길 바란다.

힘껏, 그냥 안아주는 일. 위로와 공감과 소통이 아닌가.

오늘도 살았다, 휴~

    사람들을 피해 숨어들었다가 한 해가 훌쩍 지나가 버렸습니다. 나는 아직도 어리둥절합니다. 듣지도 보지도 못했던 대역병, 코로나19의 두려움은 현재도 세상을 무겁게 짓누릅니다.

  역병이 돈다는 소문을 듣고 잔뜩 움츠렸던 때를 떠올립니다. 문밖 출입을 삼가고 모임마다 못 나간다고 유난을 떨었어요. 대신 정신적 여행이라도 신나게 해보자며 책나라 탐험에 나섰지요. 책 틈으로 세상을 탐구하면서 활력도 되찾은 듯했고 깨달음의 순간마다 충만감이 찾아왔습니다. 생각이 정리되는 듯하면 자연스럽게 글로 남겼지요. 이게 일석삼조네, 하며 기쁨에 들뜨기도 했어요.

  그러저러 몇 달이 흘러갔습니다. 하지만 내 삶이라는 거대한 바다는 책을 읽고 수필을 쓰는 것만으로는 순항이 어려웠어요. 코로나19의 위세가 온 세상을 목 조르고, 세계 여러 나라 정부들이 자유와 인권을 제한했습니다. 고슴도치처럼 서로의 곁을 내어주지 않는 우울한 세상이었지요.

  어디든 해방구가 필요했습니다. 돌림병이 퍼지는 일만은 막아야 했지만, 내 존재가 약동하는 방법을 필사적으로 고민했어요. '마음속 생존 본능은 아름다운 자극에 의해 촉발된다.' 니체의 말입니다. '아름다운 자극'. 이거다 싶었죠. 사람이 모인 곳 대신 예술이 모인 곳을 찾아가면 되지 않을까요.

대부분의 예술마당이 개점휴업 상태였습니다. 관람객을 제한하고 소독과 안전 규칙을 겹겹이 마련해둔 문화 공간을 찾았어요. 대부분 사전 예약이 필수였습니다. 이런 곳이라면 당연히 적자일 수밖에요. 그런 손해를 감수해 가며, 터져 나오는 예술의 본능과 안전한 공동체의 공존을 실험하는 그들이 고마웠습니다. 소명이라도 받은 듯 방역에 누를 끼치지 않으려 애쓰는 관객들 모습에 울컥했습니다. 내 마음 같구나. 갓 낳은 핏덩이를 지켜내듯 이들 모두에게 간절함이 느껴졌습니다. 내가 그들과 한 공간에 있다는 게 감사했습니다. 이런 간절함이 모인다면 일상도 아주 조금씩, 우리에게 돌아올 수 있겠지요.

나는 아들, 며느리와 함께 살고 있습니다. 2020년은 잔인했지만, 새로이 찾아온 생명이 성장하고 있었지요. 하루가 다르게 변화하는 아기의 모습에 푹 빠져들었지요. 저에게 찾아온 큰 선물입니다. 까르륵 웃으면 우리 가족은 파안대소하고 맙니다. 언제 이렇게 웃어보았나 싶어요. "아기 상어 뚜루루뚜루…신난다 뚜루루뚜루…노래 끝. 오예~" 노래가 끝나면, "오예~!"를 따라 팔을 높이 들고 흉내 내는 손녀가 사랑스러워 하트를 팡팡 날립니다. 아기상어 이름은 '올리'입니다. 올리네 가족은 아빠와 엄마, 할아버지와 할머니입니다. 우리 집의 올리 헬륨풍선은 아기의 친구입니다. 〈핑크퐁 아기상어〉 영상이 유튜브 사상 최다 기록을 매일 갈아치우고 있다네요. 미국 빌보드 차트, 영국 오피셜 싱글차트에도 정상급으로 올랐다니 우리 아기의 가족과 동무들이 엄청 많아졌네요. 기쁜 소식입니다.

미술관에서 뜨거운 가슴으로 지켜낸 이타와 배려의 공동체가 용케도 이 어린아이의 건강을 지금까지 지켜주었다는 사실에 자부심과 안도감을 느낍니다.

겨울 햇살이 실내로 스며듭니다. 햇빛을 조그만 손으로 가렸다 내리며 손녀는 "까꿍" 합니다. 나도 빨리 정다운 이들과 까꿍 놀이를 하고 싶습니다. 아기는 뭐가 그리 재미난지 해님을 손가락으로 가리키며 웃음을 터뜨립니다. 이런 모습이 꽃이고 별입니다. 아이와 함께 놀면 불안도 걱정거리도 안개가 걷히듯 사라집니다. 고마운 일이지요. 지복의 순간이 아닌가요

암울한 이 시기에 책나라 탐험, 예술마당 산책을 이어가야 하겠지요. 노래 부르기도 건강에 좋다지요. 손녀가 고개를 젖히고 까르르 웃는 동안, 나라도 "뚜루루뚜루" 하며 후렴구를 신나게 불러야겠습니다. "노래 끝, 오예~"가 나오기 전에.

밥은 먹고 다니냐

온 세상이 어수선하다. 우리 모두가 코로나19 감염 공포에서 헤어 나오지 못하고 있다. 이 바이러스가 강요한 사회적 실험이 일 년 가까이 지속되다 보니 모두가 힘들다고 아우성이다. 이 혹독한 시련이 어서 지나가길 애타게 바란다. 거대한 재난 앞에서 일상을 회복하는 데 도움이 되길 바라며 이곳저곳 전시회 정보를 탐색한다. 피카소의 "예술은 일상의 먼지로부터 영혼을 씻어준다"라는 말을 떠올리며.

아름다운 풍광을 품고 자리 잡은 석파정 서울미술관을 목적지로 정하고 발걸음도 가볍게 전시장을 향한다. 수려한 경관과 아름다운 건축, 조상들의 풍류와 예술적 정취를 맛볼 수 있는 이 미술관을 나는 참 좋아한다. 굴곡진 역사의 흐름을 지켜봤던 650살의 천세송 앞에 선다. 오랜 세월 동안 풍상을 견뎌온 강인한 생명력 앞에 숙연해진다. 수많은 이야기를 품고 있는 코끼리 너럭바위도 경이롭게 바라본다. 파란 하늘 아래 펼쳐진 빼어난 산수와 계곡은 비경을 선사하며 내 눈을 말갛게 씻어준다. 왕의 국사와 쉼이 모두 이뤄진 완벽한 장소인 석파정 서울미술관은 매력 만점인 문화공간이다. 대부분의 전시회와 공연이 개점휴업하며 숨 고르기를 하는 요즈음, 사람들에게 위로와 풍요로움을 안겨줘야 한다는 사명감으로 전시회를 마련한 듯하다. 마음속에 고마움이 가득 차오른다.

미술 작품에서 영감과 에너지를 받아 나의 창작 활동에 도움이 되길 바라며 본관 제1전시실을 들어선다. 서울미술관의 2020년 첫 기획전 '나의 밤은 당신의 낮보다 아름답다'는 도시의 감수성에 초점을 맞춘 전시회다. 국내외 작가들이 펼쳐낸 도시의 오브제들은 일상에서 예술을 발견하는 새로운 단서가 된다. 그러한 예술 경험은 과거의 예술과는 다른, 도시를 기반으로 하는 정서를 공유하고 있다.

먼저 독일 출신의 사회학자인 게오르그 짐멜은 현란한 네온사인과 마천루, 편의점, 자판기 등 현대 도시 사회를 상징하는 오브제들을 통해 거대 도시의 문화를 이야기한다. 대도시의 삶은 고립되어 있고, 강한 사회적 유대를 상실한 채 외로움을 느낀다. 태어날 때부터 도시에서 살아온 새로운 세대들에게 이제 고향이란 자연과 촌락이 아니다. 그들의 고향에는 화려한 네온사인과 대중교통이 화려하고 복잡하게 자리 잡으며 도시의 문화를 조성하고 있다. 작가가 던지는 이야기의 맥락을 파악하며 오랫동안 바라본다. 그림이 내게 말을 걸어온다. 도시에서의 너의 삶은 편안하냐고. 작품 속 배경이 내게 와 닿음으로써 비로소 내 얘기가 되었다.

도시의 대표 아이콘 중 하나는 빛이 아닐까. 빛을 탐구하는 아영 작가의 작품 〈48초 동안의 방 SEA〉와 〈1분 5초 동안의 힐리필즈〉는 3차원의 환경을 2차원의 화면에 담으려는 작가의 시도가 놀랍고 돋보인다. 〈빛-페인팅〉 시리즈는 감광액을 바른 종이를 접어 3차원의 입체 영상을 만들어 빛에 노출한 후 접었던 종이를 펴서 물에 헹궈낸 결과물이다. 작가의 시선으로 정돈

되어 내게 전달된 빛은 내 상상력을 뛰어넘는다. 오묘하고 신비하다. 영상을 360도로 촬영해 해당 장소의 모습을 담고 이어 붙이는 작업을 어찌 상상이나 할 수 있겠는가. 온몸 가득 촉수를 만들어 작품 속에 오래오래 머문다. 낯선 경험을 받아들이기가 쉽지 않다.

정우재 작가의 작품 중 유리 창가의 소녀가 네모 탁자 위에 네 종류의 음료수를 먹다 말고 올려놓은 채 지친 모습으로 엎드려 있는 그림이 있다. 불안하고 의지할 곳 없는 현대인의 모습을 투영하고 있다. 작품 속에는 엄청나게 큰 반려견이 화면의 반을 차지하고 앉아 있다. 현실적이지 않은 대형 반려견은 무섭거나 거대하다는 느낌보다는 의지하고 싶은 존재로 인식된다. 연약하고 불안한 현대인의 결핍을 충족시키기 위해서 작품 속에서 안정감을 주는 존재로 든든한 반려견을 묘사하고 있는 듯하다. 도시의 야경은 낮의 햇빛이나 밤의 달빛처럼 하나의 광원으로 사물을 비추지 않는다. 도시의 빛은 인공의 빛이 모두 섞이며 빛난다. 그 빛은 사람과 사물의 이야기를 담아내어 각양각색의 빛깔로 밤새도록 퍼져 나간다. 도시의 야경은 피로에 젖어 있다.

후안 파블로 마차도Juan Pablo Machado의 〈Chilledcow〉 작품은 유튜브가 익숙한 젊은이들에게 특히 흥미로울 수 있다. 'Chilledcow'라는 유튜브 채널이 콘도 요시후미의 애니메이션 〈귀를 기울이면〉의 한 장면을 채널의 대표 이미지로 사용하고 있었는데, 작가가 이것을 예술로써 재해석한 것이다. 'Chilledcow' 채널은 로파이Lo-fi 음악 전문 유튜브 채널로, 주로 듣기 편안한 멜로디의 음악을 다루고 있다. 이 채널은 한 소녀가 창가에서 공부하는 이미지로도 유명하다. 이 그림은 온라인에서 수많은 이미지로 변형되고 확산하여 새로운 예술 확장의 상징이 되었다. 내 삶이, 내 예술이 누군가에게 가 닿음으로써 비로소 내 얘기가 되지 않는가. 누구나 자기 방식으로 능력을 최대한 발휘하여 예술의 격조를 높이는 일은 얼마나 빛나는 일인가.

임동혁의 세 작품 〈그대 떠난 후〉, 〈어느새〉, 〈추억 속의 그대〉는 과거의 명곡을 리메이크한 프로젝트인 '디깅클럽서울'의 음반 이미지로 잘 알려졌다. 작품에는 도심 속에서 쓸쓸하지만 무언가를 이야기하고 싶은 젊은이의 이미지들로 가득 채워졌다. 이 언어들은 새로운 옷을 입은 과거의 명곡처럼 새로운 시대의 꿈과 가능성을 이야기한다. 지금의 청춘들이 과거의 보석 같은 음악에 적극 반응하는 이유는 무엇일까. 혹시 가져보지 못할 것만 같은 풍요로움에 대한 막연한 그리움일까. 작가는 간결하고도 정돈된 색감으로 시대의 풍경과 정서를 아우르고 있다. 작품 속의 사람은 혼자 있을 때 최상의 컨디션으로 지낼 수 있는 듯하다. 나를 이루는 삶의 황금 비율은 무엇일까. 열정을 바치는 일과 쉼과 놀이가 조화롭게 일상을 꾸리면 균형 있게 꾸려질 듯하다. 앞으로 더욱 고민하며 알차게 가꿔볼 일이다.

김서울 작가는 도시에서의 과도한 밀집 생활과 수많은 통제 시스템, 사람의 사물화 그리고 일상 속의 아이러니를 작가 특유의 섬세함과 유머로 표현한다. 두 작품이 하나의 짝을 이루는 시리즈 〈부재하여지는 사람〉으로 그것을 직설적이며 단순하게 담아낸다. 도시인의 모습을 결핍의 이미지가 아닌 희망으로 담아낸 작가의 의도가 읽혀진다. 예술은 삶에 힘을 불어넣고 아픔을 치유한다. 우리 모두가 현재의 아픔을 털어내고 희망이 새롭게 동트길 빈다.

정소윤 작가는 실 드로잉으로 사람의 마음을 씨줄과 날줄로 엮어 펼친다.

촘촘하게 작품을 엮은 작가의 손길은 어떤 두려움도 갈등도 없는 포근한 공간을 제작한다. 텅 비어 있지만 가득 차 있는 느낌이 풍요롭다. 재봉틀로 실을 엮으며 가족과 이웃을 감싼다. 마치 연필세밀화와 같은 작품을 보면 수술받고 회복된 가족을 만난 듯 반갑다. 짜임새 있는 작품들을 바라보니 화가와 그의 주변 이야기가 들린다. 그림을 감상하는 것은 화가를 대하고, 나의 내면과 만나는 것 아닌가. 새로운 언어로 그림에 다가선다.

석난희 작가의 작품에는 재미있는 모양의 캔버스가 보인다. 아기자기한 색깔로 빚어진 구성이다. 흡인력이 강하고 호감이 느껴진다. 하지만 작품에 가까이 다가서서 귀를 기울이면 서늘한 현실을 만난다. 어쩌면 자유와 독립은 우리 사회의 일부에게만 허락된 것이 아닌지, 혼자 사는 여성의 삶이 얼마나 불안하고 위험한지 고발하고 있는 작품이다. 역설적으로 알록달록한 색감과 율동적인 도형으로 그려낸다. 위험한 그녀들의 방이 어떻게 하면 안전하고 밝아지나 묻고 있다. 다양한 그림을 감상하는 것은 여러 삶의 형태를 이해하는 과정이다. 미술 작품을 찾는 이유이기도 하다.

안지예 작가의 캔버스에는 고층 건물 유리창에 비친 풍경이 변화무쌍하다. 시간과 날씨의 변화에 따라 그림은 얼굴 표정을 바꾸며 생동감 있게 펼쳐진다. 형형색색의 모습은 오늘을 살아가는 현대인들의 모습과 삶을 비춘다. 건물은 살아 있는 유기체다. 우리는 이 거대 도시에서 어떻게 살아가야 하나, 질문을 던지고 있다.

아파트는 도시인의 대표적인 주거 형태다. 홍성우 작가에게 아파트는 차가운 아스팔트 위 콘크리트 덩어리가 아니다. 문득 바라본 창가 너머 아파트에 비친 햇살은 시간을 머금고 있다. 지나간 정서를 소환하는 시공간을 조성한다. 이제 현대인에게 아파트는 고향 집이기도 하고 추억의 대상이기도 하다. 그래픽으로 정교하게 재현된 작품 속 아파트들은 따스한 위로의 대상으로 바뀐다. 에어컨 실외기와 자로 잰 듯 정확하게 나누어진 아파트 층 사이로 비추는 거대한 자연의 한 줄기 햇살은 희망을 나직하게 전한다. 충만으로 엮는 긍정의 순환은 삶을 풍요롭게 열어준다.

　광고 영상 감독이기도 한 유대얼 작가는 촬영을 위해 잠시 머물렀던 도시에서 자유롭고 편안한 이국적 풍경을 담았다. 우리가 꿈꾸고 당연하게 여겼던 도시 생활의 아름다움과 안락함을 돌아보게 한다. 모든 것이 비대면화 되고 많은 규제가 발생하는 요즈음에 언젠가 돌아오길 바라는 일상을 담았다. 이 작품을 보며 뉴욕 여행 중 MOMA 미술관을 찾았던 일을 떠올린다. 그곳에서 고흐, 샤갈, 모네, 모딜리아니, 피카소, 달리, 마그리트 등 거장의 작품을 만났다. 역동적으로 꾸민 예술공간에서 나는 온종일 얼마나 신났는지. 예술적 감수성과 예술적 자아를 경험했다. 낯선 즐거움이 새로운 문을 열어주었다. 미술관은 새로운 세상으로 나를 안내했다. 작품 전시회를 자주 찾아야 할 충분한 이유 아닌가.

　임지범 작가의 시선은 빗방울에 비친 수채화 같은 거리 풍경에 머문다. 그는 각박한 현실을 잠시 잊은 채 그동안 보이지 않던 새로운 아름다움을 비 온 뒤의 거리에서 찾는다. 또 다른 서정적인 세상이다. 아스팔트 위에 고인 물 위로 비치는 사물의 율동감이 현실과 꿈을 오가며 나를 자극한다. 알 수 없는 평온함이라니. 도시를 이루는 간판, 사람들의 모습이 빛에 의해 인위적으로 바뀌는 도시가 자연스럽다. 다양한 감정이 스며들고 비 오는 어느 날이 겹쳐진다. 이외에도 다양한 작품이 볼거리를 풍성하게 했다. 그중에서도 특히 이색적인 영상작품 두 점이 있다. 비킹구르 올라프손Vikingur Olafsson작가는 어려서부터 바흐를 동경했다. 뮤직비디오에 등장하는 물고기는 바흐 음악의 신비함, 영원함을 암시하고 있다. 반복적이고 무료한 현대인에게 영상을 통한 자각, 자유에 대한 갈망, 잘 알려지지 않은 대상에 대한 모험심을 유도한다. 기교에 놀라고 무아지경에 빠지게 하는 구성이 돋보인다.

케리스 레몬Kerith Lemon은 영화감독이다. 〈A Social Life〉에서 직접 각본을 써서 제작한 작품을 보여준다. SNS에 중독된 20대 여성의 일상을 여과 없이 전한다. 이 영상의 주인공은 '좋아요'를 기대하는 삶으로 일상의 대부분을 소비한다. 맨 마지막에 모든 사진을 지우는 그녀와 그녀 주위를 비추는 거울은 삶의 주인이 '나'여야 한다는 당연한 사실을 자각하게 한다. 과연 나는 잘살고 있는가. 나에게 묻는다. 수런거리는 생각들이 마구 쌓인다.

'나의 밤은 당신의 낮보다 아름답다' 제목을 달고 전시한 모든 작품은 숨어 있는 내 감각을 자극한다. 온몸 가득 촉수를 내밀며 작품을 끌어당긴다. 코로나19로 잃어버린 일상의 아름다움이 되찾아진 하루다. 다채롭고 흥미로워 만족감이 솔솔 피어오른다. 빛에서 영감을 받은 많은 작가가 내 마음에 내재한 빛을 끌어내 줄 것만 같다. 헤르만 헤세는 모든 예술의 궁극적인 목표는 인생을 살 만한 가치가 있다는 걸 일깨워주는 것이라고 했다. 낯선 경험을 즐기며 내 삶을 조금 더 풍요롭게 가꾼 오늘 하루에 감사한다. 전시장을 나오니 시월의 빛과 공기가 빚어낸 풍경이 곱기만 하다.

호랑이는
살아있다

        우리 사회가 고립과 폐쇄의 상자 속에 갇혀 지낸 지 어언 일 년. 코로나19가 바꿔 놓은 낯선 삶이 두렵다. 나 역시 코로나형 인간으로 변해 가는 걸 실감한다. 모임은 반가우나 겁나고, 약속이 취소되면 아쉬우나 마음은 한결 편하다. 이제는 함께 모여서 밥 먹는 일이 두려우니 이 일을 어찌하랴. 날이 갈수록 공포와 피로감이 쌓인다. 주위에서 우울감을 호소하는 이들이 늘어나고 있다.

    역병 초기에는 나 스스로 문밖 출입을 삼갔다. 위리안치 형벌을 받은 조선 시대의 문인 추사나 서포를 닮아보겠다며 몇 달 동안 책 읽기와 글쓰기에 몰입했다. 그런대로 시간도 잘 흘러가고 나름 보람도 찾을 수 있어 즐겁게 감당했다.

    하지만 여러 달을 그렇게 지내다 보니 갑갑해져 가끔 조심스럽게 외출을 시도했다. 그때마다 마스크를 방패 삼아 살얼음 딛듯 미술관을 찾아 나섰다. 예술은 자신의 한계를 깨닫는 순간 위로와 치유를 선물하지 않던가.

    서울 언주로에 위치한 스페이스 씨 코리아나 미술관의 특별기획전 '호랑이는 살아있다'를 관람한다. 호랑이는 반만년 동안 우리 민족과 함께 산야

를 누비며 생존해왔다. 건국 신화에 등장하는 호랑이. 88서울올림픽 마스코트인 호돌이와 호순이. 평창 동계올림픽의 수호랑까지 우리에겐 너무나 친숙한 동물이지 않은가. 미술관 내부는 호랑이 세상이다. 호랑이 100여 마리가 들어차 있는 전시회다.

먼저 〈호랑이 무늬 가마 덮개〉가 넉넉한 품을 벌려 나를 맞아준다. 혼례식을 마친 신부의 가마 위에 덮었던 물건이다. 이어 〈쌍호흉배〉로 장식한 조선 시대 무관의 관복 여러 점이 전시되어 있다. 호랑이 발톱 두 개를 은으로 감싸고 칠보로 장식한 〈은파란 호랑이 발톱 노리개〉도 화려하다. 우리 조상들은 호랑이를 신통력 있는 영물이라 믿었다. 신부의 가마 위에, 무관의 관복에, 자녀들의 예물 노리개 등 다양한 곳에 호랑이 문양을 넣거나 호랑이 일부를 재료로 삼아 액운을 물리치려 함을 볼 수 있다. 좋은 기운이 전해지길 바라는 섬세한 마음씨가 담겨 있어 흐뭇하다.

황종하 작가의 〈맹호도〉는 강한 필력으로 화면의 절반을 대각선으로 과감하게 채웠다. 역동적인 구도가 돋보인다. "어흥~"하고 그림에서 호랑이가 뛰어나올 태세다. 포효하는 산신의 위엄이 느껴진다. 이 작가를 '황호랑이'라

고 불렀다는데 그 이유를 알만하다.

　유삼규 작가의 〈군호도 8폭 병풍〉에는 호랑이 다섯 마리가 원형의 구도로 그려져 있다. 왼쪽에 이빨을 드러내고 울부짖는 호랑이부터 새끼를 품고 있는 어미 호랑이, 정면을 응시하고 있는 호랑이, 오른쪽에 어슬렁거리며 배회하는 호랑이까지 다채로운 모습의 호랑이들이 마치 세속의 인간들처럼 느껴진다. 유작가는 88서울 올림픽 유치를 기념해 〈군호도〉 작품에 88마리 호랑이를 담았다. 18미터 화폭에 그려진 여러 모습의 호랑이를 상상하는 것만으로도 힘이 솟는다. "대한민국, 힘내라!", "코로나바이러스, 물러나라!"

　바보 산수로 널리 알려진 운보 김기창의 〈신비로운 동양의 샛별〉 석판화에는 호랑이가 익살스러운 모습으로 등장한다. 88서울 올림픽을 기념해 제작한 이 작품에 오색으로 그려진 까치 다섯 마리가 귀엽다. 이 까치들은 파·노·검·초·빨의 색깔로 표현했다. 다섯 고리로 연결된 올림픽 오륜기를 상징하고 있음을 알 수 있다. 민화의 전통대로 호랑이는 눈에 노란 불을 켜고서 날아다니는 까치를 노려보고 있다. 친근감이 느껴지고 웃음이 배시시 나온다.

　설산에 앉아 정면을 응시하는 호랑이. 서정묵 작가의 〈설호도〉다. 수묵 담채화로 배경을 담백하게 그렸다. 매서운 눈, 푸근한 몸체, 큰 앞발이 상대적으로 돋보인다. 털은 치밀하게 채색되어 있다. '산 군자'로 일컬어지는 호랑이 모습이 이렇지 않을까. 호랑이 주변에 눈 쌓인 매화가 그려져 있다. 군자가 지녀야 할 덕목을 애써 표현한 듯하다.

　〈호랑이는 살아있다〉 작품은 비디오 아티스트 백남준의 작품이다. 그가 2000년에 새 천년맞이 행사로 추진한 공연 〈DMZ 2000〉의 연작 중 하나다. 임진각에서 생중계한 이 작품의 화면에는 호랑이 민화가 등장하고, 북한의 호랑이 다큐멘터리도 볼 수 있다. 강인한 생명력과 높은 기상을 지닌 호랑이가 바로 한민족임을 일깨운다. 온갖 고난에도 꿋꿋이 견뎌내 마침내 꽃을 피운 우리 민족을 세계에 알리고 싶었으리라. '호랑이는 살아있다' 전시회 제목은 백남준의 작품에서 비롯됐음을 알 수 있다.

　오윤 작가의 〈무호도〉 목판화에는 덩실덩실 어깨춤을 추는 호랑이가 등장한다. 힘차고 간결하게 그려진 이 호랑이에서 응축된 역동성이 느껴진다. 민초들의 애환과 '한'을 신명으로 풀어내고 있다. 민중미술의 선구자 오윤의

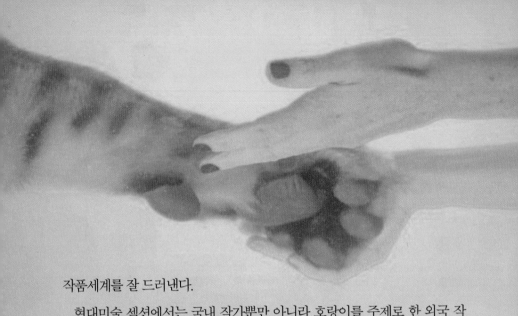

작품세계를 잘 드러낸다.

현대미술 섹션에서는 국내 작가뿐만 아니라 호랑이를 주제로 한 외국 작가들의 작품도 만난다. 전시장의 구조물을 따라가다 보면 뉴욕 할렘의 한 아파트에서 호랑이와 삼 년 동안 동거해 온 사람을 만날 수 있다. 그 사람의 실화를 다큐멘터리 영화로 제작한 〈할렘의 밍〉은 영국 작가 필립 워널의 작품이다. 맹수가 아파트 실내를 돌아다니고, 배설물을 뿌리고, 벽을 긁어대며 울부짖는 모습을 상상이나 할 수 있을까. 인간과 동물의 관계를 탐구하는 이 영상은 너무나 기이하다. 참으로 인간 세상에는 별별 일이 많다고 느껴진다.

가장 눈길을 끌었던 작품은 미국 작가 제시카 세갈의 〈(낯선) 친밀감〉이다. 국내 최초로 공개되는 이 전시품은 공간을 압도하는 7미터 대형화면에 담아낸다. 빨간 매니큐어를 바른 작가의 손과 발톱을 숨기고 있는 호랑이의 발이 닿는 순간의 클로즈업 영상에서 나는 숨을 죽인다. 슬로우 모션, 수중의 실감 나는 사운드가 몽환적이다. 너무나 과감해서 초현실적이고 생경하다. 작가는 이 작품을 위해서 6개월 동안 호랑이 다루는 훈련을 받은 후에야 야생동물 보호구역에서 촬영했다. 생태계 보전을 둘러싸고 벌어지는 미국의 현실을 비판하고자 충격요법으로 접근한 듯하다. 우리 모두가 자연과 생태계 보호에 앞장서서 실천하기를 바란다.

이은실의 수묵채색화 〈삶의 풍경〉은 가로 5미터에 달하는 대작이다. 밀도 높은 붓칠로 배경은 어둡고 호랑이의 황금빛 털은 세필로 섬세하게 표현하고 있다. 호랑이를 통해 인간의 욕망을 은유하고 있다. 여러 마리의 호랑이가 머리를 드러내지 않고 묵직한 몸체를 서로 뒤얽으면서 역동적으로 꿈틀댄다. 일상적 삶에서 금기시되는 욕망과 에너지를 상징적으로 보여주는 작품이다.

이번 전시는 미술관과 박물관이 공존하는 전시관의 특징을 살려 전통의 유물과 함께 현대적 작품을 함께 만날 수 있어서 흥미로움을 더한다. 한반도에서 야생 호랑이가 사라졌다. 하지만 다양한 호랑이 작품 38점을 펼친 코리아나 미술관에서 실컷 호랑이를 만났다. 호랑이의 기백이 나와 우리 모두에게 전해지길 바란다.

벽사의 의미가 깃든 호랑이를 통해 코로나바이러스를 물리치길 기원하며 전시장을 나선다. "어흥~ 코로나19 물럿거라!" 집으로 돌아오는 발걸음이 가볍다.

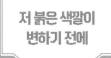

저 붉은 색깔이
변하기 전에

'저 붉은 색깔이 변하기 전에/ 세종컬렉터 스토리Ⅱ-인영 문웅'. 지인의 권유로 가족과 함께 세종문화회관 미술관에 들어선다. 전시회 제목이 흥미롭다. 특이하게도 작가 대신 수집가, '컬렉터'를 집중 조명하고 있다. 예로부터 미술 생태계는 컬렉터 없이 돌아갈 수 없었다. 그렇지만 전시회의 얼굴로 컬렉터가 등장한 적이 있었던가. 흥미가 입안에 고인다. 그러고 보니 여느 전시회와 사뭇 분위기가 다른 듯하다. 짐작 탓인가.

이번 전시회는 세종문화회관이 주관하는 두 번째 컬렉터 기획전이다. 첫 번째였던 벽산엔지니어링 김희근 회장에 대해서는 지난해에 글에 담았다. 「문화계의 키다리 아저씨」라는 수필이었는데, 예술가를 후원하는 사회 분위기가 달아오르기를 바라며 퇴고를 거듭했던 게 기억난다. 서예가셨던 아버지가 떠올라서였겠지. 예술 애호와 후원이라는 주제를 오래도록 끌어안고 썼다. 고향 소도시에서 문화 중흥을 위해 사재를 털어 전국휘호대회를 개최했던 아버지였다. 아버지의 조바심 한 자락이 오늘의 내 혈관에도 조금 흘러 들어온 걸 느낀다.

전시회 주인공에 대한 인물 탐구를 시작한다. 인영 문웅. 어려운 미술 용

어인가 했다. 이름은 문웅, 아호가 인영이었다는 건 나중에 알았다. 유노윤호, 최강창민 등 어색한 보이 그룹 스타 이름이 떠올라 배시시 웃었다. 인영 문웅은 반세기 동안 3천여 점의 미술 작품을 수집했고 그 세월만큼 서예 공부도 계속했다고 했다. 예술학 박사가 되어 예술대학원 교수를 지냈고 문인 협회 회원이기도 하다는 그가, 반세기를 우직하게 바친 대상은 예술 작품이었다. 반세기라는 시간의 의미를 사유한다.

문웅 컬렉터가 전시 작품 앞에 서 있다. 다가서자 반색한다. 이런 게 미리 연락한 보람이다. '예술에 미친 사람'이라며 자신을 소개한다. 은근히 중독성이 있는 구수하고 찰진 입담에 시간을 잊는다. 1978년 결혼할 당시 다이아몬드 반지를 사주려고 받은 60만 원을 두고 고민하다가, 반지를 신부 손가락에 끼워주는 대신 오지호 작가의 회화 작품을 안겨주었다는 이야기. 수긍하지 않을 수 없다. 가히 미친 사람 아닌가. 유쾌하고 푸근해서 다행이다.

전시는 5부로 구성되었는데, 그의 수집 작품 중 180점이 출품되었다. 회화, 서예, 공예, 조각 등 작품의 스펙트럼도 넓어 지루할 틈이 없었다. 유명 작가의 작품도 많아 그림 앞에서 마음으로 대화할 기회를 얻은 점도 좋았다. 특히 눈여겨 본 작품들이 있었는데, 김기창의 〈바보산수〉, 김환기의 〈무제〉와 〈달밤의 화실〉, 오치균의 〈감〉, 김녕만의 〈독서〉, 이응노의 〈소〉, 유병엽의 〈비둘기 있는 풍경〉, 민웨아웅의 〈Orange River Bank〉, 랄프 플렉의 〈STADIUM(WM)291 IX〉, 홍성담의 〈물 속에서 스무날〉 등이었다.

나는 김기창의 해학적인 화풍을 좋아한다. 민화와 산수화를 현대적으로 재해석해서 해학의 멋을 살린 그의 그림에 매료되어 한동안은 김기창에 푹 빠져든 적도 있다. 청각 장애를 딛고 일어선 그의 의지가 힘차서다.

김녕만의 〈독서〉 작품에는 할아버지의 안경에 비친 한자 글씨가 너무나 이색적이다. 그 순간을 포착한 작가의 눈은 매의 눈이 아닌가. 할아버지의 안경에 써진 글씨는 논어의 한 구절인 듯해서 더욱 잘 어울린다.

이응노의 〈소〉. 문웅 컬렉터는 '내가 그림의 진가를 한눈에 알아보네' 하는 낮은 수로 말하지 않는다. 쉴 새 없이 이어지는 재미나는 에피소드에 솜씨 좋게 자신의 자부심을 녹여낼 줄 안다. 그는 이응노 화백의 〈소〉를 고물상에서 샀다고 한다. 폐지 모으던 사장님이 자신과 작품을 번갈아 흘끗 보고는 호기롭게 '몇만 원' 불렀다는데, 차마 그럴 수 없어 수십만 원을 지불했다는 이야기. 고물상 사장님께는 안타까운 일이지만. 내 눈에도 이 작품은 강렬하다. 일필휘지로 소의 순간적인 움직임을 포착해서 역동적으로 표현한 이 그림! 먹 하나로 갖가지 색깔을 연출한 대가의 솜씨에 그저 고개를 끄덕일 수밖에 없다. 안목을 지닌 컬렉터가 세상에 기여하는 방식이 이런 거려니 생각하게 된다.

홍성담의 〈물 속에서 스무날〉은 바라보는 순간 눈이 시리고 마음이 아렸다. 그림의 모티프는 안기부에 끌려가 당했던 물고문이다. 폭력은 우화적 화풍 속에서 끔찍함을 감추고 나직하게 말을 건다. 감옥은 물고기 뼈로 상징하고 물고문에 무너지던 작가 자신은 어안이 벙벙한 아이의 모습으로 그림 앞에 선 나를 바라본다. 폭력이 말을 거는 나직한 울림만으로 나는 화들짝 놀란다. 이미 견디기를 포기할 수밖에 없는 고통이다. 몇 개의 필터를 거쳐도

독한 담배 연기처럼, 폭력의 향은 아찔하다. 이런 그림을 그리고 있을 때 작가의 하루, 스물네 시간은 어땠을까. 상상조차 어렵다.

이번 전시의 백미는 홍성담의 〈옥중편지〉다. 전시회 제목인 '저 붉은 색깔이 변하기 전에'는 이 편지에서 따온 것이다. 당시 민주화 운동으로 옥살이를 하던 홍 작가가 문웅에게 보낸 편지다. 홍성담 작가는 감옥에서 종이컵에 나팔꽃 씨를 심어 길렀다. 꽃을 피우려고 작가는 감방에 들어오는 손바닥만 한 햇살을 따라 종이컵과 함께 기었으리라. 그렇게 기적처럼 피어난 나팔꽃목을 따냈을 때 작가의 마음을 헤아린다. 눈앞까지 다가온 죽음을 보았던 작가는 꽃을 말리는 내내 울음을 삼켰으리라. 꽃을 말려 봉함엽서에 붙이고는, 작가는 기도했으리라. 이 엽서가 문웅 형님에게 가 닿을 수만 있다면! 이 꽃의 붉은 색깔이 변하기 전에 형님에게 도착할 수 있다면!

많은 형제 중 막내였던 문웅은, 늘 동생이 있으면 좋겠다는 생각을 하며 자랐다고 한다. 어려서부터 알게 된 세 살 아래 동생 홍성담과는 그래서인지 호형호제하는 각별한 사이가 되었다고 한다. 홍성담의 편지는 늘, '형님께'라는 깍듯한 호칭으로 첫머리를 연다. 우울한 시대상이 담겨 있으나 형님에 대한 각별한 마음, 세상에 대한 따뜻한 시선이 편지 구석구석을 따뜻한 피처럼 돌고 있다. 문웅과 대화 중 '우리 성담이'라는 말이 수없이 귀에 박혔는데, 홍성담의 작품을 바라볼 때마다 '우리 성담이가 이런 걸 그렸구나' 혼잣말을 하는 지경에 이르게 되었다. 그림을 바라보는 일도 결국엔 사람과 대화하는 일이라고 했지. 귀한 진실을 이런 식으로 깨닫게 되는 것도 좋은 일이다. 우연한 전시회 관람. 컬렉터와의 대화가 아니었다면 이런 선물도 없었으리라.

문웅의 아호는 인영이다. 그러나 인영의 컬렉션은 '인연 컬렉션'이다. 그는 50년이 넘도록 작가를 후원했고, 신진 작가를 위한 '인영 미술상'을 17년째 이어오고 있다. 기대를 품게 만드는 작가를 만나면 수십 점씩 작품을 구입하여 예술가로서의 성장을 돕는다. 그는 아직도 그 일로 마음이 설레는 듯 보였다. 그 세월은 얼마나 많은 사연을 품고 있을까 짐작해 본다. 기대가 있었다면 실망도 있었을 것이고, 좋은 사람을 만났다면 나쁜 인연에 무너진 기억도 남겼을 것이다. 그럼에도 그에게 남아 있는 예술에 대한 기대와 믿음을 볼 때, 나는 탄복했다. 문웅도 가냘픈 나팔꽃 같은 믿음에 햇볕을 쬐기 위해, 감방 같은 삶에 들이치는 손바닥만 한 햇살을 따라 종이컵과 함께 기어가는 시절을 겪지 않았을까. 그렇게 기적처럼 피어난 예술가가 하나씩 스러질 때마다 눈물짓지 않았을까. 그런데도 그는 미술의 투자 가치를 말하고 나면 반드시, 젊은 작가들이 배고픔에 꺾이지 않도록 작품을 구입해 주는 것이 컬렉터의 역할이란 말을 덧붙인다.

생계에 곤란을 겪는 예술가 문제는 장르마다 다르지 않다. 문학, 미술, 연극, 무용 등 가릴 것이 없다. 박수근과 이중섭에겐 물감이 필요했고 허기진 식구에게 먹일 밥이 필요했다. 그들이 영혼을 끌어모아 마지막 숨처럼 내뱉은 작품에, 위대한 예술이라며 박수 치는 것으로 충분했을까. 내가 예술을 향유하는, 소비하는 방식은 훨씬 더 성장했어야 했던 게 아니었을까.

지금 이 시각에도 공연장과 전시장에 올려져 있는 것은 허기와 체념일지 모른다. 재작년 통계에 의하면 예술가 10명 중 7명 정도는 월수입이 백만 원 미만이다. 힘을 보태야 할 절박한 때라고 느낀다. 아름다움을 위한 최고의 선물은, 그 아름다움이 자신을 넘어 다른 사람에게 흐르게 하는 것이다.

삶이 예술이고, 예술이 삶인 이들로부터, 나는 이미 셀 수 없는 영감을 얻었다. 예술가들은 시대의 정신을 풍요롭게 하는 직분을 이미 넘치도록 완수해 냈는데, 우리 모두가 이미 배송받은 풍요로운 공기에 대가를 지급하는 일을 잊어버린 게 아닐까. 예술가들은 마땅히 받아야 할 관심마저 코로나바이러스에 빼앗겨 버렸다. 배고픈 예술가들에게 밀린 외상을 갚는 일을 지금 시작해 보는 건 어떨까. 가장 작은 작품, 캔버스 1호 한 점이라도 구입하면 최소한 다음 작품을 볼 수 있지 않을까. 메디치 가문 사람들이 미켈란젤로, 레오나르도 다빈치를 바라보면서 느꼈을 벅찬 감정을, 나 같은 사람들 하나하나가 느끼며 살아가는 일도 멋지지 않을까. 시간이 흐르고 후세 사람들이 그 위대했던 시대를 '르네상스'라고 부르게 된다는 건 메디치도 몰랐겠지.

세종문화회관 미술관이 작가를 주제로 하지 않고 컬렉터를 주제로 전시회를 기획한 의미를 생각해 본다. 예술을 사랑하는 컬렉터와 그들과 인연 맺은 예술가들의 삶을 보여주는 일 자체가 목적이 아니었을까. 컬렉터의 애장품을 시민과 함께 향유할 수 있도록 하고, 개개의 시민들도 예술이라는 시대의 공기와 함께 호흡하게 하면서 그들이 마땅한 외상값을 지불해야 한다는 걸 깨닫도록 돕는 일. 나눔이란 게 이런 식으로 작동할 수 있다고 믿는 사람이 더 많아졌으면 좋겠다. 예술계에 더 이상 박수근과 이중섭의 가난이 대물림되지 않기를 바라며.

개구리가 없다

'나는 있으나 개구리가 없는 게 인생의 한이다.有我無蛙 人生之恨'는 고려 중기 대학자이며 문장가인 이규보 선생의 글이다. 그는 과거시험에 번번이 낙방하고 초야에 묻혀 살며 그의 집 대문에 이 글귀를 붙여 두었다.

야행을 나갔던 임금이 이 글을 읽게 되었다. 아무리 해석하려 해도 알 수 없어 궁금증이 발동한 임금은 사정사정해서 하룻밤을 묵으며 그 의미를 듣게 되었다.

노래 잘하는 꾀꼬리와 목소리가 듣기 거북한 까마귀가 살고 있었다. 꾀꼬리가 아름다운 목소리로 노래하고 있을 때 까마귀가 꾀꼬리에게 3일 후에 두루미를 심판관으로 삼아 노래 시합을 하자고 했다. 그러자고 대답한 꾀꼬리는 열심히 노래 연습을 했다. 하지만 까마귀는 논두렁의 개구리만 잡으러 다녔고 그걸 두루미에게 갖다 바치고 환심을 샀다. 결국 승리를 믿었던 꾀꼬리는 선택받지 못했고 두루미는 까마귀의 손을 들어주었다는 내용이었다.

그때가 고려 무신정권 시대였다. 탐관오리에게 뇌물을 바치고 벼슬을 사고파는 무법천지였다. 이규보처럼 한미한 가정의 힘없고 가난한 백성은 과거시험에 합격하기 힘든, 나라 같지 않은 나라였다.

그는 개구리 같은 뇌물을 두루미에게 주지 못해서 늘 낙방하는 꾀꼬리라고 그의 처지를 문장으로 비유하고 있었다. 까마귀에 밀려 초야에 묻혀 사는 한스러움을 글로 달래고 있는 그를 임금은 알아보았는지 과거시험에 응시하기를 권했다. 이규보 선생의 인품이나 학식이 월등함을 알아보고 인재로 등용하고 싶었을 것이다.

며칠 후에 임시 과거시험이 있어서 그 자신도 개경으로 올라가는 중이라고 했다. 임금은 궁궐로 돌아와 문신文臣을 채용하는 과거시험을 치르게 해주었다.

과거를 보는 날, 시제를 보니 '유아무와 인생지한有我無蛙 人生之恨'이었다. 이규보 선생은 그날 저녁의 나그네가 임금이라는 걸 알아차리고 궁궐을 향해 큰절을 올렸다. 다른 과객은 시제가 무슨 뜻인지 몰라 쩔쩔매고 있을 때 그는 명쾌하게 답을 채워 장원급제를 했다. 그 후 그는 대문장가이자 학자로 이름을 널리 알리게 되었다.

그가 불의와 불법으로 얼룩진 세태를 비유하며 대문에 써 붙여 그의 심중을 토로한 문장이 뛰어났지만 백운거사를 자처하며 초야에 묻혀 사는 그를 인재로 등용할 수 있게 해준 임금님과의 인연도 예사롭지 않다. 때가 되면 좋은 인연을 만날 수 있게 실력을 갖춰야 할 일이다.

무엇보다 주목하고 싶은 것은 그의 문학적 감수성이다. 글을 쓰는 사람으로서 꼭 닮고 싶다.

산승이 달빛을 탐하여

병 속에 물과 함께 길어 담았네

절에 다다르면 바야흐로 깨달으리라

병 기울이면 달빛 또한 텅 비는 것을

샘물에 비친 달빛을 공空의 세계로 이끌며 노래한 그의 세계관도 느껴진다.

이규보는 고려 중기의 암담한 시대에 글로써 시대를 품위 있게 고발했던 문인이다. 그 시대의 부정부패가 인사부정 등 현재의 우리 세태와도 무관하지 않다. 이른바 김영란법이라는 부정청탁금지에 관한 법률이 시행된 지 꽤 시간이 흘러갔다. 하지만 아직도 언론보도를 접하면 불법으로 얼룩진 청탁 기사가 차고 넘친다. 뇌물의 위력으로 요령 있게 잔머리 굴린 사람들이 한때는 권력과 재물을 탐하다가 법의 심판을 받는 모습을 보게 된다. 이규보 문장 속의 까마귀와 두루미들이다. 한 치 앞을 내다보지 못하고 불의에 편승했으니 자승자박이라고 할 수밖에. 어리석고 불쌍한 인생이다.

초야에 묻혀 살아도 인품이나 학덕이 높은 이규보와 같은 사람을 발굴할 수 있도록 인사시스템이 잘 갖추어져 있기가 그렇게 어려울까. 까마귀 무리에 밀려 꾀꼬리가 선택받지 못한 일이 나오지 않도록 모두가 지혜를 모아야 할 때이다. 인사가 만사라고 하지 않던가.

보편타당한 가치가 실현되는 세상을 위해서 나는 무엇을 해야 할까. 우선 주위의 조그만 비리와 불의에도 그저 그러려니 하면서 바라보지 않고 공동체 의식을 가지고 문제를 해결하기 위해 연대하며 작은 힘이라도 보태야 하지 않을까. 대문에 '유아무와 인생지한^{有我無蛙 人生之恨}'은 써 붙이지 못하더라도. 때로는 옳지 않은 일에 대해서 사회비판적인 글을 써서 우리 모두의 삶이 공정하게 변화할 수 있게 해보리라.

노란 바람개비

비바람이 요동친다. 벚꽃 잎은 곡예 비행하듯 물웅덩이로 하강한다. 물속에서 허우적대는 연분홍 꽃잎들이 애처롭다. 그들이 세월호 희생자들의 넋인 양 애잔하다. 세월호 참사 5주년을 맞는다. 추도식과 문화제가 이곳저곳에서 열리고 추모 물결이 이어진다. 누가 그때의 참담함을 잊을 수 있을까. 감당할 수 없는 아픔과 무기력이 되살아난다. 팽목항 바다에 유채꽃을 바치는 장면이 눈에 띈다. 그 엄청난 사고가 나지 않았다면 제주 유채꽃밭을 자유롭게 뛰어다녔을 학생들이다. 잊지 않으려고 노란 리본을 가방에 매달기도 하고 주방과 안방에 두기도 했다. 〈천 개의 바람이 되어〉 노래도 익혀 한동안 마음 맞은 친구들과 함께 추모의 마음을 노래에 실었다. '나는 천 개의 바람이 되었죠. 저 넓은 하늘 위에 자유롭게 날고 있죠….' 노란 바람개비가 학생들의 영혼을 싣고 하늘가를 맴도는 듯했다. 지금도 노란 바람개비를 무심하게 바라볼 수 없다.

또다시 봄이 왔다. 글을 읽다가, 세월호 유가족 한 분이 만개한 개나리꽃을 보고 펑펑 울었다는 얘길 만났다. 좀처럼 울지 않던 그분은 호연아빠였다. 더 이상 버티지 못하고 폭발하는 그리움. 온갖 꽃이 앞다투어 피어나면 묶어뒀던 설움도 봉숭아 꽃씨처럼 터져 나오는가 보다 생각했다. 호연아빠처럼 울지 못하는 사람도 누구든지 마음껏 눈물을 쏟을 수 있었으면 얼마나 좋을까. 추모 공간이 마련되어 정화 의식을 치를 수 있었으면 좋겠다. 팽목항도 좋을 듯하고 강이나 바다라도 괜찮겠지.

　모두가 같은 마음일 수는 없을 거라 짐작하다가도, 내 상상을 뛰어넘는 잔인함을 접할 때면 소름이 확 돋는다. '회 쳐 먹고, 찜 쪄 먹고, 그것도 모자라 뼈까지 발라 먹고'라는 말을, 처음에는 알아듣지도 못했다. '폭식 투쟁'이라는 해괴한 만행을 들었을 때도 그랬다. 시간이 좀 지나고 나서야 뭔가가 목구멍에 치밀어 올랐다. 그게 분노인지 무력감인지 슬픔인지는 구별되지 않았다. 더욱 고통스러웠던 것은, 난데없는 적의^{敵意}에 가격당하면서도 그 적의의 이유를 떠올리려 애써야 하는 일이었다. 쉽게 화내고 미워할 수 있다면 편리했겠지. 그럴 수 있었던 그들은 태연자약했고, 그럴 수 없었던 나는 허우적거렸다. 평온을 되찾기 위해서는 잔인함의 이유를 상상하는 잔인한 작업을 멈출 수밖에 없었다. 그들을 이해하는 일은 전문가에게 맡기고, 나는 슬픔을 공감하고 치유하는 일에 관심을 쏟기로 했다.

　사반세기 전쯤의 일로 기억하고 있다. 삼풍백화점 사고로 세 딸을 잃은 아버지가 있었다. 사고 이후 그의 삶 모든 것이 그 시점에 정지되었다. 고통을 소화하는 일은 나이테가 두꺼워지는 일만큼 세월을 잡아먹었을 것이다. 해마다 쌓이는 고통을 삶의 추동력으로 바꿀 수 있기까지는, 주변의 수없는 공감과 희생이 조용히 바쳐졌을 것이다. 그렇게 견뎌낸 그가 마침내 마주친 숙제 역시 '삶을 살아내는 것'이었겠지. 삶을 살아내기 위해 그 아버지가 찾아낸 방법은 장학재단이었다. 장학재단 이름에는 세 딸의 이름 모두에 들어 있는 글자 '윤'을 넣었다. 삶을 '살아내야만' 하는 것으로 받아들이고 버티며 실행한다는 게 이런 것이구나, 고개를 끄덕였던 기억이 떠올랐다.

나와 우리 모두가 시작할 만한 일을 생각해 보았다. 생각이 출발하기 좋은 말은, "삶은 계속되어야 한다"가 아닐까. 아픔을 지닌 삶도, 어떻든 계속되어야 한다. 삶의 99.9%를 이루는 일상을 계속 끌어 나가는 일이 무엇보다 중요하구나 싶었다. 그런 마음을 담고 지내다가, 〈생일〉이라는 영화를 보았다. 세월호 사고로 아들을 잃은 수호엄마가 주인공이었다. 부모는 자식 키우는 게 '삶'이고 어머니에게 자식은 세상의 전부이기도 하다. 상상조차 두려운 자식의 죽음. 아들의 넋을 붙잡고 있는 수호엄마는 이웃에게 마음을 내어주지 못한다. 수호의 생일잔치를 수용하지 못하는 엄마. 아들을 추억할 수 있는 이웃을 만나고 싶어 하는 아빠. 결국 유가족과 수호친구들 그리고 이웃이 모여 수호에 대한 기억을 나누는 자리를 마련한다. 수호네 부모는 생일잔치에 아들은 없지만 이웃과 친구들의 추억담으로 수호를 다시 만난다. 수호엄마는 이곳에서 비로소 자식의 죽음을 마주한다. 그들이 차차 치유되는 과정이 담담하게 그려진다. 한밤중에 수호엄마의 통곡 소리가 들려도 묵묵히 참

밥은 먹고 다니냐

아주는 이웃. 달려가 껴안으며 눈물 닦아주는 우찬엄마와 같은 이들. 공감하고 위로하는 이웃이 있어 수호네 가족은 다시 살아갈 수 있는 힘을 얻는다. 고통 속에 살고 있는 이들을 일으켜 세워 생명의 심지를 이어주는 일은 얼마나 고귀한가. 삶을 계속 끌어 갈 에너지원은 결국, 주변의 공감일 테니까.

영화를 보다가 성당 교우 한 분이 떠올랐다. 그분은 남편을 황망하게 잃고 극한의 슬픔을 건너고 있었다. 그녀는 자동차에 뛰어들고 싶은 충동을 느낀다며 나를 찾아왔다. 나는 남편 부재 이후의 내 세월을 복기해서 들려줬다. 그녀는 눈물을 멈추지 않았고 나 역시 그러했다. 비슷한 경험을 공유했다는 사실만으로도 위로를 받은 듯 밝아진 모습으로 돌아갔다. 그분을 배웅하며, 고통에 허우적거리는 이들이 슬픔을 딛고 선한 세상, 아름다운 세상을 꿈꾸며 살았으면 좋겠다고 생각했다.

봄이 되면 생명을 키우는 자연의 위대함을 실감한다. 돌아올 4월에는 아픈 삶을 보듬는 희망의 새순이 움트기를 두 손 모아 기도한다. 세월호 피해자들과 마음 아픈 모든 이들을 위해. '당신을 잊지 않고 기억할게요' 하며 상처를 어루만지고 위로하는 4월을 그린다. 따뜻한 봄볕을 머리에 이고 유채꽃밭도 거닐 수 있기를.

힘껏, 그냥 안아주는 일.
위로와 공감과 소통이 아닌가.

삶은 누구에게나 험난할 때가 있고, 기쁨엔 반드시 고
통이 따르지 않던가요. 혼자 걷는다면 외로움을 피할
수 없습니다. 누군가가 손잡아주지 않는다면, 외로움
을 감당하는 의미마저 사라질지 모르는 일이지요.

　　　　　　　　　　　　　　－「추울 땐 뮤지컬 어때요」중

둘

일상에 예술을
입히다

온갖 봄꽃들이 피어나고 있다. 유채꽃, 진달래, 개나리, 목련⋯. 봄
바람이 건듯 분다. 바람이 속살대며 나를 유혹한다. 봄나들이 떠나라고. 천
천히 걸으면서 제주의 자연과 숨결을 느껴보자며 문우와 제주를 찾는다.

서귀포 섭지코지의 유채꽃밭 사이를 거닐며 바람을 맞는다. 제주의 바람
은 유난스럽다. 바람 따라 흔들리는 유채꽃 물결이 장관이다. 온 세상을 샛
노랗게 채색한다. 심술궂게 내 모자를 날려버리는 바람은 잔뜩 습기를 머금
고 있다. 제주의 거친 자연에 잘 순응하며 곱게 피어난 새 생명들이 사랑스
럽다. 화사한 이 꽃이 태어날 수 있도록 고통과 시련을 잘 참아낸 식물의 시
간을 생각한다.

봄이 되면 바람은 나무를 심하게 흔들어준다. 봄바람이 죽은 나뭇가지를
떨어내고 가지 끝까지 새 기운을 끌어 올리려 온 힘을 다해 격렬하게 춤춘
다. 무성한 잎과 예쁜 꽃, 알찬 열매를 얻어내기 위한 몸부림이다.

우리네 삶도 다르지 않다. 풍파 없는 삶이 어디 있으랴. 사진작가 김영갑
의 삶은 더욱 그러하다. 부여 사람인 그는 제주의 풍광에 반해 이승의 삶을
마감할 때까지 20년 남짓 제주인으로 살아간다. 극한의 가난과 외로움을 견

더내며 사진작업에 몰입하여 사진 예술로 일가를 이룬다. 마라도, 중산간 마을, 한라산 등 제주 구석구석을 바람처럼 떠돌며 찍은 파노라마 사진에선 신기神技가 느껴진다. 폐교였던 삼달리 분교를 개조하여 그곳에 그의 작품을 전시하고 있다. 루게릭 병으로 48세에 이승과 작별하며 '김영갑갤러리 두모악'을 우리에게 선물하고 떠났다. 끼니를 잇지 못하면서도 셔터를 누를 수밖에 없는 그 절실함은 무엇이었을까. 그의 갤러리에 전시된 그의 사진 작품 앞에서 해답을 찾는다. 자연이 주는 황홀경. 그 절정의 순간에 맛보는 희열을 무엇과 바꾸겠는가. 떨림으로 셔터를 누르고 현상되어 나오는 사진 속에서 신비롭고 오묘한 제주의 속살을 체험하고 자연 변화가 주는 경이로움에 미친 듯 찍었을 것이다. 그게 그토록 신산한 삶을 지탱해 준 버팀목이 되었을 것이다. 나도 언젠가 글쓰기를 하며 희열을 맛본 순간이 있었다. 밤새 시간 가는 줄 모르고 쓰다 보니 새 아침이 밝았다. 학창 시절 시험 기간에도 경험하지 못한 놀라운 일이었다. 신선했고 내면이 확장되는 느낌도 좋았다.

보면 볼수록 놀라운 사진들이다. 사진이 아니라 채색화처럼 느껴지고 바람과 안개의 역동성이 전해진다. 그래서인지 방문객이 끊이지 않는다. 작품 하나하나를 찬찬히 들여다보는 우리들을 하늘에서 내려다보며 김영갑 작가는 흐뭇해하지 않을까. 그의 마음이 되어 작품을 감상한다. 같은 장소의 사진이 분명한데 서로 다른 이야기를 풀어내고 있는 작품 앞에서 그의 사진작가로서의 천재성과 성실함을 느낀다. 한 예술가의 삶을 경외심으로 마주한다. 햇빛, 바람, 온도, 안개, 구름이 연출하고 절정의 순간을 포착한 작가의 오랜 기다림이 합작해낸 명작이다. 모든 작품이 경이로워 감탄이 절로 새어 나온다. 짙푸른 바다, 해돋이와 해넘이, 사계절의 변화, 풍우와 운무, 우주의 향연이 펼쳐지는 무대가 된다.

사진을 통해 그가 좋아했던 놀이터와 놀이를 상상해 본다. 바람을 안고 초원과 오름을 떠돈다. 한가로이 풀을 뜯는 소와 말의 고요와 평화를 함께 즐긴다. 들꽃과 인사하고 새소리와 풀벌레 소리 들으며 원하는 사진 배경이 나올 때까지 앵글을 맞추며 숨죽여 기다린다. 오랜 기다림 끝에 셔터를 누른다. 그 충만해지는 순간을 맞이하기 위해 끝없는 인내가 필요했겠지. 사진은 발로 완성한다는 친척의 말이 생각난다. 개인 전시회, 수상 경력이 다채로운 그녀는 내게 사진 작품을 선물할 때 그런 말을 들려주었다. 이제야 그 말의 뜻이 제대로 전해진다. 출사를 나갈 때 가족의 동의를 구하는 일이 가장 어렵다고 장난스럽게 얘기해서 심각함을 놓친 듯하다.

또 다른 작품 앞에서 김영갑 예술가의 뒷모습을 본다. 부모, 형제, 친구들과 모질게 인연 끊고 굶주림도 참아가며 20여 년간 발로 뛰었던 수련의 결과물 앞에서 나는 숙연해져 눈을 감는다. 한 줄기 바람 되어 이 공간을 지켜줄 듯하다. 그의 신명과 작가적 자부심이 내 의식 속으로 조용히 스며들기를 바란다.

한편으로는 예술적 성취를 이뤄낸 그가 자랑스럽지만 생명과 맞바꾸며 일군 이 공간에서 나는 그가 가난한 순교자인 듯 느껴져 서러움이 쌓인다. 루게릭 병과 눈물겨운 싸움을 벌이며 전시 공간을 마련했다. 폐교된 운동장은 아름다운 정원으로 가꾸어져 있다. 제주를 상징하는 돌과 바람, 나무와 야생화 그리고 억새, 사람을 상징하는 작은 인형 조각 작품. 섬세함이 돋보이고 낮은 돌담을 끼고 있는, 언제나 걷고 싶은 아늑한 공간이다. 어디서나 사진 찍고 싶은 아름다운 장소이다. 입구에 내 키만 한 주황색 조각품이 '외진 곳까지 찾아주셔서 감사합니다'라며 우릴 반긴다. 정답고 푸근하다. 그를 생각하니 콧날이 시큰거린다. 그가 살아온 세월을 응원하고 작품을 기억하리라.

뒤뜰에도 아기자기한 작은 조형물과 장독대가 자리하고 있고 무인 찻집은 누구 눈치 보지 않고 수다 나눔방으로 활용할 수 있게 배치되어 있다. 문우와 홍차 나누며 이곳 갤러리 관람기를 풀어낸다. 입구 안내판이 잘 정리해 주고 있다. '사진만을 생각하며 치열하게 살다 간 한 예술가의 숭고한 예술혼이 담긴 곳'이다. 그는 한 줌 재로 남아 이 정원에 뿌려졌다. 이곳에서 영원히 살아갈 것이다. 가끔 바람 되어 그가 그토록 사랑했던 마라도, 한라산, 제주도의 중산간 마을들을 나들이하고 영원한 그의 집 두모악 갤러리로 돌아오겠지.

이번 여행길에 찾은 곳은 이 갤러리와 위미동백 군락지, 가시리 녹산리 유채길, 제주 허브동산, 섭지코지와 등대, 사려니 숲길, 오설록 티뮤지엄, 곶자왈 유리의 성이다. 모두가 다시 찾아오고 싶은 곳이다. 나도 사진작가 김영갑처럼 제주를 무척 사랑하고 싶다. 하지만 무엇보다 '김영갑갤러리 두모악'에서 문학에 대한 영감을 얻을 수 있어서 고맙다. 내 정신에 감전되어 불꽃이 일어나길 기대한다. 감각이 새로워지고 사유가 깊어지길 바란다.

『그 섬에 내가 있었네』 저서에서 김영갑은 말한다. 매서운 겨울바람 속에서 피어난 너도바람꽃처럼 고통의 끝에서 무사히 봄을 맞을 수 있다는 믿음을 버리지 않았다고. 그는 한겨울에 움트는 봄의 기운을 보았다고 말한다. 삶을 관통해서 얻은 그의 언어가 더욱 빛난다.

예술이 자유가 될 때

　　오월의 신록이 싱그럽다. 엄지손톱만큼 자란 은행잎 새순은 맑고 깨끗한 연둣빛이다. 송순은 하늘을 향해 기립해 있고 때죽나무는 기품있게 하얀 꽃을 매달고 서 있다. 신록을 품은 덕수궁 경내의 풍치가 봄꽃 시절이나 단풍철 못지않다.

　이 고궁의 국립현대미술관 계단을 오른다. '예술이 자유가 될 때: 이집트 초현실주의자들'이라고 쓰인 현수막을 바라본다. 사람의 감정을 제한하려는 권위에 도전하는 예술가들. 자유의 날개옷을 입고 막힘없이 예술 활동을 펼친 이집트 초현실주의자들의 작품은 어떤 모습을 하고 있을까. 흥미진진한 이야기보따리를 풀어내 주길 기대하며 전시장으로 들어선다. 1층에서 2층으로, 2층에서 다시 1층으로, 2층으로 오르락내리락 되풀이해도 볼거리가 풍성한 덕분인지 발걸음이 경쾌하다.

　기본 체제에 강렬히 저항했던 그들 작품 166점이 5개의 주제로 나뉘어 세련되게 펼쳐진다. 회화, 드로잉, 사진, 조각 등 다채롭다. 전문가가 아니어도 이해하기 쉽고 사랑받을 수 있게 자세하게 안내하고 전시 공간도 적절하게 잘 배치되어 있다.

전시장 바닥에 그려진 화살표를 따라서 시간여행을 한다. 1부는 유럽에서 초현실주의가 이집트로 유입되는 과정, 2부는 '예술과 자유그룹'에 대한 조명, 3부는 환상 세계의 사진 기법, 4부는 현대미술그룹의 활동상, 5부는 이집트 초현실주의 이후 현재까지의 이집트 예술계를 만나는 지점으로 종착역이다. 기찻길 따라 여행을 다녀온 듯하다. 그들의 화풍이 낯설기도 하고 때로는 익숙하다는 느낌을 받는다.

'예술과 자유그룹'이 1938년부터 이집트 문화 영역에서 선구적 역할을 해왔다. 1946년부터 1965년까지는 '현대미술 그룹'이 초현실주의 활동을 활발히 이어갔음을 학습한다.

전시 작품 중에 무니르 카난의 〈지하세계〉, 케말 유시프의 〈날아다니는 영혼들〉, 압둘하디 알 자제르의 〈진의 여인〉은 신화와 우화, 구전문학 등 전통에서 모티프를 차용한 작품임을 알 수 있다. 이집트의 특징이 잘 드러난 작품을 감상한 탓인지 나는 10여 년 전, 이집트에서 피라미드, 스핑크스, 파피루스 그림, 벽화 등 고대 유적을 답사했던 시절을 떠올린다. 영화로웠던 룩소르 신전, 거석문화의 상징인 카르나크 신전은 '경이로움'이었다. 열주 하나에 성인 9명이 두 팔 벌려 손잡고 기둥을 얼싸안았다. 상상을 초월한 거대함이 아직도 선명한 기억으로 남아 있다.

람시스 유난의 〈자연은 여백을 사랑한다〉 작품은 절단된 신체 부위들로 구성된 뗏목의 형상이 인간의 비극적인 운명을 암시한다. 피카소나 달리의 그림처럼 왜곡되고 분절된 인물을 기괴한 모습으로 표현하고 있다. 알 후세인 파우지의 〈굶주림〉, 푸아드 카밀의 〈끝나버린 꿈〉과 〈욕망의 사제들〉은

빈부격차, 부패사회, 억압된 자유를 고발하고 있다. 라팁 싯디크의 〈어머니들-평화 행진〉은 암울한 현실을 따뜻하게 풀어낸다. 화면이 꽉 차도록 수많은 어머니들이 무채색 옷을 입고 한 방향으로 행진하고 있다. 품에 아기를 안고서. 이 그림에서 아이들의 시선은 어머니들 시선의 반대쪽에 있고 조금 위를 쳐다본다. 미래에는 희망이 찾아오리라는 것을 암시하고 있다. 암울한 현실을 따뜻하게 풀어내는 작가의 따뜻한 시선에 내 마음도 위로받은 느낌이 든다.

'예술과 자유그룹'의 기틀을 마련한 이는 조르주 헤네인이고 멕시코의 프리다 칼로, 디에고 리베라와도 긴밀한 관계를 맺었다는 사실도 흥미롭다.

'현대미술그룹'의 집단 무의식화된 초현실 세계가 자주 나타난다. 생기 없는 거리 풍경, 억압된 현실도 등장한다. 인지 아플라툰의 〈단샤와이 학살〉은 두 손이 뒤로 묶인 채 교수형에 처한 남자의 뒷모습이 섬뜩하다. 이브라힘 마스우다의 〈희생〉은 십자가에 못박힌 예수님을 상징하고 있다. 종교, 사상, 이념을 드러내며 자유의 가치를 앞세운다. 또 하나의 특징은 반복되는 주제와 이미지이다. 고양이, 물고기, 새, 수탉, 열쇠, 꿈에 대한 그림이 나열되어 있다. 서민의 생활양식, 제사 의식, 이승과 저승, 몽환의 세계를 나타낸 이 그림들은 '예술과 자유그룹'에 비해서 색채가 화려하고 발상이 더욱 신선하다. 압둘하디 알자제르의 〈시민합창단〉 작품은 문화예술의 힘을 생각하게 한다. 재산을 몰수당한 시민들, 맨발로 무표정하게 서 있는 빈민들. 비어있는 식기와 사발, 항아리. 작가의 외침을 듣는다. '이들이 죽어가고 있소. 어쩔 셈이오?' 사회 저항적 주제로 시대정신을 점화시킨 이 작가는 문화예술로 세상을 바꾸려 하고 있다. 실제로 작가는 구속되어 고초를 겪었다. 민중예술과의 유사점과 상이한 점을 찾아본다. 케말 유시프의 〈귀족〉은 얼굴과 목이 청록색이다. 이 색은 풍요와 부활을 뜻하며 식물의 신인 오시리스를 상징한다. 신성한 느낌을 준다. 모자와 옷은 흰색으로 고결한 느낌을 주고 바탕은 주황색이다. 바탕과 피부색의 조화가 뛰어나다. 몸은 앞으로, 얼굴은 옆을 바라보는 특징이 있는 입체적인 작품이 한 면에서 잘 보이도록 구성하고 있다. 간단명료하게 귀족의 특징을 잘 드러낸 수작이다. 이 전시회의 대표작이라 생각한다.

이집트 초현실주의 이후의 작품 중에 압둘하디 알자제르의 〈헌장〉과 〈평화〉는 낫세르의 혁명을 찬양하고 있다. 그가 '현대미술그룹'에서 활발히 활동하던 때의 주제와는 이질감이 있다. '헌장'을 들고 있는 여인. 농민의 모습. 수에즈 운하와 아스완 댐. 근대화된 국가의 밝은 미래를 표현하며 국가의 정책에 작품으로 호응한다. 나세르가 문화예술을 감시, 통제하면서 초현실주의는 급격히 쇠퇴기를 맞는다. 최근 우리나라 문화체육계의 블랙리스트와 화이트리스트 얘기와 겹쳐진다. 입맛이 씁쓸하다. 풍부한 사고는 '자유'에서 출발한다. 모든 분야의 문화예술 활동을 획일화하려는 시도는 마땅히 접어야 한다. 문화의 생명은 다양성이다. 예술 활동은 자유롭고 독립적이어야 한다. 문화정책은 지원하되 간섭해선 안 된다. 우리 문화예술인의 창의성과 꾸준한 활동을 지원하는 성숙한 사회가 되길 염원한다.

초상사진 작가 반레오의 실험적 작품 세계를 조명한 전시실은 그의 이색적인 사진 작품으로 채워져 있다. 이중 노출, 삼중 노출, 조명 효과, 조합 인쇄, 포토 몽타주 같은 다양한 사진 기법을 사용한 작품들이다. 그의 일상에서 일어난 중요한 사건들과 변화를 포착하여 기괴하고 초현실적 분위기를 연출한 사진이 눈길을 붙든다. 특히 환상세계로 이끌어 주는 작품 〈2차 세계대전의 비행기와 반레오〉를 주목한다. 뿌연 이미지를 표현하기 위해 유리 보호막을 사용한다. 독창적이어서 관심이 증폭된다. 그의 창의적 잠재력이 무궁무진하다.

이번 이집트 초현실주의자들 작품 감상으로 이집트와 새롭게 마주한다. 그들의 독창적인 작품과 이집트 문화예술을 이해하는 데 도움을 준다. 이집트 엘리트 지식인인 그들이 권위주의와 사회적 쟁점에 맞서 싸우고 인신 구속되는 등 그들의 언행과 실천이 예사롭지 않다. 성숙한 사회가 되기 위해선 늘 대가가 따라야 하는지 안타까운 현실이다. 그들이 이집트 사회에 끼친 영향력도 크지만, 시리아, 레바논, 이라크 등의 예술가들과 함께 왕성한 활동을 전개한다. 활동 일부는 이 전시회의 아카이브 섹션에서 소개하고 있다. 파일에는 그들의 창의적인 작품과 출판물이 눈에 보이는 것 이상으로 확장성을 지니고 있다.

작품 감상자로서 나는 참신한 눈으로 새로운 발견을 하려고 마음을 모은다. 이 전시에서 가장 몰입해서 감상한 작품은 〈어머니들-평화행진〉, 〈시민합창단〉이다. 문화는 사람이 살아가는 모습에서 그 흔적을 찾아내고 이해의 폭을 넓힌다. 사람과 세상을 바라보는 안목이 조금은 키워질 듯하다. 미술사에 족적을 남긴 작품은 당대의 절실한 부분을 건드려 이슈화된 작품이다. 이 작품들도 충분히 가능하지 않을까.

가슴을 설레게 하는 작품, 순화되고 비워지는 그림, 상식과 통념을 거부하는 예술 앞에서 나의 글쓰기도 그렇게 되길 간절하게 바란다. 나의 삶 속에서 응용하고 활용해야 할 일과 버려져야 할 일들을 분류한다. 풍부하게 소유하는 삶이 아닌 풍성한 문화가 숨 쉬는 삶이길 바란다. 삶은 예술을 낳고, 예술은 삶을 낳는다고 하지 않던가.

일상에 예술을 입히다

       매달 마지막 수요일. 문화가 있는 날이다. 대중이 쉽고 친근하게 문화예술을 맛볼 수 있는 마당을 펼쳐주고 있다. 나는 외출을 서두른다. 박물관, 미술관, 영화관, 공연장, 도서관, 고궁 등등. 나를 부르는 곳은 많다. 어디든지 문화행사는 풍성하게 열리고 친절하니 얼마나 매력적인가. 입장료도 무료 아니면 아주 저렴하니 작은 선물이지 싶다. 한 달이 즐겁게 마무리되는 풍요로움은 어디에 비할까.

    오월 마지막 수요일, 나는 서울시립미술관에서 '하이라이트'를 관람한 후에 통의동에 위치한 대림미술관으로 향한다. 미술관 입구부터 시끌벅적하다. 단체관람 온 고등학생, 데이트하는 남녀, 이삼십대 젊은이들, 아가와 함께 온 엄마 아빠. 활력이 넘실댄다. 나도 한껏 마음이 부풀고 어려지는 느낌이 든다.

    이곳은 사진작가이며 삽화가, 비주얼 커뮤니케이터인 토드 셀비의 작품전시장이다. '즐거운 나의 집'이란 이름 아래 4층까지 400여 작품이 독특한 감각으로 재미있게 펼쳐진다. 유행의 첨단을 걷는 예술가와 유명인의 라이프스타일이 사진, 삽화, 영상, 대형 설치미술로 선보인다. 재치 있고 유쾌한 에너지가 전해지는 작품 앞에서 사진 촬영하는 작은 소음도 거슬리지 않고 작품 속으로 빨려 들어 온다. 부모를 따라온 너덧 살 쯤의 아이는 "엄마 이게 뭐야?" 하면서 클레어 프탁이 만든 머핀과 케이크 사진 작품 앞으로 다가선다. 보물을 찾은 듯 눈을 반짝이는 모습에 관객들의 흐뭇하고 사랑스러운 시선이 집중된다.

암비카 콘로이가 직접 키운 앙고라 토끼와 염소, 양의 털을 깎아 실을 뽑아내고 의상을 제작하는 모습이 찍힌 사진 앞에 선다. 나는 그녀의 풋풋하고 행복한 모습을 재미있게 들여다본다.

발망의 전설적인 디자이너 올리비에 루스테잉. 사람의 머리카락으로 무한한 상상력과 젊은 감각을 보태 가발을 제작하고 패션쇼를 선보이는 마리솔 수아레즈. 웅가로와 협업하며 초현실 액세서리, 실크 의상, 자수 모자를 디자인하는 조각가이자 디자이너인 앤드류 로건. 레이디 가가 등 개성 강한 유명인들의 의상과 모자를 디자인하는 프레드 버틀러 등등. 미국, 영국, 호주. 멕시코, 일본 등 세계 각국에서 역동적으로 살아가는 유명 디자이너들이다. 사진 작품으로 사적인 공간을 평소 모습대로 자연스럽게 노출하고 있다. 셀비는 그들이 무엇을 위해 어떻게 삶을 꾸려가는지 그의 작품을 통해 관객과 소통의 다리를 놓고 있다. 그는 방송, 신문, 잡지에서 활발히 활동하며 그의 웹사이트 방문객은 기하급수적으로 늘어나고 있어서 스스로 놀랄 정도의 인기를 누리고 있다.

또한 옥상을 농장으로 바꿔 온갖 채소와 꿀벌, 토끼 닭을 기르는 도시 농부 애니 노박. 멕시코 정글의 레스토랑에서 물과 전기를 사용하지 않고 태양

빛과 장작불로 요리하는 에릭 워너와 마이아 헨리. 좁은 보트 안에서 최소한의 생활 도구만으로 유람하는 사진작가 레츠 우드의 아늑한 공간. 이색적인 삶으로 유명해진 사람들의 자유로운 삶이 강렬하고 특별해서 무척 흥미롭다. 자기 일에 대한 애정과 호기심, 그리고 자유가 삶의 동력이 아닐까. 그들은 셀비의 작품으로 소개되는 것만으로도 큰 영광이라고 생각할 듯하다.

세계적 패션디자이너인 칼 라거펠트의 작품에 관심이 집중된다. 독서광인 그는 스튜디오 바닥에서 2층 천장까지 20만 권의 책을 벽면 가득 채우고 있다. 책은 그에게 무한한 영감을 제공하는 조력자라고 한다. 문화예술인에게 책은 영감의 산실임이 틀림없다. 나는 꿈을 꾼다. 여건이 허락되면 우리 집을 문화 사랑방으로 꾸미고 싶다. 사랑방이 열리면 그곳은 동네 책방 겸 독서 토론장이 되고 쉼터가 되는 곳이길 바란다. 음식도, 차도, 아픔도, 외로움도 함께 나누는 장소. 나의 오래된 꿈이다. 라거펠트의 책은 그림의 떡이지만 부럽기는 하다. 그의 꽁지 머리와 20만 권의 책을 번갈아 바라본다. 누렇게 바랜 서책을 흐뭇하게 바라보는 책 주인. 그는 정신이 빛나는 예술가가 아닐까.

이어지는 전시 공간에서 셀비의 삽화 작품 160여 점을 만난다. 크기가 다른 삽화들이 주제별로 모여있다. 동물, 사람, 식물, 음식, 자연 등 일상에서 흔히 대할 수 있는 소재이다. 관객에게 친근하게 다가가기 위함인지 표구가 간결하다. 삽화도 단순화시키고 깔끔하고 독특한 색깔로 덧칠해 미적 순수함이 느껴진다. 왕관과 예쁜 목걸이로 치장한 강아지 그림은 웃음을 유도한다. 요란하게 장식하기 좋아하는 어느 분이 떠올라 폭소가 터진다. 다른 작품도 관객과 공감하며 즐거움을 주기 위한 작가의 의도가 읽힌다. 작가는 유쾌하고 호기심이 많으며 마음이 넉넉할 거라고 짐작한다.

3층의 대형 사진 작품 다섯 점에는 이야기가 숨어있다. 사진과 삽화를 결합한 환상적인 작품으로 지금까지 보지 못했던 새로움이 돋보인다. 영화제작자 로이드 카우프만이 '트로마 필름' 사무실에서 영화 소품에 둘러싸여 있다. 재미있는 여러 가지 소품이 빈틈없이 채워져 있는 곳에 카우프만이 끼어 있어 들여다볼수록 재미있다. 그 사진의 사각 액자 틀에는 영화에서 나올 법한 귀여운 괴물들이 빈틈없이 등장한다. 대형 사진 주인공들과 관련된 이야기를 '레진 프레임'이라는 액자 틀에 그려 넣는다. 그렇게 셸비는 주인공과 관련된 많은 이야기를 그곳에서 들려준다. 기록물의 성격을 지닌 작품이다.

또 다른 작품은 세계적인 DJ 스티브 아오키가 클럽에서 명상하는 자세로 높은 무대에 앉아 있고 공연장은 폭발할 듯한 에너지가 뿜어져 나오는 야릇한 분위기의 사진이다. 사진을 에워싼 프레임에는 그의 전용 제트기, 음반, 턴테이블, 샴페인 등 그와 관련된 사물이 그려져 있다. 두꺼운 레진으로 마감되어 입체적이고 선명하다. 유머와 재치가 넘치는 다른 작품도 감각적으로 이야기를 풀어낸다. 셸비의 풍부한 상상력, 놀라운 제작 기법, 무한한 창작 욕구가 느껴진다.

옆방에는 그가 좋아하는 LA 고향과 뉴욕 작업실이 설치미술로 꾸며져 있다. 벽면에는 비행기로 오가면서 마주쳤을 풍경과 사물이 두 도시 사이의 벽면에 나타난다. 사막, 선인장, 뱀, 전갈, 트랙터, 다리, 자동차, 마천루 등. 떠오르는 생각도 엿보인다. 그는 부지런하며 비상한 아이디어로 특별한 체험을 한 사람들과 좋은 인간관계를 맺고 그의 일과 삶, 가정을 잘 꾸려온 멋진 예술인이라 생각한다.

그를 온전하게 느낄 수 있는 '셀비의 방'으로 이동한다. 그의 침실, 작업실, 거실이 그대로 드러난다. 실제로 그가 쓰던 침대, 옷, 신발 등 모든 것을 공수해 온 것이라고 한다. 그는 어떤 공간에서 휴식하고 작업하며 어떤 생각을 품고 살아왔는지 알게 된다. 침실엔 속옷이 널브러져 있고 작업실의 페인트 도구와 사진 장비는 무질서하고 거실엔 그가 여행했던 파푸아뉴기니 정글의 식인 부족 사진도 놓여 있다. 그의 하루하루가 쌓인 이 공간이 다큐멘터리 작가로서의 그의 삶에 중요한 의미를 부여하고 있다고 생각한다. 타인의 삶과 그들의 사적인 공간을 실제대로 기록한 작가로서 자기 삶의 방식도 관객과 공유하고 싶었을 것이다.

4층으로 올라간다. 셀비가 13살 무렵, 가족과 여행한 파푸아뉴기니에서 꾸었던 꿈을 입체적으로 잘 표현하고 있다. 4층 전체 공간에 꽉 차게 정글을 옮겨 놓고 있다. 연두, 노랑, 주황, 분홍, 하늘색 등 밝은색으로 표현해서 이곳에 들어서면 셀비처럼 동화 같은 꿈을 꾸며 동심 속에 빠져든다. 키 큰 나무, 알록달록한 예쁜 꽃, 생동감 있는 동물, 서로 다른 모습의 원숭이들, 표범, 홍학, 기린 등 어린이의 눈길을 끄는 풍경들이다. 새 소리, 북 소리가 들려오고 움직이는 동물들도 신기해서 함께 놀고 싶어진다. 어린이의 생각을 자극하고 꿈꾸게 하는 정글에서 오래 머물다가 다시 1층 정원을 찾는다. 귀여운 유령 앞에서 두 손으로 머리 위에 하트를 만들며 사진을 찍는 아기와 엄마 아빠, 열린 정원 벤치에서 차를 마시는 데이트 하는 청춘, 친구들과 전시 내용을 복기하는 젊은 처자, 미술관 담장과 카페. 모두 이야기가 풍성한 전시회의 한 부분이다.

젊은이가 많은 전시회, 재치와 유머가 넘치는 작품, 자유분방함, 상업미술과 순수미술의 경계, 일상과 예술이 만나는 지점. 무수히 많은 생각이 교차한다.

'문화가 있는 날'이 고맙다. 나는 동네 마실 나오듯 셀비의 '즐거운 나의 집'에 놀러 온 거다. 감성이 충전되어 문화예술의 풍요 속에 푹 빠져든다. 좋은 기운이 온몸으로 파고든다.

셀비는 일상이 예술임을 잘 표현한 작가이다. 내 글쓰기에 접목하여 일상에 예술을 덧입혀 보리라.

소용돌이 치는 별빛

빈센트 반 고흐의 그림은 언제나 나를 꿈꾸게 한다. 자신을 희생 제물로 삼아 탄생한 그의 작품 앞에서 나는 전율한다. 〈별이 빛나는 밤〉. 누구보다 고독했던 그가 생 레미 정신병원에서 그린 작품이다. 예술가의 광기로 탄생시킨 이 그림은 슬픔마저도 아름답다. 별도 소용돌이치고 사이프러스 나무도 타오르듯 흔들거린다. 무서울 정도로 아름다운 별빛이다. 팍팍한 삶이 앗아간 그의 꿈이 별로 부활했을까. 별은 고독한 그의 마음속 친구였으리라.

신산하기 그지없는 삶을 그림에 통째로 바치지 않았다면 어떻게 살아냈을까. 빈센트의 작품과 삶은 구도의 여정이었다. 차마 울 수도 없는 여인, 시엔의 나신을 그린 〈슬픔〉, 군살 없는 삶을 나타낸 〈감자 먹는 사람들〉. 그곳에 빈센트가 숨어있었다. 그가 내게 전했다. 마디마디 아픈 삶이었다고.

몇 해 전, 나는 '반 고흐 10년의 기록, 빛, 예술이 되다' 전시장을 찾았던 적이 있었다. 웅장한 스크린을 통해 입체적으로 그의 작품을 조명하고 있었다. 감각적인 조명과 영상에서 터져 나오는 열기에 압도당해 그의 작품 속으로 빨려 들어갔다. 비운의 화가 빈센트의 명작이 그곳에서 부활했다. 27세부터 스스로 생을 마감하기까지 십여 년 화가로서의 삶이 보기 쉽게 구성되어 있었다. 고흐의 삶의 궤적을 따라가며 모색기, 농민 화가, 밝은 화풍 시기, 프랑스 남부 시절, 마지막 시기로 공간을 나누었다. 삶의 고단함, 뜨거움, 환희가 화면에 화려하고 섬세하게 펼쳐져 감정이입이 빠르게 진행되었다. 그의 예술혼이 내게 감전되어 그때부터 나는 빈센트 반 고흐에 빠져들었다. '나도 무언가 달라져야 한다'라든가 '가슴에 불꽃을 피우리라'고 내게 주문했다. 사람 냄새 나는 글, 선한 영향을 주는 작품을 써야 한다고 채근하기도 했다. 그때 이후로 나는 조금 더 부지런히 책을 읽으며 사유의 시간을 늘려가기 시작했다. 그렇게 빈센트는 내게로 왔다.

한 해가 노루꼬리보다 짧게 남은 세모에 〈러빙 빈센트〉를 상영하는 영화관을 찾았다. 전 세계 최초 유화 애니메이션 방식으로 고흐의 삶과 죽음을 다뤘다. 엄선된 백여 명의 화가가 그의 작품을 수년 동안 쉼 없이 온 정성으로 그렸다고 했다. 빈센트의 실제 작품 크기와 비슷한 배율로 화면을 조절했고, 감성을 입혀서 몰입하여 감상할 수 있었다. 그림에 취해 화면 속으로 푹 빠져드는 듯했다. 빈센트와 똑같이 그림을 그려낸 화가들의 노고, 가슴 깊이 스며드는 잔잔한 감동, 섬세한 떨림, 이 모든 것이 마냥 좋았다.

삶의 무게를 견디지 못해 37세에 권총 자살한 그가, 한 세기를 훌쩍 넘어 나를 찾아왔다. 그의 예술 세계에서 자신만의 확고한 신념으로 그 나름의 진리를 찾은 예술가. 팔레트에서 기쁨을 창조해낸 위대한 엔터테이너. 익숙한 그림을 깨뜨려서 아름다움의 영역을 넓혀간 창조자. 기존의 회화 방식에서 벗어나 늘 새로움에 도전한 천재 화가….

한 번의 관람으로는 아쉬움이 남았다. 다음날도, 그로부터 며칠 후에도 보고 또 보았다. 또 보아도 여전히 생생한 화면 속에서, 삶의 고통과 외로움을 견뎌낸 빈센트가 또 한 번 위로받고 있었다. 죽을 만큼 고통스러웠고 죽을 만큼 행복했던 영혼이 맑은 예술가, 빈센트의 열정을 누가 따라갈 수 있을까. 그의 열정은 캔버스에 땀으로 일군 작품을 남겼다. 나도 원고지에 땀방울을 쏟으리라 다짐했다. 공감이나 감동은 그렇게 해야 내 글에 스며들겠지. 이 영화가 내 가슴에 다시 불을 지폈다.

그를 더 깊이 알고 싶은 갈증이 더해갔다. 그의 고독한 삶과 예술의 연결고리를 찾고, 그의 철학 사상, 종교관을 알고 싶었다. 그게 내 삶의 가치와 의미를 진지하게 사유할 수 있게 해줄 듯했다. 정월 초하루, 바쁜 시간 틈내어 가족과 함께 ㄱ문고로 향했다. 그의 화집과 서간문, 관련 책자 몇 권, 선물용 서적을 샀다. 각박한 세상에 여유를 찾은 보람이 미소로 피어올랐다. 새해 아침이어서 더욱 새롭고 활력이 느껴졌다.

책방 순례 이틀 후엔 〈빈센트 반 고흐〉 뮤지컬 무대를 찾았다. 빈센트의 작품들이 3D 영상쇼로 제작되어 화면과 벽면, 무대 위의 캔버스에 가득 펼쳐졌다. 명화들이 순식간에 마술처럼 펼쳐져서 생동감이 넘쳤다. 그림 속 밀밭에서 까마귀가 날아오르고 사람이 걸어 나오는 장면은 신기했다. 광기에 싸인 주인공이 무대 뒤로 사라지면, 까마귀 떼가 출현하여 공포를 가져다 주었다. 빈센트의 마음이 전달됐다. 첨단 기술이 입혀진 뮤지컬로 보는 그의 그림이라니! 이채로운 경험이었다.

삶을 관통한 빈센트의 예술은 아프지만 정말 아름다웠다. 입체 영상을 배경으로 혼신을 다하는 배우들의 연기와 노래 솜씨는 최상이었다. 커튼콜로 또 다른 매력을 발산하는 배우에게 손바닥이 얼얼할 정도로 아낌없는 박수를 보냈고 두 손 들어 환호하며 그들의 재능과 수고에 화답했다. 자정이 넘은 시간에 귀가해 잠을 청했으나 여운이 사라지지 않고 사유만 깊어졌다.

빈센트 여행은 몇 주간 계속됐다. 조금씩, 내 삶의 뿌리가 깊어지고, 사유가 확장되고, 활력이 차오르는 여행이었기를 바란다. 그 후에도 이따금 빈센트를 마주친다. 책으로, 음악으로, 매체를 옮겨가도 여전히 감동을 주는 그에게, 마주칠 때마다 반갑게 인사한다.

속 깊은 친구를 오래 사귀면, 친구를 닮게 된다고 하던데…. 그가 작품 뒤에 감춰둔 심오한 이야기가 나에게만 보인다는 상상은 즐겁다. 남몰래 찾아낸 그 이야기는 어떤 내용일까. 예술은 끝없는 고독에서 태어나며, 막다른 곳에서도 끝끝내 삶을 붙잡아야 결실이 있을 거라는 이야기일까.

꿈꾸듯 이어지던 생각을, 익숙한 멜로디가 비집고 들어왔다. '스타리 스타리 나이트'라는 첫 소절로 유명한 돈 맥클린의 노래, 빈센트에게 헌정한 곡이다. 고흐의 〈별이 빛나는 밤〉 그림이 떠오르는 건 피할 수 없는 일이다. 소용돌이치는 별, 파도처럼 이어진 노란 선, 하늘 끝에 닿을 듯한 검은 사이프러스 나무, 불이 켜지지 않은 교회와 높이 솟은 첨탑…. 여기에 빈센트가 사려 깊게 숨겨둔 은밀한 메시지는 무엇일까.

남다른 감수성과 광기로 태어난 그의 예술은 그의 사후에 더욱 빛났다.

그가 생전에 품었던 희망은, 내 예술로 사람들을 어루만지고 싶다는 소탈한 것이었다고 한다. 이제 그의 희망이 이루어졌음을, 우리 모두는 알고 있다. 그의 선한 삶의 의지에 대한 보상이 아닐까.

그의 치명적인 실수는, 시대를 앞서갔다는 사실뿐이었다는 뜻인가. 그렇다면 그의 실수는 안타까운 것일까 위대함의 근원일까. 빈센트 반 고흐에게 사랑을 보낸다. 러빙 빈센트!

추울 땐 뮤지컬
어때요

힘든 세상입니다. 추위도 한몫하네요. 몸이 움츠러드는 건 그렇다
쳐도, 마음이 얼어붙도록 놓아둘 순 없죠. 이럴 때 마음을 뜨겁게 하는 것으
로 뮤지컬만 한 게 없습니다.

나는 뮤지컬을 정말 좋아합니다. 가격이 부담되지만, 내게 주는 선물이라
생각하며 마음을 달랩니다. 뮤지컬 공연장에 가면, 코앞 무대에서 배우들이
쏟아내는 노래와 절절한 연기를 함께 느낄 수 있습니다. 그러니 내게 기를
불어 넣고 싶을 땐 뮤지컬이 최고일 수밖에요.

해서, 뮤지컬 〈빈센트 반 고흐〉 공연장으로 향했습니다.

뮤지컬 〈빈센트 반 고흐〉는, 빈센트와 테오 형제가 3D 영상으로 삶의 이
야기를 들려주는 신기한 무대였습니다. 안개처럼 암담한 현실과 마주한 애
처로운 영혼들. 고독한 싸움을 벌이는 마음 깊고 따뜻한 주인공들에게 매료
되어, 차츰 무대 속으로 빨려 들어갔습니다. 그런데 공연의 시작과 함께 클
로즈업 되는 장면은, 빈센트의 죽음 이후 테오의 모습이었습니다.

테오는 형의 죽음을 받아들이지 못했지요. 결국, 힘든 세월을 살다가 형의
곁에 나란히 묻혔습니다. 여섯 달 후에요. 그림으로 사람들을 위로하고 싶다

던 비운의 예술가 빈센트는 사후에야 소망을 이뤘습니다. 동생 테오가 없었다면 이뤄질 수 없는 일이었겠지요.

삶은 누구에게나 험난할 때가 있고, 기쁨엔 반드시 고통이 따르지 않던가요. 혼자 걷는다면 외로움을 피할 수 없습니다. 누군가가 손잡아주지 않는다면, 외로움을 감당하는 의미마저 사라질지 모르는 일이지요. 빈센트에게는 동생 테오가 그렇게 손을 잡아주었습니다.

우리가 삶의 고통을, 외로움을 감당하는 이유가 무엇일까요. 삶 자체가 세상에 남기는 작품이고, 그렇게 삶이라는 이야기를 남기기 위해서 살아간다는 생각, 점점 마음으로 받아들이게 됩니다. 그림으로 끝내 사람들을 위로할 수 있었으니, 빈센트의 삶은 찬란하고 슬프게 빛나는 작품이겠지요. 그렇다면 테오의 삶은 어떤 이야기를 들려줄까요.

글 쓰는 내가 삶이라는 거대한 글을 마칠 때쯤엔, 그 이야기는 빈센트처럼 뜻을 이루는 서사를 닮았을까요. 테오처럼 누군가의 뜻을 위해 바쳐지는 서사를 닮았을까요. 그 이전에, 내가 쓰는 글은 스스로의 삶을 정직하게 담고 있을까요. 한 해 한 해 쌓이는 내 글을 따라가면, 내 삶의 성장이 나이테처럼 불어나는 걸 볼 수 있을까요.

뮤지컬을 뜨겁게 사랑하면, 이렇게 뜨거운 생각과 만날 수 있습니다. 그러다가 내 삶과 타인의 삶을 북돋거나 깊이 이해할 수 있다면 더욱 좋겠지요. 누군가와 함께 공연을 나눌 수 있다면 금상첨화입니다. 지혜란 벗과 함께 사랑하고 미워하며 자라는 것이라고 하니까요.

결국 삶이란 누군가와 함께 걷는 길입니다. 함께 꿈을 이루는 서사라면 행

복할 테지만, 위대한 희생에 감동하는 영혼에게는 테오의 삶이 더 묵직한 이야기를 들려주겠죠. 오늘 제가 들은 이야기처럼요.

테오의 이야기 덕분에, 건넬 말에 자신이 생겼습니다. 당신의 삶이 스스로 빛나든, 값지게 희생하는 것이든, 외로움을 함께 나눌 귀한 사람 하나가 당신을 바라보고 있을 겁니다. 다가가서 함께 걷자고 말하세요. 뮤지컬 공연장으로 향한다면 더욱 좋겠네요.

고통으로 빚은 예술

　'그림 값과 예술가의 영혼'. 신문 기사 제목이 무척 흥미롭다. 에드바르 뭉크의 대표작 〈절규〉의 그림값은 1,353억 원. 레오나르도 다빈치의 〈구세주〉는 사상 최고가 약 5천억 원. 두 번째는 파블로 피카소의 〈알제리의 여인들〉, 약 2천억 원. 뭉크의 〈절규〉는 다섯 번째란다. '어~억' 외마디 소리가 새어 나온다. 이 글을 기고한 미술 평론가는 묻는다. 과연 비싼 그림이 좋은 그림인가. 아니면 비싸지 않아도 좋은 그림이 있는가. 그는 '혼란스럽다'고 했다. "비싼 그림은 화가의 깊은 영혼으로 탄생한 것"이라고 조심스럽게 언급했다. 그림 값에 놀라긴 했다. 하지만 예술가의 고귀한 아픔으로 빚어진 작품이 인류의 육신과 영혼을 위로하고 삶을 구원한다면 값어치를 따지는 일은 무의미하지 않을까.

　나는 몇 년 전, 예술의 전당으로 '뭉크와 떠나는 미술관 여행'을 다녀온 적이 있다. 당시에 나는 심신이 지쳤고 위로받고 싶었다. 뭉크의 삶과 예술세계는 극적인 요소를 모두 갖추고 있었다. 이런 삶도 있구나. 나에게 맞닥뜨린 어려움은 하찮게 여겨졌다.

　그의 가족사는 비극의 연속이었다. 병약했던 뭉크는 다섯 살에 세상의 중심인 엄마를 잃고, 열네 살엔 엄마처럼 의지했던 누나마저 멀리 떠나보냈다. 두 사람 모두 결핵으로. 아버지는 충격으로 정신 분열. 여동생은 정신병원 입원. 남동생은 결혼 후 어머니와 동생 곁으로. 아무리 인생은 비극이라지만 이럴 수가…. 그는 감당할 수 없는 무거운 운명을 평생 지니고 살 수밖에 없었다. 〈임종의 자리에서〉, 〈병실에서의 죽음〉, 〈죽은 어머니와 아이〉 작품에서와 같이 죽음에 대한 기억과 갈등을 반복해서 소재로 삼았다. 공포로 외면하고 싶은 '죽음'을 작품에 녹여내며 운명을 받아들이는 모습은 세상과의 소통이었다. 〈생의 프리즈〉 연작은 삶, 죽음, 사랑 등 그가 겪어낸 인간 본연의 모습을 드러냈다. 세상 모든 사람은 쓸쓸하고 아프구나. 위로 받은 느낌이었다. 대부분의 다른 작품에서도 인간의 원초적인 감정을 표현했고 삶의 다양한 모습이 시각화되어서 작품의 의도가 잘 읽혔다.

누가 뭐라 해도 그의 대표작은 〈절규〉였다. 해골바가지 같은 남자의 비명소리가 들리는 듯했다. 불안한 영혼이 우리와 겹쳐 보이기도 했다. 이 작품은 불안과 공포의 아이콘으로 남아있다. 영화 포스터, 아트 상품, 휴대전화 이모티콘, 인간 심리를 반영한 여러 매체에서 활용한다. 그는 노르웨이 밤하늘에서 청, 록, 황, 적, 백색 등 여러 가지 색깔로 신비로움을 창조하는 오로라처럼 영혼을 울리는 화가가 아닌가. 운명을 극복하며 4만 점의 작품을 쉬지 않고 창조해 낸 그가 자랑스럽다.

뜨거운 영혼으로 절규한 화가 중에는 깨어진 삶을 그림으로 이어간 프리다 칼로가 있다. 어려서는 소아마비, 사춘기엔 대형 교통사고로 몸이 부서져 평생 불편을 감수할 수밖에 없었다. 그녀의 우상이었던 남편 디에고 리베라는 끝없는 외도로도 모자라 아내의 여동생과도 깊은 관계를 맺어 문란한 사생활의 극한점을 보여줬다. 맨정신으로 살아가기엔 너무나 가혹한 삶이었다. 특수 제작한 보조 코르셋에 의지해 생의 마지막 순간까지 자화상을 수없이 그려냈다. 아픔과 절망의 순간을 정면으로 돌파하며 더 나은 삶을 살고자 했던 갈망이 처절하고 눈물겨웠다. 프리다 칼로는 '나는 아픈 것이 아니라 부서졌다. 하지만 그림을 그릴 수 있는 한 살아있음이 행복하다.'라고 했다. 자화상 〈부서진 기둥〉은 그녀의 삶과 예술을 가감 없이 드러내고 있다. 그에게 그림은 고통으로부터 탈출할 수 있는 피난처였다. 신체적 고통과 불우한 운명을 극복하려는 의지가 눈물겨워 위로하고 싶었다. 내 삶이 아프다고 말할 수 없었다. '그래. 삶은 사는 것이 아니라 살아내는 거야.' 스스로에게 다짐했다. 삶을 쟁취한 그녀에게 아낌없는 박수를 보냈다. 그녀는 잔인한 운명 속에서도 늘 희망을 꿈꿨다. 그녀가 생의 마지막 순간까지 그려낸 수많은 자화상에는 더 나은 삶을 살아내려고 했던 그의 갈망이 담겨 있었다. 그녀의 삶에서 얻어낸 에너지는 너무나 강렬해서 설득력이 있었다.

그녀는 인간 승리의 화신으로 여겨진다. 예술학교 교수로 임용되었고, 그녀의 작품은 남미 최초로 루브르 미술관에서 채택했고, 멕시코 국보로 지정되었다. 예술가의 월계관이 주어진 셈이다.

내면의 고통을 극복하려고 미친 듯 그림을 그렸던 빈센트의 예술 세계는 어떠한가. 그의 작품 역시 불행의 텃밭에서 더 깊고 단단하게 뿌리를 내렸지 않은가. 빈센트 반 고흐의 예술은 생을 마감할 때까지도 인정받지 못했다. 동생 테오의 헌신적인 뒷바라지가 없었더라면 아무것도 할 수 없는 처지였다. 생활도, 그림 그리기도. 그의 짧은 생애가 너무나 가엾고 안타까워서 그의 이야기가 있는 곳은 어디라도 찾아다녔다. 빈센트와 테오 관련 서적을 눈에 띄는 대로 읽었다. 전시관, 미술관, 영화관, 뮤지컬 공연장에서 그를 만났다. 그의 작품에 눈을 떴고 스스로 삶을 마감한 비극적인 생과 예술에 심취했다. 그의 그림으로 가득 찬 애니메이션 영화를 며칠 사이에 세 번 관람하기도 했다. 소문이 났는지 가족으로부터 그의 그림 12매로 채워진 달력을 선물 받았다. 옥색 컵도. 빈센트의 동생 테오 부부가 아들을 낳았을 때 그는 기쁨에 넘쳐 아몬드꽃 그림을 보냈다. 바로 그 그림의 컵이었다. 취향 저격이라며 기쁨을 감추지 않았다. 지인으로부터 그의 해바라기꽃 그림 컵, 복숭아 나무 그림 사진을 각각 받고서 떠오르는 대사가 있었다. "테오야, 요즘은 코발트색이 참 좋아. 색채들이 나에게 사랑을 속삭이는 것 같아." 내 감성을 오래오래 자극한 이 말들이 잊히지 않았다. 순수에서 비롯된 열정을 지닌 빈센트. 그 코발트색이 주조를 이루는 선물로 내 취향을 기억하는 예쁜 사람들. 이들은 늘 내 마음의 감성 온도를 팍팍 올려주고 있다.

그가 떠난 지 한 세기도 훨씬 지난 지금, 그림 애호가뿐만 아니라 많은 세계인이 그를 아끼고 사랑한다. 그의 작품을 우리 주위 생활용품에서 쉽게 볼 수 있으니 그가 살아난 듯 반갑다. 고귀한 아픔으로 창조해낸 그의 예술은 병든 사람을 치유하고 새로운 질서를 창조했다.

고통 없는 삶이 어디 있겠는가. 에드바르 뭉크와 프리다 칼로 그리고 빈센트 반 고흐에게 닥친 고난과 시련은 예술을 위한 길이었고, 혈관이며 생명이었다. 그들은 위대한 예술을 위해 하나의 문이 닫히면 또 다른 문을 박차고 나가 삶을 변화시켰다. 결핍을 에너지로 바꿔 불후의 명작으로 변모시켰다. 더 잃을 것 없어도 고통을 의미 있는 것으로 변화시키는 이들 예술가는 참으로 위대하다.

내게 고통과 슬픔이 찾아와도 그것도 내 인생이 아닌가. 기꺼이 맞으리라.

밥은 먹고 다니냐

문화계의
키다리 아저씨

신문 기사에 눈이 멈춘다. '문화계의 키다리 아저씨'라니. 천 점 미술품을 소유한 수집가이자 예술 경영지원 센터 이사장의 이야기였다. ㅂ기업 회장인 그는, 어떤 사연이 있어 키다리 아저씨라는 별명을 얻었을까. 집중해서 읽었다.

기사에는 창업주 2세로 태어나 금수저 인생이었던 그가 외환위기 때 빈털터리가 되었다는 이야기가 등장한다. 아내마저 먼저 세상을 떠나고 모든 걸 다 잃었다고 생각하던 때가 있었다. 자서전을 쓰면서 과거를 정리하다 보니 남은 인생 어떻게 사나 궁리하게 됐다. 결론은 내가 가지고 있는 것을 모두 다 주고 떠나자고 작정했단다. 건설업에 몸담아 치열하게 살아가다 보니, 직원들도 자신도 삶이 강퍅해지는 모습을 보게 되었단다. 모이는 돈의 무게만큼 감성이 헐거워지는 일만은 막아야겠다는 생각이 들었겠지. 삶을 풍요롭게 채울 수 있도록 문화예술에 관심이 생겼을 테고. 그 후 본업보다 공연이나 전시, 문화와 관련된 일에 온 마음을 쏟았단다. 사옥도 미술관처럼 꾸미고, 층마다 마련된 도서관엔 문화예술 관련 서적을 빼곡하게 채웠다. 문화재단을 세우고 재원 마련에만 집중할 뿐. 연극, 음악, 미술 등 각 분야의 운영은 전문가들의 몫으로 일임했다는 이야기에 눈길이 오래 머물렀다. 게다가 세종문화회관, 꿈나무오케스트라, 공공미술 프로젝트, 어린이 병원 프로젝트 등에도 심혈을 기울였다니… 신 내린 듯 에너지를 쏟아내는 그의 삶이 머릿속에 그려졌다. 문화예술에 미쳐있는 사람이라는 세간의 평가도 허투루 말 대접 하다 나온 얘기가 아닐 거라는 생각이 들었다. 그 공로로 문화예술 후원 우수기관으로 인증을 받았다지만 그런 인정을 받으려 시작한 일이었겠나.

불멸의 예술적 재능을 타고난 별 같은 사람들이 있다. 그들의 재능은 절대로 축복만이 아니어서, 때때로 그 재능은 예술가를 불태우곤 한다. 그래서 천재 예술가의 이야기엔 언제나 조마조마한 비극의 분위기가 풍긴다. 그래선지 그런 재능이 나에게 주어지지 않았다는 사실에 혼자서 안도하기도 한다. 자기 기만인지 자기 위로인지 알 수 없는 알쏭달쏭한 비밀이다.

다행히 이런 비관적 분위기를 조금 덜 우울하게 만들 수 있는 전망도 존재한다. 예술이 세상을 울리고 위로하고 숨 멎게 하며 결국엔 역사를 조금 바꾸는 이야기 뒤엔 약간 비중 있는 조연이 필요하다는 것이다. 이것이야말로 조금 더 드러내도 좋을 훈훈한 비밀이 아닐까.

이탈리아 르네상스의 메디치 가문까지는 아니더라도 세계인이 찬탄하는 바르셀로나의 '사그라다 파밀리아 성당'을 130년째 꾸역꾸역 올리고 있는 작디작은 후원자들이 있다. 이 정도라면, 내가 꿈을 품어볼 만한 스케일의 구체적인 의제가 될 수 있으려나. 예술이 인간을 바꾸는 역사적인 스토리에 꼭 필요한 조연이라니. 구미가 당기는 정보가 아닐 수 없다. 핵심은, '불멸의 조연'이라는 게 여러 비중을 가지는 역할로 분할할 수 있는 공동 작업이라는 점이다. 반드시 지켜져야 하는 액수나 규모 따위의 기준이 있는 게 아니고, 실제로는 경건하게 벽돌 한 장을 후원하는 역할부터 메디치 가문까지 수많은 옵션이 존재한다. 당장 '사그라다 파밀리아 성당'의 설계자 안토니 가우디가 이 점을 잘 보여준다. 그의 유언은, 전 재산을 성당 건축에 기부하라는 것이었다. 그의 모든 재능을 다 바친 성당이었으니, 그런 묵직한 방법으로 역사에 참여하는 것도 적절한 균형이겠구나 싶다. 자신에게 알맞은 비중의 역할을 적절히 잘 고르는 게 어떤 것인지를 몸소 보여주는 예가 아닌가.

불멸의 천재만으론 세상을 치유하는 이야기를 끌어갈 수 없다. 이 말은 나 같은 작고 여린 문학인에게는 굉장한 힘을 준다. 불멸의 예술가는 창조와 표현 그 자체만으로 홀로 빛날 수 있게 자리를 마련해 주자. 우리 모두는 그 혜택을 공유하고 약간의 역할을 나누어 맡는 그림이 적절하겠지. 그렇게 되면 불멸의 예술가가 불행하게 세상을 떠나는 장면에서 세상을 치유하는 그 멋진 스토리가 멈추지 않아도 된다. 그렇게 이어져갈 스토리를 위해, 문화예술계의 키다리 아저씨와 아주머니가 많이 태어나길 바라는 마음 간절하다. 사실 내게도 특별한 사명처럼 느껴지는 일이 생겼다. 천주교 성지인 남양성모성지를 돕는 일이다. 어떤 구체적인 생각이 떠오를지 흥미로운 공상을 하는 중이다.

다행히 우리나라에서도 이런 백일몽 같은 프로젝트가 조금씩 굴러가기 시작하는 조짐이 보인다. 일단 다양한 사회 공헌을 하는 기업들이 많아지고 있다. 문화 소외 아동의 적성 교육을 지원하며 지역 홈스쿨에 악기를 선물하면서 나눔 문화를 조성하는 ㅈ기업. 야외 음악당을 만들어 다양한 세대와 장르를 아우르며 공연하는 ㅎ기업. 은퇴한 후 ㅋ화장품박물관과 미술관을 운영하며 사회공동체를 위해, 후세를 위해 국립박물관과 그의 고향박물관 그리고 모교에 문화재를 기증한 ㅇ문인. 문화를 향유하는 일의 가치를 먼저 깨닫고 앞장서는 개인이나 기업의 문화 사랑에 힘껏 박수를 보낸다.

기업이 예술에 공헌하는 것도 궁극적으로는 이익 때문이라는 비아냥을 들을 때도 있다. 그러나 이익을 이유로 한 공헌이라고 해서 공헌의 가치가 사라지지는 않는다는 게 중요하다. 기업 이익 추구라는 규칙이 냉엄하게 존재한다면, 그 규칙을 잘 활용할 방법을 찾을 일이다. 예컨대 문화예술을 아끼는 소비자들이 기업의 예술 공헌을 구매의 기준으로 삼는다면, 소비자로서 예술의 역사에서 자신들의 조연을 수행할 수 있을 것이다. 결국 문화를 향유하는 주체는 대중이 아닌가. 공연장, 전시장에 수많은 발자국이 찍혀지고 소유보다 문화 경험을 중시하는 사람들이 많아지면서, 기업의 이익 추구라는 팍팍한 목표마저도 대중적 문화 욕구를 위해 복무할 수 있게 되었다.

과연 나에게 딱 맞는 적절한 조연이 무엇일까 고민했다. 잔아박물관이라는 문학 박물관을 열어 많은 이들에게 예술적 분위기에서 숨 쉴 기회를 제공하는 ㄱ소설가를 떠올렸다. 며칠 전에 내가 속해 있는 문학단체 회원과 함께 양평 서종면에 있는 그의 문학 박물관엘 다녀왔다. 양평 황순원문학촌 소나기마을과 함께 짝지어 방문하기에 좋은 명소다. 세계문학관과 문학작품의 배경이 된 100여 나라를 답사한 관장님의 이야기는 흥미진진했다. 명작의 특정한 장소가 머리에 그려질 만큼 세심한 표현과 관객에 대한 정성 때문이었다. 에밀리 브론테의 조각상 앞에서 다음과 같이 말하는 그의 얘기엔 비장감이 묻어났다. "폭풍의 언덕은 일종의 통곡의 벽이다. 슬픔과 한이 맺힌 사람들은 히스클리프처럼 몸부림치고 싶어 찾아온다. 온 세계에서 울고 싶은 사람들이 모여드는 눈물의 성지가 됐다." 문학 기행지로 그곳에 가고 싶은 마음이 들었다. 병약한 에밀리 브론테의 조각상이 연민의 정을 느끼게 했다.

박물관 주변 정원에도 관장님의 부인인 ㅇ조각가가 직접 제작한 수많은 작품이 전시되어 있었다. 그중에 개구쟁이 소년들의 역동적인 모습과 정겨운 노부부 조각품이 마음을 푸근하게 감싸주었다. 산책길도 길게 이어져 있고 아름다운 정원이 있는 박물관에서 온종일 소일하며 다정다감한 관장님 부부와 문화 사랑 수다를 실컷 나누고 싶어졌다. 초청 강연, 시 낭송, 학생 백일장, 그리기 대회 등 다채로운 문화 프로그램이 알차게 마련돼 있는 공간이다. 지역의 복합문화 공간으로 자리매김이 된 듯했다.

관장님 부부 같은 조연도 멋지지 않은가. 나 또한 교육 관련 자료가 많지는 않지만 모두 버릴 생각을 하니 인생이 덧없다. 무소유의 삶을 떠올리지만 간단하지가 않은 일이다. 잔아박물관 관장 부부의 손끝에서 창작해낸 아름다운 작품들은 후세까지 잘 전할 수 있으니 얼마나 보람되고 의미 있는 일인가. 엄지 척을 하며 "멋진 인생"이라 했더니 손사래를 친다. 시골 마을에서 가난하게 태어나 가진 것 없어 집 팔고 모든 것을 정리해서 겨우 마련했단다. 원도 한도 없을 듯한데…

역시 역사에 멋진 그림을 함께 그리는 일이 손쉬울 리 없지. 그게 예술이든 다른 무엇이든. 내 깜냥과 관심에 딱 맞는 적절한 역할을 찾게 만드는 것

역시 방법은 예술일 터. 문화예술 전시장이나 공연장을 자주 찾아서 내 눈과 귀부터 밝게 만들고 볼 일이다. 일단 그곳에 가면 위로 받고 좋은 기운을 받으며 돌아오게 되니 당장 시작하지 않을 이유가 없다. 세상에 존재하는 다양성과 창조의 기쁨을 맛보며 문학 소재도 찾고 영감이 떠오르는 선물도 받는다. 내 삶을 객관적으로 바라보게 되고, 세상과 사람을 대하는 안목을 키우고, 순화되고 비워지는 느낌까지 받을 수 있다면 당장은 더 바랄 것이 없다.

예술을 그저 가까이하는 것만으로, 거대하고 멋진 그림에 참여할 기회가 한 발 더 가까워진다고 생각하기로 했다. 문화예술 작품은 많은 이들이 관심을 둘 때 더욱 빛나지 않던가. 정부나 지방자치 단체의 역할이 못 미치는 문화 사각지대가 있다. 그곳에 시간과 정성을 다해 그 빈 곳을 메워주고 있는 많은 기업. 본업보다 문화예술에 미쳐있는 ㅂ기업 회장. 지역 사회에 복합문화 공간을 마련한 ㄱ소설가 부부. 이들은 사람 냄새 짙게 풍기며 문화놀이 마당에 자리를 깔아주며 노래와 춤판을 벌여준 멋진 사람들이다.

이들의 역할 사이 어딘가에 내 일도 찾을 수 있겠지. 키다리 아저씨, 아주머니까지는 아니더라도.

영화 〈기생충〉이 바이러스를 꺾은 일로 내 기분이 조금 나아졌다. '신종 코로나바이러스' 탓에 요 몇 주 영 조심스러웠는데, 〈기생충〉이 아카데미 시상식을 휩쓸고 뉴스 상단까지 뒤덮어 버렸다. 세계적 수준의 전염병과 그 이상의 전염성을 가진 최신 영화 이야기다.

아카데미 수상이라니 어리둥절하다. 게다가 아카데미상이라고 다 똑같은 게 아니라고 하지 않는가. 국제 영화상쯤 받으려니 했다. 그거야 미국 바깥 변방인에게도 이따금 허락되곤 했었으니까. 그런데 각본상이라고? 또 감독상에 최우수 작품상이라고?

조짐은 있었다. 칸 영화제 심사위원들은 전원일치로 '황금종려상'을 주었다. 그 밖에 국제영화상도 50개쯤 받았다. 이쯤 되면 '현상'의 차원에서 분석해도 좋을 일이다. '세계적' 현상이라고 불러야 맞겠다. 사전 판매된 나라가 192개국이라고 하지 않는가.

기적이었을까 생각해 본다. 하지만 멋진 영화를 만들고 싶었던 소심한 12

둘 | 일상에 예술을 입히다

99

살 소년이 성장하여 세계적인 영화감독이 되는 일은, 기적 따위로 발생하기엔 너무 손이 많이 가는 일이다. 그렇다면 어쩌다 이런 일이 생긴 것일까.

연초에 방탄소년단 일로 놀랐던 일이 떠오른다. 뉴욕 맨해튼 타임스퀘어의 새해맞이 행사에서 사람들이 '떼창'을 하고 있었다. 그것도 한국어 가사로. 전율 같은 게 느껴졌다. 나는 베트남, 태국, 우즈베키스탄과 남미의 여러 나라에서 K팝과 K드라마의 열풍을 실감했다. 거듭 그런 일들을 겪었다. 그러다가 봉준호 감독 소식까지 듣게 되었다.

왜 K팝과 한국의 영화가 이렇듯 존재감을 드러내는 것일까. 처음에는 칼군무나 탄탄한 음악성이 이유인가 생각했다. 세계의 불안한 청년들이 공감할 법한 가사도 이유가 될까 짐작했다. 그런데 봉준호 감독이 수상 무대에 올라가서 이렇게 말했다. "가장 개인적인 것이 가장 창의적인 것이다. 그 말은 우리의 위대한 마틴 스코세이지가 한 말이었습니다."

우연히 듣게 된 엉뚱한 말에 오랜 의문이 해소되는 일이 있다. 애타게 답을 찾아온 간절함에 대한 포상이겠지. 엉뚱한 말의 자리에, 오늘 밤엔 봉준호 감독의 수상소감이 찾아왔다.

당연한 상식으로 품고 사는 생각이 있다. '내가 사랑받으려면 타인부터 이해해야 한다.' '내 작품이 널리 퍼지려면 소비자의 취향을 성실히 따라가야 한다.'와 같은 말들이다. 그런데 나를 전율하게 만든 기적적 사건의 주인공이 한껏 차려입고 무대에 올라서서, 내 짐작과 상식을 배반하고 있었다.

때아닌 계시를 받은 걸까. 새로운 마음으로 짐작해 본다. '가장 개인적인 것에 집중한 디테일의 힘'이 〈기생충〉의 성공을 설명할 수 있을까. 내 삶과 내 마음, 내 고통과 내 감정이야말로 세상에서 내가 제일 잘 안다. 지극히 개인적인 것이므로 세밀하고 절절할 수밖에 없겠지.

예술성이니 영화 문법이니 댄스의 수준이니 하는 것은 작품을 위대하게 만들어 주는 핵심 재료가 아니라는 뜻인가. 다만 나쁜 작품을 면하기 위해 필요한 것일 뿐일지도….

그렇다면 보편적 주제를 다루었다는 헌사도 핵심을 비켜난 것이 된다. 계급 갈등과 불평등 문제를 다룬 영화는 무척 많으니까. 그 보편적 주제를 다룬 것이 위대함의 이유라면, 우리는 벌써 위대한 영화의 홍수에 질식했어야 한다.

봉준호가 도달한 위대함은, 그러니까 주제 자체가 아니라 주제를 묘사하는 언어 탓이라고 표현할 수 있겠다. 그 언어란 걸, '한국어' 이상의 의미로 읽고 싶다. 그 언어는 반지하였고, 피자 상자였고, 빨래 냄새였다. 그렇게 봉준호는 자기 세상을 구성하는 로컬 아이템의 초근접 접사 이미지를 보여주었고, 모두는 눈을 동그랗게 뜨고 빨려 들어갈 수밖에 없었나 보다.

이제 마지막 작업. 내 결론을 하찮게 여기면서 단단히 의심해 볼 차례다. 토론 테이블 맞은편에 반대자가 있다면 이렇게 말할지도 모른다. "어릴 적 친구, 더러운 골목, 어제 스쳤던 생각 따위를 늘어놓으면 세계가 알아준다는 생각이라니 터무니없다!" 빠져나갈 길이 없어 보이기도 한다. 오늘 밤의 공리는 이렇게 허탈하게 막을 내리는 걸까. 대답을 시도해 보려 한다.

세계인 모두를 놀라게 만드는 일, 성공이라고 부르기로 하자. 반지하와 피자 상자와 빨래 냄새를 묘사하는 일, 성실함이라고 부를 수 있겠지. 그렇다면 봉준호가 〈플란다스의 개〉 이후 20년 동안 보여준 것은 무엇이었을까.

'성실함'일까, '성공의 싹' 키우기였을까.

뭔가 내면에 쌓이는 게 성공의 싹이란 걸 알 수 있다면, 대체 어떤 영화감독이 실패 따위를 한단 말인가. 인간은 미래의 결과를 알 수 없고, 다만 현재의 태도를 정할 수 있을 뿐이다. 그러니 봉준호가 보여 준 삶의 지혜는 이렇게 정리할 수 있겠다.

'하루하루는 성실하게. 삶 전체는 순리대로.'

한국영화 백 년 동안 꾸준히 함께해 온 영화인이라면 탄압과 질곡을 빼놓을 수 없다. 봉준호 감독 역시 생활고와 블랙리스트 등재를 피할 수 없었으

밥은 먹고 다니냐

니까. 그 상황에서 일상의 디테일 같은 걸 붙들고 성실함을 놓지 않았던 모든 창작자의 헌신에 경의를 표한다. 성공이라는 보상은 그들 중 일부에게만 주어지겠지만, 경의라면 모두에게 주어질 수 있다.

오늘 밤, 대한민국의 모든 문화 예술인을 위하여 축배를 들자. 음악, 미술, 문학, 무용, 사진, 건축 등에서도 잔칫날이 찾아올 수 있게. 오늘처럼 머지않아 이러한 분야에서도 새로운 역사를 쓰길 두 손 모아 빈다.

내 글쓰기에 접목하여 일상에 예술을 덧입혀보리라.

내게 고통과 슬픔이 찾아와도 그것도 내 인생이 아닌가. _____

기꺼이 맞으리라.

나는 자유롭다. 설레고 기쁘게 지낼 일을 궁리한다. 계획대로 실행해도 좋고 잘 안되면 다음에 진행해도 그만이다. 바쁜 듯하기도 하고 여유롭기도 하다. 의미 있는 삶을 살아내고 싶지만 쉽지 않다. 목표를 낮추면 마음이 편하다. 세상에 선한 영향력을 미치면 좋겠지만 욕심내지 않는다. 할 수 있는 데까지 하면 최선이다.

- 「내가 좋아하는 생활」 중

셋

—

책 선물하는
여자

—

삶은 작은 인연들로 아름답다

　　나는 문학을 통해 이 세상에 새로 태어났다. 수필 동네에 뿌리를 내린 삶이 고맙다. 내 인생에 가만히 들어와 마음 밭을 갈아주는 이 일이 행운이라 여기며 글쓰기를 이어왔다. 글에 삶의 의미와 가치를 담아보려 담금질하는 시간이었다. 문학의 품에 안긴 덕분에 찾아온 변화였다. 그동안에 출산한 책들을 바라본다. 묵주 알처럼 줄줄이 엮어진 내 삶의 조각들이다. 오늘도 사유의 날을 벼리며 글쓰기를 하라 이른다. 내 소우주에 문학의 길을 열어준 분을 떠올린다. 그분은 영혼이 맑은 스승이다.

　　여고 시절이었다. 어느 날 우리 학교에 불문학과 출신의 젊은 선생님이 부임하셨다. 그가 학생을 대하는 태도와 문화는 지금까지 경험한 대부분의 선생님과는 사뭇 달랐다. 불어 수업 사이사이에 나직하게 들려주는 문학 얘기는 소녀들의 마음을 사로잡았다. 불어 공부는 쉽지 않았지만 나는 불어 시간을 은근히 기다렸다. 영화 〈죽은 시인의 사회〉의 키팅 선생님이라고 할까. 자유롭고 신선했다. 아무튼 문심文心을 자극했던 불어 선생님 덕분에 문학의 씨앗이 가슴에 스며들었던 듯하다.

　　무슨 인연이었을까. 공교롭게도 고3 때 담임선생님이 불어 선생님이었다.

선생님은 여전히 학생들과 격의 없이 지냈고 무슨 얘기든지 솔직하게 털어놓아도 부끄럽지 않게 분위기를 조성했다. 그때 나는 대학 진학 문제로 집에서 단식을 했다. 나는 언니들과 오빠처럼 서울 소재 학교로, 부모님은 이모가 살고 있는 도청 소재지 교육 대학으로 진학하길 바랐다. 특히 어머니는 가정경제 탓에 얼른 선생님이 되어 경제적으로 독립하길 원했다. 담임선생님은 나와 어머니의 조정자로서 역할을 수행했다. 당시 내게 이 문제는 너무나 절박했기에 용기를 내어 상담을 요청했다. 결국 그는 어머니의 손을 들어주면서 나를 설득했다. 그후 선생님은 내게 특별한 관심을 쏟으며 학업을 독려했다. 언젠가 서정주의 「국화 옆에서」 중 '인제는 돌아와 거울 앞에 선 내 누님같이 생긴 꽃이여'에 나오는 누님과 나의 어머니가 겹쳐 보인다고 했다. 나는 그때부터 '담임선생님 바라기'였고 「국화 옆에서」는 내가 좋아하는 시 1호가 됐다. 내 안에 잠자고 있던 문학의 씨가 발아할 수 있게 문예반 활동을 지원했고 교지에 졸작 콩트를 추천해 싣게 되었다. 그분이 바로 최병호 선생님이다.

그 후 나는 지방 교육대학에 진학했고 졸업 후 고향에서 초등학교에 부임했다. 우리 반 학생들의 수업 외에 특활 시간에 문예반을 도맡았다. 학생들에게 『소공녀』『소공자』『알프스의 소녀』『플랜더스의 개』등 동화책을 건네며 힘자라는 데까지 정성을 쏟았다. 마음이 서로를 부르게 되어 학생들도, 나도 특활 시간을 얼마나 기다렸는지. 자기네 반에서 소외된 아이일수록 더욱 나를 따르고 열심히 글쓰기에 빠져들었다. 실력이 눈에 띄게 향상되면 칭찬을 마구마구 쏟아냈다. 편지를 교탁 위에 올려놓고 달아나는 아이들을 바라볼 때면 저절로 미소가 피어났다. 다함 없이 사랑해주리라, 생각했다. 가끔 최병호 선생님이 그리워졌다.

어느 날, 세월이 흐르고 흘러 심포지엄이 있는 대구 행사장에서 선생님을 마주했다. 나는 경악했다. 기막힌 인연과 반가움에. 행사 내용은 뒷전이었다. 선생님은 어머니 안부까지 세세하게 물었다. 수십 년 세월이 흘렀는데도 선생님은 그대로 변하지 않으셨다. 온화한 미소, 부드러운 말씨, 여유와 겸손, 삶에 대한 관조도 묻어나 황희정승 같은 분이라고 생각했다. 나의 스승님은 천안 여중 교장 선생님이면서 문단의 존경 받는 어르신이었고, 나는 초등학교 교사로 왕초보 수필가였다. 그때부터 선생님은 나의 수필 쓰기 공부를 측면 지원했다. 폭 넓은 독서와 깊이 있는 생각은 좋은 글쓰기의 밑거름이라 했다. 상허 이태준의 『문장 강화』와 『무서록』, 목성균의 『누비처네』 등 수필 작가의 필독서에 해당하는 책들을 시차를 두고 보내왔다. 당신의 저서와 편지도. 내가 수필집을 출간할 때 축하의 글도 보냈고, 출간 기념회에 축사도 정답게 해주셨다. 축하글 속에는 '나는 김혜숙을 단발머리 학생으로, 교육 동지로, 수필 문우로 삼세 번 만났다. 내가 아는 한 안으로 자상하고 밖으로 너그러운 사람이다. 처음 사제의 인연으로 만났을 때, 그녀는 고3 학생으로 내가 담임한 반의 반장이었다. …단발머리 혜숙이가 김 선생이 되어 교직 동업자가 되었는데 다시 수필 동업자가 된 참으로 좋은 인연…'이란 글이 나온다. 분에 넘치는 칭찬은 부끄러웠으나 선생님과 엮인 소중한 인연은 정말 아름다웠다. 문학인으로서의 삶, 즉 지금의 나를 만든 뿌리는 결국 고3 담임선생님으로부터 비롯됐다. 나는 여고 동기들과 함께 스승님을 뵈러 천안에 가기도 하고 서울에서 만날 때는 선생님의 문단 제자들과 함께 합류하기도 했다. 선생님은 정년퇴임 후에도 서울 소재 평생교육원 등에서 수필 강좌를 맡아 후학을 이끄셨다. 문단 제자들도 한결같이 선생님의 인품을 우러러보았다. 선생님의 문단 제자와 내가 함께 같은 문학 단체에서 친밀하게 교류하는 인연도 귀중하고 고마웠다.

나는 담임선생님이 보내준 상허의 『문장 강화』를 곁에 두고 선생님의 말씀인 듯 되풀이해서 공부했다. 『무서록』은 읽을 때마다 명료하게 다듬어진 문장, 압축과 생략, 적절한 비유를 학습하는 재미가 쏠쏠하고 글 읽는 맛도 살아나 차원 높은 만족감도 따라왔다. 이태준 그리고 최병호 선생님 이어서 나까지. 이렇게 이어지는 인연에 나름의 의미를 부여했다. 이렇게 계보를 이어보며 상허에게 다가갔다.

마침 이태준의 고향 철원에서 '이태준 문학제'가 열렸다. 내가 속해 있는 문학 단체 회원이 철원 문학협회 지부장이었다. 우리 단체는 몇 해를 거듭해서 이 행사에 참여했다.

아침 일찍 추모제를 열었다. 대마리 두루미평화관 이태준 문학비 앞에서. 축문 낭독, 헌화와 헌주, 묵념으로 그를 기렸다. 이어서 철원 문화복지센터에서 개회식, 추모시 낭독, 산조, 춤, 연극 공연 등 다채로운 문화 행사가 열렸다. 학생들과 모든 시민 단체와 주민들의 참여 열기가 뜨거웠다. 특히 이곳 문인들은 상허의 문학을 빛내기 위하여 한 몸 불사르는 듯한 모습이 특별하게 다가왔다. 연극은 제의의식으로 느껴졌고, 점심은 생일상을 받은 듯했고, 상허의 고서 전시는 헌신으로 비쳤다. 노동당사에서 백마고지로, 고석

정과 땅굴로 이어지는 문학 기행은 땀의 결실로 여겨졌다. 이태준 문학제가 해마다 발전해가는 과정이 놀라웠다. 실로 기획자는 몸과 마음을 다 바쳐 상허를 불러내고 있었다. 이들이 고향 철원의 대표적인 문인 상허를 얼마나 아끼는지, 얼마나 뜨거운 마음으로 만나고 있는지 눈물겨웠다. 공공의 열악한 지원 속에서 부족한 재원과 인력으로 이태준문학관 아니면 기념관을 건립하려는 문인들에게서 너새니얼 호손Nathaniel Hawthorne의 단편 소설에 나오는 '큰 바위 얼굴'을 보았다.

주인공 어니스트는 산중 계곡 마을에 살았다. 그는 어린 시절부터 계곡 마을에 새겨진 '큰 바위 얼굴'과 똑같이 생긴 인물이 나타날 것이라는 전설을 듣고 자랐다. 간절히 기다렸지만 뜻을 이루지 못했다. 그는 자애롭고 신비한 설교자가 됐다. 그의 설교를 듣기 위해 찾아온 시인은 어니스트의 모습에서 '큰 바위 얼굴'을 발견한다.

누군가를 바라보며 절실하게 닮기를 원하면 그 바람이 이뤄진다고 했다. 상허를 가슴 속에 품고 살아온 철원의 어니스트들이 '철원의 큰 바위 얼굴'이 되길 빌어본다. 상허의 문학을 빛내기 위해 17년 동안 '이태준 문학제'에 헌신해 온 철원의 문학인들. 상허의 고향 철원에서 그를 존경하며 그의 문학을 뜨겁게 사랑해온 문인들을 지켜보면서 나의 스승님을 떠올렸다.

상허의 수필 『무서록』에는 상허의 가족과 그의 유년에 대한 회상, 문학적 글쓰기에 대한 사유, 일상과 자연에 관한 글, 전통문화와 관련된 그의 인식이 잘 드러나 있다. 또한 그의 작품 「물」처럼 대상을 추상화한 글에서는 겸손과 겸허의 모습이 눈에 띈다. 상선약수. 최고의 선은 물과 같다고 하지 않던가. 물은 만물을 기르나 공치사 하지 않고 낮은 곳으로 흐른다. 나의 스승님도 그의 문학적 성취를 말한 적도 없고 남의 흥을 보거나 거친 말 하는 모습을 본 적이 없다. 조용히 천안에서 지내시는 선생님을 문우들과 함께 가서 깜짝 놀라게 해드리고 싶다. 생각만으로도 기쁘다.

이태준의 고택인 수연산방을 문우들과 동행해서 몇 차례 다녀왔다. 넓지 않은 마당에 나무와 꽃이 잘 어우러진 고풍스러운 가옥이 멋스러웠다. 상허 문학의 산실이며 그가 해금된 이후에는 외증손녀가 찻집으로 운영하고 있다. 수연산방壽硯山房은 '산속의 문인들이 모이는 집'이란 의미를 담고 있다. 이곳에서 문인들과 함께 상허의 수필 「산」, 「내게는 왜 어머니가 없나」와 「수목」, 「목수들」을 읽으면 제격일 듯하다. 한과를 곁들여 국화차를 마시며. 이들 수필에는 상허의 어린 시절과 수연산방을 지을 때 일화가 담겨있다. 나의 문화 사랑방이 될 듯싶어 마음이 풍요로워진다.

내게 상허를 깊은 눈으로 바라보게 해 준 나의 스승님. 수필 문단에서 제자를 마음 깊이 돌봐 주었던 온후하고 자상한 선생님. 내 수필 세계를 아름답게 열어주신 최병호 선생님. 선생님의 학교 제자에서 문단 제자로 이어진 몇천 겹의 인연이 값지고 귀하다. 수필의 품에서 온기를 느끼며 지냈던 지난날을 돌아본다. 아름다운 사람들과 인연 맺으며 글을 쓸 수 있었던 행운에 감사한다. 자기가 하는 일을 사랑하는 사람은 모든 것을 얻은 사람이라 했던가. 스승님께 마음을 다해 큰절 올린다.

하얀 찔레꽃으로 피어나다

나는 목성균의 수필을 즐겨 읽는다. 그의 글을 좋아하는 사람을 만나면 반갑다. 그들은 한결같이 목 작가의 인간적인 매력에 푹 빠져든다고 했다. 겸손하고 따뜻하고 감수성이 풍부해서 인정 많은 오라버니를 만난 듯 친근감이 든다며.

그의 글에는 뼈저린 고독이 숨어있고 가슴이 먹먹해지는 슬픔도 깃들어 있다. 나는 가끔 그의 작품 속에서 눈물을 훔치기도 하고 구수한 정서에 마음이 푸근해지기도 한다. 곱씹고 싶은 글이나 절창이라 여겨지는 문장이 적지 않아서 되풀이해서 읽곤 한다.

그가 쓴 「찔레꽃 필 무렵」은 나의 개인적인 취향과 경험이 작용하여 감상 수필로 선정했다. 천형의 나환자 시인 한하운과 소록도. 애절한 그리움으로 피어나는 찔레꽃. 이들이 씨줄과 날줄이 되어 수필 작품을 촘촘하게 엮어준다. 작가는 한하운이 걸었던 '남도 천릿길'을 그이처럼 걷고 싶어 한다. 유월, 하얀 찔레꽃이 필 때마다 목 작가는 발을 발싸개로 감싸고, 밀짚모자를 눌러 쓰고, 피 같은 비지땀을 흘리며 걸었던 한 시인이 얼마나 멀고 서러운 길을 걸었는지 느껴보고 싶었다. 수필인 듯 소설인 듯 써 내려간 그의 작품에서 현실과 상상에서 끌어낸 그의 심상이 엿보인다. 타인의 고통에 공감하는 사랑도 느껴진다. 상상력은 작가의 내면에 쌓였던 의식의 표출이다. 그는 고난과 고통, 절망의 시간을 견뎌낸 사람이다. 목 작가는 그 시간을 이겨냈고 그래서 한 시인의 슬픔에 공감하며 타인에 이르는 가장 선한 길을 형상화해서 쓴 글이 이 작품이다. 슬프지만 아름답고 그래서 감동의 크기도 부풀 대로 부푼 풍선이 된다. 한 시인의 슬픔이 목 작가에게, 또다시 내게 이입되어 슬픔의 덩어리가 목에 걸린다. 한하운은 그가 쓴 자서전에서 '천형의 문둥이가 되고 보니 지금 내가 바라보는 세계란 오히려 아름답고 한이 많다. 다 잊은 듯한 산천초목과 인간의 애환이 다시금 아름다워 나의 통곡이 느껴진다'라고 했다. 한하운의 서러움과 그리움 그리고 한을 뭉뚱그려 찔레꽃에 담아낸 목성균 작가의 글솜씨가 놀랍다. 그는 이 꽃을 통해 주제를 잘 드러내고 있다. 그러고 보니 소리꾼 장사익에게도 찔레꽃은 너무나 슬픈 꽃이었다. 그는 찔레꽃 향기가 너무 슬퍼서 밤새워 울었다고 피를 토해내듯 노래한다. 나는 장사익도 좋고 그의 감정이 짙게 실린 이 가락도 아주 좋아해서 자주 흥얼거린다. 밤새워 울어도 서러움을 다 털어내지 못한 꽃, 찔레꽃. 성당에서 세례를 받았던 그 날의 내 마음일까. 나는 그날, 눈물을 멈출 수 없었다. 마음이 포근해지는 자장을 지닌 목성균 수필가가 쓴 「찔레꽃 필 무렵」이 마음 아픈 이들의 마음을 정화해주며 새로운 모습으로 살아갈 수 있게 되길 바란다. 내 마음을 감싸며 다독여 주었듯이.

유월, 산기슭의 뙈기밭 머리에 핀 하얀 찔레꽃 무더기를 보면 간절한 마음을 삭이는 남도잡가 소리가 들려온다고 표현한 부분에 주목하게 된다. 또한

인간사 그리워 보리피리를 부는 한하운의 '필닐니리' 가락이 들려온다는 곳
도 눈에 뜬다. '돼기밭 머리에 핀 하얀 찔레꽃'과 '하얗게 삭이는 남도잡가'.
이 두 구절에는 슬픔이 한가득 배어있고 '한'이 묻어 나온다. '하얀'과 '하얗
게'가 수식하는 '찔레꽃'과 '남도잡가'는 원초적 슬픔을 지니고 독자와 만난
다. 그의 다른 작품에도 뼈저린 고독과 슬픔이 질펀하게 깔려있다. 따뜻함
에 대한 목마름도 느낄 수 있다. 특히 그의 작품 「약속」을 보면 깊은 산속, 바
람이 포효하듯 부는 산속에서 바람벽에 몸을 기대고 노루 새끼 같은 소년을
껴안는 얘기가 나온다. 소년과 체온을 나누면서 생명이 생명을 안고 체온을
나누는 게 얼마나 큰 행복인가를 느낀다. 잠이 든 관목이 너무 가엾고, 소년
이 가엾고, 자기가 너무나 가엾다고 했다. 이 모든 것을 문학적으로 승화시
킨 목성균의 작품에는 곳곳에 밑줄 긋고 싶은 문장들이 넘쳐난다. 그가 삶의
현장에서 몸으로 부딪치면서 체험하며 얻어진 것이라는 걸 그의 많은 다른
작품들도 말하고 있다.

　작가는 한하운이 거닐었던 그 길을 그이처럼 그렇게 걷고 싶었지만 자동
차로 갈 수밖에 없었다. 자동차 면허를 취득한 직후 시운전으로 나서기엔 멀
고 위험한 길이었지만 결행한다. 비록 도보로 가진 못했지만 그 길을 가고
싶다는 열망이 녹동행을 재촉했으리라. 호남고속도로를 자동차로 달렸던
그날도 도로변에는 하얀 찔레꽃이 피어있었다. 한하운의 슬픔을 속삭여주
면서. 한 시인이 걸었던 먼지 풀풀 날리는 황톳길은 아니었다. 그 옛길이 아
니어서 아쉬움은 많았겠지만 조금이라도 숙제가 풀린 듯 시원하고 한 편으
로는 위로 받지 않았을까.

그는 소록도 하얀 병원 건물 주변에 핀 하얀 찔레꽃 속에서 어린 시절, 어머니에게서 보리쌀을 얻어갔던 문둥이 부부의 모습을 떠올린다. 그들의 뒷모습이 하얀 찔레꽃 무더기처럼 슬퍼 보였고 뻐꾸기도 청승맞게 울었다며 슬픔을 극대화하면서 이야기를 힘 있게 끌고 간다. 작가에게 찔레꽃은 한하운의 슬픔을 조용조용하게 그의 내부로 스며들게 하는 영매가 아닌가.

　목성균이 돌아다 본 그 시절 얘기와 감정이 내게도 남아있다. 한국전쟁이 끝난 직후, 우리나라는 나라 전체가 너무나 가난했다. 내 고향에서 멀지 않은 곳에 '애양원'이라는 나환자 돌봄 시설이 있었다. 그래서인지 걸식하는 한센인이 눈에 띄었고 그들에게 돌을 던지며 쫓아내는 아이들을 어렵지 않게 볼 수 있었다. 그때는 한센인, 나환자 같은 단어보다는 문둥이라는 낱말을 더 많이 사용했다. '아기를 잡아먹는다'느니 '병을 옮긴다'는 흉흉한 소문과 그릇된 정보가 난무했다. 이들은 그때 사람이 아니었다. 죽지 못해 유랑과 걸식을 하며 연명했던 한센인들.「찔레꽃 필 무렵」을 읽는 동안 내내 그때의 걸러지지 않은 슬픔이 이어졌다.

　그의 상상력으로 피어난 문장에서 한하운과 목성균이 겹쳐 보인다. 보리피리 불며 걷는 이가 한하운인지 목성균인지, 착각을 일으킨다. 목 작가의 상상력과 필력 탓이리라. 소록도 영혼의 신음이 내게도 들려오는 듯하다. 나도 해마다 유월이 오면 한하운의 시심처럼, 그의 의지처럼 피어난 하얀 찔레꽃을 찾아 나설 듯하다.

나는 문득 수필가의 삶이 고맙다. 수필 세계에 입문한 이후엔 언제나 책을 곁에 두고 틈날 때마다 눈 맞춤을 한다. 그렇게 꾸준한 애정을 보내다 보면, 책도 이따금 나에게 선물을 건넬 때가 있다. 무뎌진 내 감각에 슬며시 안테나를 세워서 들어본 적 없는 주파수를 잡아주는 것이다. 그렇게 신비로운 이야기를 넋 놓고 듣다보면, 지칠 때 위로받고 정신적인 허기도 사라지고 신나게 무전 여행하는 기분도 맛보게 된다. 그렇게 한두 뼘 자란 마음으로 수많은 사람과 대화하는 것은 또 얼마나 큰 기쁨인가.

요사이 눈을 맞추며 애정을 보내는 글은, 최병호 수필가의 『세수할 줄 모르는 미인』이다. 서두부터 눈을 반짝이며 빠져들었는데, 작가가 인용한 상허 이태준의 이야기 때문이었다. 최 작가는 '책'하면 상허의 수필 '冊'을 생각한다고 했다. 상허는 책을 여인의 아름다움에 비유하며 '세수할 줄 모르는 미인'이라고 표현했다. 작가는 이 비유를 그대로 자신의 수필 제목으로 차용할 정도로 애정을 드러냈다. 그는 상허의 수필을 중학생 시절 처음 읽었다고 하는데, 적지 않은 감동을 하였던 모양이다. 중학생이었던 최 작가는 '세수할 줄 모르는 미인'이라는 표현을 음미하며 엉뚱하게 가슴까지 울렁거렸다고 고백한다. 순수한 마음이 읽혀 가만히 미소짓는다.

최 작가는 중학생이었을 때 상허의 책을 탐독한 수준 높은 문학 소년이었던 듯하다. 그가 쓴 다른 수필에서도 중학교 2학년이었을 때 담임선생님 댁을 드나들며 독서 지도를 받았던 경험을 들려준다. 그의 스승님은 상허의 『사상思想의 월야月夜』 책을 빌려줬다. 그는 제자에게 첫 번째는 내리 읽고, 두 번째는 사전 찾으며 독파하고, 세 번째는 그래도 미흡한 부분을 보완하며 마무리하라고 했다. 중2 학생에게 『사상의 월야』라니. 그 스승에 그 제자다. 조기 문학 교육이 펼쳐진 셈이다. 어쨌든 학생들에게 인기 있고 존경받는 선생님 댁을 무시로 출입할 수 있는 혜택이 주어졌으니 얼마나 집중해서 책을 읽었겠는가. 그 결과 얼룩지고 무질서해진 노트를 목격한 선생님의 만족스러운 평가는 당연했지 싶다. 덕분에 중·고·대학 시절에 교지나 대학 신문에 작품을 자주 싣는 문학 청년으로 발돋움하지 않았을까. 작가의 학식과 성품은 일찍부터 시작된 풍부한 독서에서 비롯되었을 듯싶다.

저자가 숱하게 읽었던 책 중에서도, 상허의 수필 '冊'은 특별한 지위를 갖는 것으로 보인다. "책만은 '책'보다 '冊'으로 쓰고 싶다. '책'보다 '冊'이 더 아름답고 더 책답다."로 시작되는 상허의 수필은, 책에 대한 작가의 사상에 결정적 영향을 미쳤다. 최 작가는 상허의 글에서 받은 영감을 발전 시켜, '冊'이라는 글자에서 책의 본질을 찾아내고자 했다. '冊' 글자에서 보듯, 두 책의 허리를 끈으로 묶는 것이 책의 핵심이라고 작가는 주장한다. 여러 책이 끈으로 연결되어 하나의 주제를 정립하고, 사상을 엮고, 서정을 부추기는 순환 전체가 '冊'을 이룬다는 것이다. 따라서 그 끈은 단순히 물리적인 끈에 그치지 않고 피가 흐르는 생명의 끈이라고 했다. 결국 책으로 연결되는 인간들의 결속과 연대 전체를 생명체와 같이 파악하는 것이다. 최 작가의 책에 대한 애정이, 사상의 깊이와 넓이가 얼마나 깊은지 짐작하게 한다. 따라서 '册'이 상징하는 복수성, 즉 소장한 책뿐만 아니라 독서량도 많아지길 추구한다.

그 외에도 최 작가의 글에는 공감하며 되풀이해서 읽게 만드는 요소가 또 있다. 책을 귀하고 소중하게 다루는 마음이 그것인데, 그런 감정이 너무나 맛깔나게 드러나서 작가를 직접 만난 듯 반갑다. 작가는 독서에 대한 관심을 넘어 책 자체를 알뜰하게 보살피는 모습을 솔직하게 드러낸다. 스스로를 '결벽증', '얼간이'로 묘사하면서. 책이란 책은 모조리 유산지硫酸紙로 겉을 싸야 읽을 수 있다고 했고, 잠깐 책을 보지 않을 때도 책을 엎어 두거나 접어서 흠집을 내는 일을 극구 피한다고 했다. 책에 밑줄을 긋거나 메모하는 일은 있을 수 없는 일이라고도 했다. 한 학년 동안만 사용하는 교과서까지 예외가 될 수 없다고 하니, 스스로에 대한 그런 재미나는 표현이 과장만은 아닌 듯하다.

책을 귀하게 여기는 마음이라면 나도 퍽 많은 기억이 떠오른다. 어린 시절 학년 초에 교과서를 받고선 달력 종이 뒤쪽 하얀 면이 겉으로 나오게 책 표지를 싼 후 공부를 시작한 일, 우리집 삼 형제 교과서를 반투명 미농지로 싸주었던 일이 새록새록 생각난다. 그런 마음은 나의 어머니로부터 비롯된 듯한데, 심지어 책을 넘어 다니는 걸 금기로 삼으셨던 분이셨다. 자식들의 책을 보물단지 비슷하게 여겼으니 자식들 상당수가 바라는 일을 할 수 있었음은 당연한 귀결인가. 극단적으로 궁핍했던 시절 좀 더 나은 미래를 보장받고 싶은 간절한 마음. 책이라는 존재란 어쩌면 그런 떠받듦을 받아 마땅한 영험한 존재가 아니었을까.

　원칙만을 거룩하게 설파하는 글에는 뭔가 허전한 구석이 남게 되는데, 최 작가의 글은 원칙이 산산이 깨어지는 인간적인 에피소드로 적절하게 간을 맞춘 점이 더욱 흥미롭다. 최 작가의 대입 공부에 동원된 『국사대요國史大要』이야기다. 그 책은 사촌 형이 대입 준비 하라며 건네주었는데, 대입이라는 절절한 필요에 의해 책은 배불뚝이가 되어 볼썽사납게 해어지고 땟국이 줄줄 흘렀다고 했다. 개조식으로 정리하고 부전지를 붙여가며 공부하느라 어쩔 수 없었다면서도, 그 책에선 '세수할 줄 모르는 미인'의 향기 같은 게 은은히 풍겼다고 강변하며 은근한 해학을 내비친다. 이런 게 감칠맛이지 싶다.

　『세수할 줄 모르는 미인』 작품 속에서 최 수필가는 '너는 누구냐'고 스스로 묻고, 책을 좋아하고 사랑하는 사람이라고 대답한다. 상허도 최 작가도, 책은 연인이거나 생명체이거나 어쨌든 특별한 이름을 부여받은 존재였다. 책에 부여할 특별한 이름은 무엇이 되어야 할까. 나는 '책은 ○○ 이다' 하며 남겨진 빈칸을 채워본다. 우선 '책은 도끼이다'라고 했던 카프카를 떠올려 본다. 그는 감수성이 얼어붙을 때 책이 그것을 깨는 도끼가 돼야 한다고 했다. 김훈, 김연수, 마르셀 프루스트, 알랭 드 보통, 오스카 와일드 그 외에도 많은 작가들의 훌륭한 책을 통해 몸속에 숨어있는 촉각을 자극해 보려 한다. 완벽하진 않더라도 최소한 특별한 이름으로 가는 길을 찾을 수는 있겠지.

　나만이 부여할 수 있는 이름을 얻을 때까지, 책을 도끼 삼아 내면을 깨어나가 볼까 한다. 창작의 무대가 풍성해지고 글의 향기가 더 깊어지길 기대한다. 최병호 작가의 다음 수필집이 기다려진다.

책 선물하는 여자

    나는 종이책을 좋아한다. 하지만 종이책의 효용이란 건 꽤 오래전부터 의심받고 있다. 모두 소셜 네트워크 서비스를 통해 정보를 주고받는다. 종이로 생각을 전달하는 건 점점 구식이 되어가는 것 같다. 그래도 난 종이책 사랑을 멈출 수 없다. 종이책을 만나면 냄새를 맡아본다. 새 책이어도 좋고 헌책이라면 더욱 좋다. 후각으로 은밀한 걸 찾아내는 탐지견처럼 코를 킁킁거리는 모습은 스스로 생각해도 좀 우습긴 하다. 그래도 어쩔 수 없다. 책에서 금맥을 찾아내는 일은 오감을 모두 활용해야 하는 일이고, 후각으로 시작해야 온전히 집중할 수 있다. 후각으로 작가가 엮어낸 세계의 문을 열고 들어가면 그 안쪽은 미로다. 미로를 헤쳐 나가려면 촉각이 필요하다. 몸이 불편해지는 게 증거다. 그 세계에 빠져들어 한동안 몰입하다 보면 바로 알 수 있다. 머리를 좌우로 흔들거나 허리춤을 뒤로 빼거나 눈을 깜빡거리게 된다. 대여섯 시간이 훌쩍 흘러갔다는 뜻이다. 한 시간쯤 지난 것만 같은데…. 시계를 들여다본다. 신기하다. 시간의 상대성 원리가 확인된 순간이다. 이럴 때 뒤를 잇는 건 포만감이다. 타인의 삶에 온전히 공감하거나 내 생각이 아득히 깊은 곳에 내려가 닿았다는 의미다. 종이책이 아니었다면 이런 감각들이 내게 느껴졌을까. 종이책의 우수성을 증명한다면서 요크대 연구팀이니 토론토대 인지심리학 팀이니 또 다른 단체에서 정교한 실험 결과를 내놓았다는 소식을 듣게 된다. 자세히 읽어본 일은 없지만, 그분들은 공연히 번거로운 일을 한 것 같다. 나는 이미 종이책의 놀라운 선물을 감각하고 있는데….

나는 책을 선물하는 일이 즐겁다. 반세기도 더 지난 그 옛날부터 그랬던 것 같다. 변변한 용돈도 없던 여고 시절, 초등학교 저학년인 막내 여동생에게 『성냥팔이 소녀』를 선물했다. 동생은 요즘까지도 그 이야기를 한다. 교과서 외에 처음 가져본 자기 책이었다면서. 그렇게 소중하고 자랑스러운 소유물은 처음이었다고 했다. 죽어가는 한 소녀의 간절한 이야기가 지금도 장면마다 생생하게 기억난다고 했다.

고등학교를 졸업할 때는 불어를 가르쳤던 담임선생님께 세계문학 전집을 선물했다. 딴엔 대단한 결심이었지만 스승님은 그 책을 집으로 가져가지 않고 학교 도서관에 기증하겠다고 했다. 그땐 그게 서운했다. 후배들이 읽을 테니 보람 있는 일이라고, 스스로 마음을 달래는 데 시간이 제법 걸렸다. 아들 군 복무 시절엔 먹을 것 입을 것보다 여러 차례에 걸쳐 책을 꽤 많이 보냈다. 『카라마조프가의 형제들』을 보내고 다음 책을 보내기까지는 유독 많은 시간이 걸렸다. 아들은 제대할 무렵 좀 더 성장해 있었다. 중층적이고 복합적인 사건을 해석할 때마다 책이 도움을 주었으리라 짐작해 보았다. 손녀에게 전하는 크리스마스 선물도 언제나 책이었다. 책방에 데려가서 손에 들 수 있는 만큼 다 가지고 오게 했다. 와! 하며 배포를 과시하는 것도 은근히 재미

있었다. 웃음을 아끼는 손녀도 한 아름 가득 책을 채울 때면 봄날 햇살처럼 부드럽고 환하게 웃어 주었다.

책을 선물 받은 일도 무척 고귀한 기억이다. 움베르트 에코의 『장미의 이름』, 칼릴 지브란 『예언자』, 토마스 만 『마의 산』, 할레드 호세이니 『연을 쫓는 아이』, 류시화와 황지우 시집, 목성균 『누비처네』, 이태준 『문장 강화』와 『무서록』, 김형경 『좋은 이별』, 김연수 『소설가의 일』 등이 특별히 기억에 남는다. 삶의 고빗길에서 기적처럼 만났던 책들이다. 이들 덕분에 생존할 수 있었고 충만할 수 있었다. 교우들, 문우들, 고3 담임선생님, 제자들, 우리 집 삼 형제와 조카들이 고비마다 보물을 들고 나타나 주었다. 책 이야기와 내 이야기를 하나하나 겹쳐보며 고민했을 귀한 사람들이 고맙고 잊을 수가 없다. 그런 고민이 없었더라면, 두 이야기가 겹쳐지며 만들어 내는 신비로운 무늬가 없었더라면, 내 삶의 색채는 오래전에 반짝임을 잃었으리라.

나는 책의 잠재력을 굳게 믿는다. 책 읽는 습관이 널리 퍼지기를 간절히 바란다.

아이들 키울 땐 잔꾀를 좀 부렸다. 아들 삼 형제가 어릴 적, 책을 다 읽으면 독후감 공책에 도서명, 쪽수, 줄거리 등을 기록하게 했다. 그걸 점수화해서 목표에 도달하면 상금을 주어 은행에 저축하게 했다. 우리 집 애들이라고 잿밥에 관심이 없을 리 없었기에 그렇게 통장의 액수를 꽤 늘리곤 했다. 동화책 전집을 하루 만에 모두 읽고 점수를 채우던 놀라운 일도 종종 일어났다. 그럴 때 아이들 얼굴 가득 퍼지던 미소가 잊히지 않는다.

책으로 돈은 생기는 하늘로 치솟았고 가속 페달이 끝없이 작동했다. 아들이 군 복무 중일 때는 매년 백 권의 책을 읽기도 했고, 결혼 후엔 도서관 앞에 집을 얻어 가족끼리 독서 나들이를 하기도 했다. 제 자식 잠자리에서 동화책을 읽어주고 눈높이에 맞는 대화를 나누며 잠을 재운다는 얘기도 듣게되었다. 손자 녀석도 이젠 제법 책에 익숙해진 눈치다. 꾸준히 이어가 좋은 습관이 몸에 배길 바란다.

'책 선물하는 날'에 대해서 지인들과 점점 더 진지한 의견을 나누게 된다. 빼빼로 데이처럼 책 선물하는 날을 정해보자는 작당이다. 친구와 연인, 부모와 자녀, 스승과 제자 간에 책을 주고받는 모습이라니. 생각만 해도 기분이 좋아진다. 어떻게 그런 생각을 하지 않을 수 있겠는가. 책은 멋진 친구이자 안내자가 아닌가. 마음의 빗장을 풀고 새로운 세상을 엿볼 수 있게 해주는 존재이니 말이다. 또한 책은 귀한 스승이기도 하다. 사유의 깊은 곳까지 파고들어 자신을 돌아보게 하며 지식과 지혜를 남김없이 전수해 준다. 그리고 책은 수호천사이다. 영감을 주고 글쓰기를 돕는다.

그렇다면 내 완벽한 꿈은 '책 선물하는 여자'일 수밖에 없다. 내 동무들에게, 아이들에게, 비혼모에게, 교도소 재소자에게 그리고 스스로에게…. 책 세상에서 마음 놓고 비상하며 꿈꿀 그들을 그려본다. 책을 건네는 일은 얼마나 즐거운 상상 놀이인가.

법정스님을
초대하다

비명을 지른다. 서로 등 떠밀려 밖으로 나갈 태세다. 제사 후, 남은 음식을 냉장고와 김치냉장고에 차곡차곡 밀쳐 넣었더니 사달이 났다. 서로 숨 쉴 공간이 없다며 아우성친다. 뭐든지 끌어안고 버리지 못한 내게 결단의 순간이 찾아왔다. 하는 수 없이 제사 이전의 오래된 음식과 식재료 중에 싱싱하지 못한 애들부터 솎아낸다. 버리자니 죄의식이 고개를 든다. 어이할꼬. 뭐든지 많이 구입하고 버려지는 게 이뿐인가. 옷, 구두, 책, 생활용품…. 우리 동네 재활용품 분리 수거 날은 매주 목요일이다. 이때 우리 집에서 배출하는 재활용품은 다른 집보다 월등히 많다. 이제 벗어나고 싶다. 욕심의 그물에서. 죄의식에서.

법정 스님이 떠오른다. 검소와 청빈 그리고 겸손. 자연에 대한 뿌리 깊은 애정. 아름다운 마무리…. 그가 입적했을 때, 유품은 안경과 그의 책이 전부였다. 그의 모든 생활이 배어있는 맑고 투명한 글을 찾아 읽으면 도움이 되지 싶다. 낡은 생각과 오랜 습관을 떨쳐버리고 새로운 변화를 위해 법정 스님을 초대한다. 나와 동시대에 큰 스승인 그가 있어 얼마나 다행인가. 그의 아름다운 마무리는 끝이 아니라 이렇게 계속 이어진다. 법정 스님은 비움으로 나눔을 실천하고 먼 길 떠났다. 그는 무소유란 아무것도 갖지 않는 것이 아니라 불필요한 것을 갖지 않는 것이라 했다.

법정의『새들이 떠나간 숲은 적막하다』책을 꺼내 든다. 그 중「내가 사랑하는 생활」을 법정스님 만난 듯 들여다본다. 오감을 활짝 열고 천천히 아주 천천히. 그가 좋아하는 솔바람 소리와 얼음장 속으로 흐르는 소리가 내게 들려온다. 맑고 투명한 시냇물과 노송이 나타나고 그 그림 저 너머에 삶의 여백이 자리 잡는다. 행복은 이렇게 아주 사소한 데에서 찾아온다. 대숲에서 싸락눈 내리는 소리, 난로 위에 물 끓는 소리, 장작불 타오르는 소리, 기러기 떼 날아오르는 소리를 사랑했던 그와 함께 듣는다. 아름다운 그 광경을 눈앞에 그리면서. 이 순간 심각하고 복잡한 일상에서 벗어나 순수가 자리 잡는다. 자유로워지고 기쁨이 깨어난다.

'쇄삭 쇄샛 쇄삭 쇄샛…'

풀이 선 옷깃이 스치는 듯한 이 소리. 이 오밤중에 추위를 피해 남녘으로 날아가는 기러기의 날갯짓 소리가 마치 어떤 혼령이 허공을 지나가는 소리처럼 들려오는 것 같아 나는 퍼뜩 맑은 정신이 든다. 자신의 삶을 되돌아보고 내 영혼의 무게 같은 것을 헤아리게 된다. 그리고 남은 세월을 어떻게 보낼 것인가를 생각하면서 기러기 떼를 뒤따라간다.

법정 스님이 좋아하는 소리 중에 기러기 소리에 대한 단락이다. 기러기 날갯짓 소리를 이처럼 사실적으로 표현할 수 있을까. '풀이 선 옷깃이 스치는 듯한 이 소리'엔 손뼉 치며 공감한다. 유려한 문체로, 영혼의 언어로 내가 어디를 향해 가야 할 것인지 일깨우고 있다. 사물에 깃든 신성한 신비를 깨달는 수도자가 내 영혼까지 깨끗이 씻어주는 것만 같다.

　법정은 '겨울 숲'도 사랑한다. 거치적거리는 것을 훌훌 벗어던지고 겨울 하늘 아래 우뚝 서 있는 나무들의 기상을 특히 좋아한다. '겨울 숲'에서는 그런 나무들끼리 속삭이는 소리도 들을 수 있단다. 빈 가지에서 잎과 꽃을 볼 수 있는 그런 사람만이 그 소리를 알아들을 수 있을 것이라고 했다. 나무에 대한 지고지순한 사랑이 없고서는 어떻게 이런 글을 쓸 수 있겠는가. 그는 강원도 심심산골 해발 8백 미터 오두막에서 나무와 새를 동무 삼고 바람과 물소리 들으며 수많은 생물과 어울려 살았다. 겨울 숲에서 텅 빈 충만함을 느끼며 그 어느 것도 소유하지 않고 자연을 내 몸처럼 아끼며 살아왔기에 가능했으리라. 나는 나무를 사랑하라는 그의 메시지를 귀여겨듣는다. 거기 엔 커다란 생명의 흐름이 있고, 사랑의 메아리가 만방에 울려 퍼지길 바라는 그의 마음이 깃들어 있다.

　또한 그는 생명의 신비를 드러낸 해와 달을 좋아한다. '해는 지는 해, 달은 떠오르는 달이 좋다'라고 했다. 지평선이나 바다로 지는 해가 좋고, 산마루 에서 떠오르는 달은 자태가 사랑스럽단다. 노부부가 바닷가에서 지는 해를 바라보고 있는 장면을 한 폭의 아름다운 그림처럼 묘사하고 있다. 그 모습에 서 인생의 황혼을 생각한다. 그들처럼 인생의 자취도 노을처럼 멋지게 채색 되길 바란다. 사건과 체험 그리고 서사가 하나로 묶여 의미를 부여하며 형상 화하고 있다. 형식과 내용에서 크게 욕심부리지 않고 수필의 결을 곱게 직조 하고 있다.

　법정은 맨발로 흙 밟는 감촉도 좋아한다. 그때 땅 기운이 몸에 스며든다고 한다. 그는 대지를 살아있는 생명체로 받아들인다. 우리는 자연의 품인 대지로부터 모든 먹거리를 얻고 있지 않은가. 법정은 '농업이 가장 인간적인 일거리'라며 텃밭의 채소를 가꾸며 자급자족한다. 맑은 가난과 간소함으로 당신의 숙식을 스스로 책임지며 아끼지 않고 노동에 몸을 내맡긴다. 때로는 맨발로. 그의 글에 노동하는 삶의 잔잔한 무늬를 새기며 아름답게 인생을 가꾼다. 삶의 나루를 지혜롭게 건넌 법정의 글은 모두 잠언으로 읽힌다. 솔직하고 맑은 언어가 돋보인다.

법정은 선호하는 음식을 누가 물으면 선뜻 대답을 못한다. 삶의 둘레를 말끔하게 정리하고 한가롭게 마시는 차는 즐긴다고 했다. 물미역을 날것 그대로 초고추장에 찍어 먹으면 산중에서 바다와 갯내와 파도 소리를 듣는단다. 맛보다는 '그리움'으로 읽힌다. 여고 시절에 배웠던 장 콕토의 시가 떠오른다. '나의 귀는 소라껍데기 파도 소리를 그리워한다' 단 한 줄의 시로 바다에 대한 그리움을 절묘하게 표현했다. 고향이 해남인 스님이 물미역을 즐기는 건 같은 맥락이 아닐까. 나 역시 바다를 보면서 자랐기에 미역, 파래, 청각, 톳, 감태, 우뭇가사리, 꼬시래기, 매생이 등 해초를 즐겨 먹는다. 그와 미역을 좋아하고 바다를 그리워하는 공통점을 찾고 희희낙락이다. 홀로 산중에서 정진하며 세속 인간사와 거리두기를 하는 그의 삶이 기독교에서 수행했던 사막의 교부들과 겹쳐진다. 완전한 고독과 내핍 그리고 희생 속에 아픔과 고통은 얼마나 컸을까.

그가 사랑하는 생활에서 글을 읽는 재미를 빼놓을 수 없다고 했다. 책 속에 스승과 친구가 있어 그의 삶을 시들지 않게 한다고 했다. 그는 혼자 수행을 하며 수많은 책을 읽고 글쓰기도 멈추지 않았다. 『무소유』『산방한담』『서 있는 사람들』 등 30여 권의 책을 출간한 베스트셀러 작가다. 나이와 종교를 뛰어넘어 많은 사람의 사랑을 듬뿍 받은 그의 작품은 모든 이에게 제각각 다른 위안을 준다.

그가 떠난 후, 그의 작품집이 품절됐고 더 이상 그가 출간한 책을 살 수 없다. 그렇게 빛나는 글을 잡문 나부랭이라며 출간하지 말라고 유언했다. 말의 빚을 다음 생으로 가지고 가지 않겠다며. 법정을 초대해서 그의 맑고 향기로운 글을 대하니 사바세계의 속진들이 바람에 날려가는 듯하다.

그가 무엇보다 사랑하는 일은 밝아오는 여명의 창에 눈을 두고 꼿꼿이 앉아 소리 없는 소리에 마음을 다하는 일이다. 진정한 수도자로서의 면모를 드러내고 있다. 이승에서 마지막 순간까지 참다운 삶이 무엇인지 몸소 행동으로 보여주고 먼 길을 떠났다. 「내가 사랑하는 생활」 수필에서 무소유의 삶을 실천하고 우리 마음을 따뜻하게 감싸주었던 법정 스님의 맑은 생애를 더 듬어볼 수 있었다. 그의 삶을 그대로 따를 순 없지만 흉내 내보고 싶다. 먼저 비우고 나누자. 욕심의 그물에서 빠져나오려면 어떻게 마음공부를 해야 하나. 맑고 깊은 영혼을 지닐 수 있게 되길 묵상하는 나날이 길어질 듯하다.

이제 가을이 찾아오고, 더욱 깊어지면 나무는 단풍잎들을 떨어내겠지. 새봄이 오면 그 자리에 새잎이 돋아나듯, 내 마음자리에도 맑은 영혼이 찾아오려나. 법정 스님이 그립다.

내가 좋아하는
생활

　　수필가의 삶이 문득 고맙다. 이제 글쓰기가 내 삶의 중심에 견고하게 뿌리를 내리고 있다. 내 사유와 철학을 담는 그 일이 즐겁다. 좋아하는 일을 잘해서 보람과 기쁨을 한껏 맛볼 수 있기를 바란다. 가끔 독자가 내 글에 공감하며 감동을 전할 때면 하늘을 나는 듯 짜릿하고 자부심도 느껴진다.

　　어느 땐가 내 사유가 아득히 깊은 우물로 빠져든 날이 있다. 무아지경에 이르러 예닐곱 시간이 훌쩍 지났다. 금방 지나가 버린 시간에 무척 놀랐던 기억이 지금도 생생하다. 눈물을 아프게 쏟아내며 글쓰기를 했던 날이다. '사람은 누구나 아픔이 있고 제 십자가를 지니고 살아간다'는 걸 받아들이기까지 꽤 시간이 걸렸다. 그게 인생이지 않던가.

　　이제 수필가의 이름표를 달고 살아간다. 밤늦은 시간에도 책을 읽고 글을 쓰며 내 방식대로 지낸다. 나는 조용해서 몰입할 수 있는 늦은 밤 시간이 참 좋다. 이제 혼자서 잘 논다. 고통이 해일처럼 밀려와도, 인간관계에서 오는 서운함에도, 그리움에 목이 메는 날에도 글쓰기를 하다 보면 시간이 저 혼자 잘도 흘러간다. 수필이 창문을 열고 나를 다른 세상으로 데려다준다. 혼자서 마음 여행하며 욕망을 내던지고 살아가니 많이 편해졌다.

좋은 수필을 쓰기 위해 책 읽고 여행하며 해방의 기쁨과 자유를 만끽한다. 문화예술 공연장과 전시장을 기웃거리며 세상 이야기를 듣고 변화를 꿈꾼다. 인문학에 관심을 두고 책방을 찾는 재미도 쏠쏠하다. 내 삶의 위안이며 쉼표다. 삶의 둘레가 풍성해진 듯해서 여유가 생긴다. 이런 경험들이 글쓰기의 자산이 되어 준다. 내 마음이 노래하고 춤출 수 있게 더욱 기회를 늘려 보리라.

삶이란 누군가와 함께 걷는 길이다. 같은 취미를 공유하는 동무나 친지 그리고 가족과 함께 공연장이나 전시장을 향하면 더욱 신나고 기쁨이 고조된다. 삶과 문화예술에 대한 대화는 정서적으로 고양되어 충만감이 온몸을 휘감는다. 문화가 숨 쉬는 삶이 고마울 따름이다. 뮤지컬이나 연극, 마당극, 음악회에서 무대와 객석이 함께 호흡하고 공감할 때 나의 온 세포와 신경들이 전율한다. 어느 날 연주장에서 맨 앞에 앉아 고개를 끄덕거리기도 하고 리듬에 맞춰 몸을 좌우로 흔들었더니 즉각 반응하며 공연을 더 힘차게 이끌어주었다. 나 역시 아름답고 멋진 음악에 감전되었던 그날. 한 줄기 전류가 내 마음을 훑고 지나갔다. 콧날이 시큰해지고 가슴이 쏴 해지는 그 순간을 잊지 못한다.

나는 자유롭다. 설레고 기쁘게 지낼 일을 궁리한다. 계획대로 실행해도 좋고 잘 안되면 다음에 진행해도 그만이다. 바쁜 듯하기도 하고 여유롭기도 하다. 의미 있는 삶을 살아내고 싶지만 쉽지 않다. 목표를 낮추면 마음이 편하다. 세상에 선한 영향력을 미치면 좋겠지만 욕심내지 않는다. 할 수 있는 데까지 하면 최선이다. 차선도 좋고 차차선도 그런대로 괜찮다. 법정 스님처럼 살고 싶지만 언감생심. 꿈꿀 수도 없다. 흉내만 내도 다행이다. 나의 목표는 이뤄져도 좋고 반만 되도 다행이고 아니면 반에서 반만 이뤄져도 무방하다. 목표 달성이 아니라 가는 데까지 도달하면 그만이다. 그래서 이뤄지는 일도 없고 이뤄지지 않은 일도 없다. 모두가 내 마음이다. 나는 자유인이다. 내 힘으로 도저히 바꿀 수 없는 걱정거리는 이미 걱정 끝이다. 나는 이렇게 자유를 구가하는 내가 참 좋다.

책은 멋진 친구이다. 한동안 집중하여 이 친구에게 빠져들면 새로운 세상이 보인다. 지혜와 지식을 오롯이 전해주는 스승이기도 하다. 내가 부를 때마다 찾아와서 이야기를 들려주는 이야기꾼이다. 꿈꾸는 삶을 알려주는 멋진 안내자이다. 내가 힘들어서 헤맬 때는 수호천사가 되어 나를 구해주고 낙담하면 용기를 주는 믿음직한 벗이다. 상상력을 키워주고 무엇보다 글쓰기를 할 때 영감을 주는 나의 글벗이다. 내가 성장할 수 있었다면 모든 공로는 이 재주꾼에게 넘겨주리라.

여행은 내 삶과 글쓰기에 크게 작용한다. 준비하는 만큼, 아는 만큼 여행의 재미를 늘릴 수 있다. 선택한 여행지의 관련 자료를 모으며 무엇을 볼 것인가를 선택한다. 맛있는 음식, 아름다운 풍광, 역사적 사건과 유물 유적, 그곳 사람들과의 만남… 여행지에 대한 준비와 호기심으로 소풍 전날의 아이처럼 들떠서 준비물을 챙긴다. 일상에서 졸고 있던 감성을 깨우며 길 위의 시간과 사물 그리고 사람들로 여행을 채운다. 사유의 날을 벼리며 '나는 누구인가' 묻기도 한다. 인식이 이뤄지면 여행은 완성된다. 그런 날들이 모여 오늘의 '나'가 된다. 여행은 장소의 이동으로 시작하지만 나는 사람과의 만남, 책 읽기, 영화와 음악 등 모든 예술 활동을 통해서도 경험한다. 이때 희귀한 감정체험에 깊이 반응하고, 새로 발견한 사실에 도취하고, 아름다운 풍경에 매료되어 감정이 벅차오른다. '여행' 말만 들어도 설렌다.

매달 마지막 수요일은 문화가 있는 날이다. 박물관, 미술관, 공연장, 고궁, 도서관 등에서 문화 행사가 풍성하게 열린다. 이날은 입장료가 무료이거나 아주 저렴해서 이용하기가 좋다. 문화예술의 풍요로움을 경험하면 감성이 충전되어 일상에 예술을 덧입혀 볼 수 있다. 동네에 마실 가듯 자주 찾을 일이다. 경험해야 체화되고 내면화된다.

어느 날, 덕수궁 경내의 미술관에서 이집트 초현실주의 화가들 작품을 전시했다. 수많은 작품 중에서 〈어머니들-평화의 행진〉과 〈시민합창단〉에 오래 눈길이 머물렀다. 암울한 현실을 온건하게 풀어내는 작가의 따뜻한 시선에 주목했다. 갑자기 뜨겁고 충만한 기운이 솟구쳐 올랐다. 감동이 일어 심장박동이 빨라졌다. 나 혼자 볼 수 없어 애호가를 불러냈고, 어느 날은 가족, 또 다른 날은 친지를 불러냈다. 그들은 한결같이 예술의 향기를 실컷 맡았노라고 좋아했다. 더불어 문화예술을 향유하고 작품에 공감하며 대화를 나눌 수 있는 이 분위기를 나는 좋아한다. 이들 작품을 감상하며 내 영혼이 위로받듯 내 수필 독자도 그렇게 되길 바란다.

좋은 수필을 위해 사람을 만나고, 책을 읽고, 여행하며 문화예술 공연장과 전시장을 찾는 일을 축복으로 여긴다. 이런 경험과 사유가 내 영혼을 말갛게 씻어주고 아름다운 삶을 가꾸는 텃밭이 되어준다. 삶의 에너지가 되어 글밭으로 이끌어주기도 한다. 학문이나 문화예술 창작에는 정년이 따로 없다. 내 건강이 허락하는 한 수필 쓰기가 이루어지리라.

　몰입해서 수필을 쓸 수 있는 지금의 삶을 나는 좋아한다. 이제 내게 글쓰기는 놀이이고 일이며 사랑이다.

사랑별이
따스한 전주

　　예향 전주에서 '21회 수필의 날' 행사를 치른다. 이날은 일 년에
한 번 전국의 수필가들이 모여 잔치를 벌이는 뜻깊은 날이다. 지금까지 강
릉, 군산, 여수, 수원, 대구, 청주 등 매력 넘치는 문화도시에서 보람 있고 알
찬 행사를 진행했다. 수필 문우들은 이 행사에 대한 자부심이 강하다. 따라
서 이날을 무척 기다린다. 특히 이번 행사는 '맛고장' 전주에서 개최한다며
기대만발이다. 하지만 코로나바이러스 예방을 위해 인원 제한이 불가피하다.
　　사월 마지막 한 주일의 끝자락에 찾아온 전주문학관. 빨간 덩굴장미가 고
운 모습 자랑하며 담장에 몸을 기대고 나그네를 맞이한다. 문우들은 때 이른
덩굴장미의 만개에 반색하며 눈 맞춤으로 인사한다. 문학관에 들어서니 우
람한 은목서나무와 칠엽나무인 마로니에, 하트 모양의 잎을 달고 있는 계수
나무도 존재감을 확실히 드러내며 우릴 반겨준다. 전북 문인들이 제공한 연
꽃차를 눈과 코 그리고 입으로 차례차례 음미한 후 문학관으로 들어선다.
　　먼저 작자 미상인 「정읍사」와 정극인의 「상춘곡」이 이 고장의 값진 문화
유산임을 머리에 새긴다. 전북에서 태동한 국문학과 우리 문학가들을 두루
살펴본다. 행상 나간 남편의 무사귀환을 바라는 여인의 간절한 마음이 드러

난 「정읍사」. 조선시대 최초의 가사 작품인 「상춘곡」. 이들 내용을 학습했던 모교의 교실 풍경과 국어 선생님의 열정적인 표정을 떠올리며 가사를 읊조린다. 소나무와 대나무가 울창한 자연에 묻혀 살고 싶은 나의 로망을 상춘곡에 신는다. 이병기, 신석정, 서정주, 이매창 등 문학의 향기를 한껏 발산했던 전북 문인과 문화유산을 잘 정리하여 문학 세상을 더욱 풍요롭게 감각하게 해준 모든 이들에게 고마움을 전한다. 기획 전시품인 지역 문인의 육필 시화전은 예술 감각이 뛰어나고 볼거리가 풍성하다. 아이디어가 넘쳐 우리 문학 모임에서도 참고해볼 만한 여지가 많다.

나는 수필 작품 쓰기에 몰입할 수 있는 지금의 내가 참 좋다. 글쓰기는 내게 꿈을 심어주고 영혼을 말갛게 빚어준다. 또한 내 마음을 춤추고 노래하게 한다. 그런 의미에서 이번 심포지엄은 수필 문학의 흐름을 진단하고 분석하여 학습 기회를 내게 제공한다. 열심히 참여할 수밖에. 올해는 '수필인들의 창조적 미래와 빅데이터 시대 수필의 미래'에 대한 주제 발표와 질의가 이어진다. 수필가의 창작 의욕을 북돋우고 수필 문학의 중흥을 위해 회원들이 뜨겁게 호응하는 학습 현장이다. 매년 얼싸안고 회포를 푸는 정겨운 장면을 볼 수 없으니 안타깝다. 얄궂은 코로나19 탓에. 아쉬움은 크지만 이 어려운 상황에서 행사를 무사히 마친 것만으로도 다행이라 여겨진다.

심포지엄을 마치고 서울 회원 십여 명이 한옥 마을로 들어선다. 우리가 묵은 숙소에서 한옥 마을은 바로 코앞이라 우리 동네처럼 느껴진다. 가벼운 복장으로 별 부담 없이 밤거리를 산책할 수 있어 아주 자유롭다. 동네 마실 나가듯이.

고즈넉한 밤거리, 전통 한옥 분위기에 휩싸인 거리, 차분한 인공 조명, 머리부터 발끝까지 한복의 우아함을 살린 여학생들의 경쾌한 웃음소리, 곤룡포 입고 기분 내는 남학생들의 팔자걸음, 날아갈 듯 한복을 차려입고 정답게 손잡고 걷는 선남선녀들, 작은 폭포와 물레방아, 낮은 기와 담장, 손맛의 고장답게 음식점과 맛집의 간판과 차림표들. '전주비빔밥' 광고 앞에 멈춰 선다. 사진 속에서 콩나물, 황포묵, 고사리, 지단, 육회 등 정성껏 만든 고명을 헤아린다. 잠자기 전이라 눈요기만 실컷 하며 배를 두들긴다. 내가 좋아하는 메뉴 중 하나가 이 음식이다. 세계적으로 가장 잘 알려진 한식 중 하나다. 가까운 지인 중에 전주가 고향인 사람을 떠올린다. 모두가 손맛 뛰어난 요리 고수들이다. 게다가 퍼주기 좋아하고 인정 많은 이들이다. 오래전, 홍콩과 싱가포르 여행할 때 한식당을 찾은 적이 있었다. 그곳에서도 공히 전주비빔밥을 주문해서 맛있게 먹은 후, 고향의 맛이라며 칭찬을 넘치게 했더니 주방장이 '전주 아주머니'라고 자랑했다. 주위에서도 '음식 맛' 하면 전라도 특히 전주를 우선 말하지 않던가.

자고 일어나서 아침밥은 소박한 '콩나물 국밥'을 먹는다. 맛집으로 소문난 ○○집. 대통령도 다녀간 유명한 맛집이다. 김치 맛이 일품이다. 모든 반찬이 삼삼해서 음식의 고유한 맛이 살아난다. 반찬이 별로 필요치 않은 콩나물 국밥을 먹으며 입맛에 끌려 반찬을 달게 먹는다. 주인장은 크게 기뻐하며 빈 그릇을 푸짐하게 채워놓으며 정성을 다한다. 비닐봉지까지 건네며 김치를 싸가라고 소복하게 더 얹어놓는다. 말씨도 예쁘고 정다운 태도에 이끌려 대화를 나눈다. 나의 밥 동무는 그녀의 인정에 화답하며 선물용으로 갓김치 몇

봉지를 구입해 내게도 하나를 내민다. 따뜻한 밥상에는 늘 이야기가 깃들기 마련이다. 아주머니의 밥상에도 맛과 이야기가 넘쳐 밥상이 더욱 풍성해진다. 음식에는 손맛을 더한 이의 영혼이 배어있다. 서로 만나서 밥을 통해 서로를 품어주는 사람볕이 얼마나 따스한가.

'전주 수필의 날' 행사 이후, 내게 전주가 더욱 친밀하게 다가온다. 문인들을 비롯한 전주 사람들에게 온기가 느껴진다. 게다가 세계인들의 입맛을 사로잡은 '맛의 고장'이 아닌가. 먹는 일은 건강을 유지하는 데 필수 요소다. 잘먹어야 사고도 유연해진다. 이곳 사람들의 인심이 순후한 이유를 알 만하다.

전통과 문화의 향기는 또 어떤가. 올해 22회를 맞은 전주국제영화제, 전주대사습놀이, 전주한지 문화축제, 경기전 문화행사, 전주비보이 그랑프리 등셀 수 없이 다양하다. 머지않아 역병의 위협이 줄어들면 문화의 향기를 맡으러 다시 오게 될 듯하다. 정신이 허기질 때, 삶에 고빗길이 찾아올 때면 더욱 그러하리라. 또 이곳을 찾아올 때, 나를 기억할 리 없는 그 콩나물국밥집 주인장도 만나리라. 손맛 좋은 국밥과 반찬을 먹으면 내 슬픔도 스르르 풀려나가지 않을까.

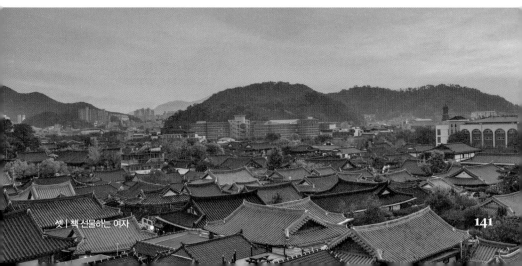

불씨를 키우며

　'우리는 수필을 통해 다시 태어날 수 있고 가슴에 불꽃을 피울 수 있으며…' 17회 수필의 날을 맞아 선언문을 낭독하고 있다. 이곳은 대구문화예술회관. 일 년에 한 차례 전국의 수필가들이 모여 이틀 동안 잔치를 치른다. 수필과 인연 맺은 이들과의 반가운 만남, 좋은 글쓰기를 위한 세미나, 수필 낭송 등 종합 예술 발표, 역사와 문화 탐방. 행사가 다채롭다. 프로그램이 진행되는 동안 좋은 수필을 위해 불씨를 키우려는 마음이 솟구치며 내 삶의 중심에 수필이 비중 있게 자리 잡고 있음에 감사한다. 수필 인생 반의 반세기 동안 글쓰기는 내게 창이 되어 새 세상을 보여주고 오감을 활짝 열어 주었다. 집중해서 글쓰기 하는 동안 온전한 기쁨의 순간을 경험한 적도 있다.

　프로그램 마지막, 문학과 음악의 선율이 어우러진다. 작가가 직접 「햇싸라기」, 「물꽃 피다」 등을 차례로 낭송한다. 원고 없이 수필의 맛을 제대로 살려낸다. 뒷배경에는 작품에 어울리는 영상이 나타난다. 아름다운 봄꽃과 숲속 풍경 등 자연의 아름다움이 이어진다. 화면에 이끌려 산책 나온 기분을 누린다. 맨발 출연자, 우아한 의상, 성우 못잖은 낭송가들의 실력. 박하향처럼 산뜻하다. 수필 『알피니즘을 태운 영혼』 퍼포먼스는 영화 〈히말라야〉를 떠올리게 한다. "히말라야의 저 순백 만년설에서 살아 숨 쉬는 푸른 영혼들이여! …설움에 겨워 그대의 이름을 부르노라"라며 태극기를 감싸고 온몸을 바쳐 연기하는 그녀가 알피니스트로 느껴진다.

빙벽에서 극한의 추위, 쏟아지는 졸음과 사투를 벌였던 휴먼 원정대의 모습과 겹쳐진다. 얼굴에 눈과 고드름이 맺혀있는 엄홍길 대장 아니 황정민 배우의 모습이 아직도 생생하고 오금이 저려온다. 이 수필가의 달란트가 널리 쓰이길 바란다.

비사스 클라칸토룸 중창단이 〈챔피언〉을 소리 높여 부를 때는 객석도 흥겨워진다. 내 몸의 행복 스위치에 불을 켠다. 수필의 날에 찾아온 기쁨이다.

'수필의 날' 행사 프로그램도 유익하지만 그에 못지않게 문화, 유적지를 찾아가는 문화 기행도 참으로 의미 있는 일이다. 일상에서 벗어나 새로운 곳을 구경하고 향토 음식을 맛보며 마음 맞는 문우들과 문화예술을 얘기하는 일은 얼마나 멋지고 신나는 일인가. 앞만 보고 숨 가쁘게 살다가 사람 사는 재미를 흥건하게 느끼는 날이다. 포만감이 머리에서 가슴으로, 복부로 신경 줄을 타고 내려온다. 카르페디엠. 여행만 한 일이 또 있을까.

우리는 향촌문화관, 김광석 거리, 현풍곽씨 12정려각, 도동서원, 사문진 나루터를 탐방한다. 내 기호에 딱 맞는 일정이다. 그중에서 사문진 나루터와 김광석 거리가 흥미를 끈다. 달성군 화원과 고령군 다산을 잇는 사문진 나루터는 15세기 말까지 대일무역의 중심지였다. 화원 유원지이기도 한 이곳엔 관광버스가 빽빽하게 들어차 있다. 사람들이 많이 찾는 관광 명소인 듯하다.

옛 주모, 나룻배, 뱃사공은 찾을 길 없어도 고운 풍광과 어우러진 조형물, 손님을 맞는 초가집 주막촌들과 파전 등 군침 돋는 음식 냄새, 꽃밭 너머로 보이는 유람선, 강 위에 걸려 있는 사문진 다리 모습이 오래 머물고 싶도록 정겹다.

이채로운 조형물이 눈에 띈다. 1901년, 이 나루터로 피아노가 우리나라에 최초로 들어온 곳이라는 안내문이다. 30명의 도움을 받아 소달구지에 실었고 사람들은 그 피아노를 '귀신 소리통'이라 불렀다니 격세지감을 느낀다. 그 피아노의 주인은 동산 병원의 안주인 파커라고 하는데 동산 병원의 긴 역사도 함께 배운다. 지금은 이곳 현장에서 그때를 기념하며 시월 첫째 주 주말에 100대의 피아노 콘서트가 열린다고 한다. 괴짜 피아니스트 혹은 천재 피아니스트 임동창과 함께 진행하는 연주가 범상치 않을 듯하다. 그를 텔레비전에서 본 적이 있다. 피아노 페달과 건반을 타악기처럼 다루고 전통 음악에서 타악기 연주까지 신명 나게 연주하는 데 풍류가 몸에 밴 예술가였다. 관중을 압도하는 그의 엄청난 규모의 음악을 보고 싶다.

일행은 방천 시장으로 발을 옮긴다. 이곳에는 김광석 거리가 있다. 노래가 하루 종일 흐른다. 서른둘 나이에 먼 곳으로 떠났지만 그의 목소리가 노래로 남아 영원히 살아 있는 곳이다. 이등병의 편지, 서른 즈음에, 일어나, 나의 노래, 두 바퀴로 가는 자동차, 사랑했지만, 바람이 불어오는 곳, 너무 아픈 사랑은 사랑이 아니었음을, 어느 육십 대 노부부의 이야기…. 청아하고 구슬픈 목소리로 심연의 상처를 건드리는 그의 노래가 좋았다. 김현식, 유재하, 김광석…. 병마로, 사고로, 자살로 젊은 나이에 세상과 이별한 그들의 노래를 애창곡으로 곁에 두었다. 서글프고 허전하고 상실감이 컸다. 너무나 순수하고 섬세한 가수들이었다. 김광석과 관련된 벽화와 조형물 70여 점이 우릴 맞는다. 그와 사진 찍고 노래한다. 그가 살아있는 공간이다. 나이 드신 어른들도 〈서른 즈음에〉를 부르고 젊은이도 〈이등병의 편지〉를 노래한다. 어린 김광석과 인연이 있었던 장소다.

재래시장인 방천 시장이 점포 수, 유동 인구가 형편없이 줄어들자 김광석을 앞세워 예술의 옷을 입혔다. 지역 예술가, 시장 상인, 관청이 모두 힘을 합쳐서. 김광석 거리가 방천 시장 상인을 구해냈다. 그곳에는 하루 종일 김광석을 찾는 사람들이 우리들처럼 멀리서도 찾아온다. 김광석 노래가 메아리친다. 방천 시장 상인에게 은인이 되어준 김광석. 이 모두가 문화의 힘이다.

나는 오감을 자극하며 생기가 느껴지는 공간, 더 큰 뜻을 새기거나 사람 냄새 물씬 풍기는 장소가 좋다. 대구에서는 사문진 나루터와 김광석 거리, 국채보상운동 기념관과 청라 언덕이 마음에 머문다.

평범한 일상을 활력으로 바꾸고, 잠자는 감각을 깨우고, 삶을 풍요롭게 채워 준 수필의 날 행사였다. 모든 일정을 잘 이끌어 준 운영진의 노고와 대구 문인협회 회원들의 정성과 배려는 좋은 수필을 쓰기 위한 불씨가 되어 줄 것이다. 사람들 가슴을 안온히 감싸기를 소망하는 수필의 날 선언문 내용을 떠올리며 행복감을 되새김한다.

수필의 품은
아늑하다

　　어느덧 수필 인생 삼십 년이다. 우연히 사십 대 중반에 수필 공부할 수 있는 행운이 내게 찾아왔다. 어느 날 뜻밖에 찾아온 수필가의 삶이 고맙다. 수필은 내게 큰 선물을 주었다. 이제 나는 글쓰기로 폭풍우와 거센 파도를 잠재울 수 있게 되었다.

　내 가슴에 수필가의 이름표가 붙여지기 전에 나는 서울에서, 남편은 지방 도시에서 근무하는 주말 부부였다. 초등 교사인 나는 아들 삼 형제를 양육하는 엄마로서 애환이 한둘이 아니었다. 애들이 아프거나 사고라도 나는 날이면 발등에 불이 난 듯 이리 뛰고 저리 뛰었다. 그때 나는 하루하루가 무사하게 지나가길 얼마나 간절하게 바랐던가. 집에서도 교실에서도 내 눈길과 손길을 바라던 그 조그만 어린이들의 바람을 다 채워줄 수 없었다. 퇴근 후에 장보기와 음식 조리하는 일 등 일상은 또 얼마나 많은 시간을 필요로 했던가. 나는 자정 전에 잠들 수가 없었다. 주위를 돌아볼 여력이 없었다. 언감생심. 글쓰기 공부라니.

　이때 봄과 가을이 되면 내 몸에 이상 증세가 나타났다. 호흡이 곤란해지고

밥은 먹고 다니나

무력증이 찾아왔다. 남편이 상경하는 주말이 되면 너무나 가슴이 답답해져 가까운 산이나 강과 바다를 다녀오면 씻은 듯 회복되곤 했다. 하늘만 바라봐도 숨결이 부드러워졌다. 바람, 구름, 새들, 꽃과 나무와 눈 맞추며 자연의 이야기에 귀를 기울였다.

이 무렵 내가 다니는 성당의 대모님은 내 인생 길잡이가 되어 수필 문학의 길을 거닐 수 있게 이끌어주었다. 처음엔 발걸음을 떼기가 어려웠으나 몇 년 동안의 습작기를 거쳐 내면에 잠들어있는 감각을 깨우기 시작했다. 내 글에 삶의 의미와 가치를 담아보려고 나를 담금질했다. 밤새워 글을 쓰며 몰입했던 적도 있었다. 아무리 기억을 되돌려도 이런 경험은 처음이었다. 이 일이 나 자신은 물론, 세상에 보탬이 되는 일이라면 더 바랄 나위가 없겠다고 생각했다. 그런 글을 독자와 나누고 싶었다.

처음 글쓰기를 할 땐 내게 익숙한 가족과 교실 이야기를 즐겨 썼다. 얼마간 세월이 흐르자 내 울타리를 뛰어넘어 새로운 세상을 눈여겨 보게 되었다. 이내 나의 모자람이 드러나 인문학을 비롯한 다양한 책을 섭렵하게 되었다. 독서록과 창작 노트를 갖추고 생각을 정리하고 글 쓰는 시간을 늘려나갔다.

또한 문화예술을 경험하는 기회를 늘리기 위해 공연장이나 전시회장을 자주 들락거렸다. 박물관이나 미술관, 유적지, 공원 등도 발길 닿는 대로 답사했다. 또한 문학 기행 등 여행을 통해서 세상 구경에 나섰다. 세상 곳곳은 배움터였다. 특히 여행지에서 만난 따뜻한 사람들은 아직도 그립다. 정성 들인 음식을 대접받으면 더욱 그러했다. 내 모든 경험은 내 글쓰기의 소재가

되어 자양분을 공급해주었다. 수필 문학은 삶에서 싹트지 않던가. 체험하지 않으면 관념적인 글쓰기에 머물러 감동 없는 무미건조한 글이 되고 만다. 나의 체험은 수필의 뿌리가 되어 이야기의 수액을 촉촉하게 빨아올렸다. 내 삶이 조금 더 풍요로워지는 듯했다. 이런 일련의 일들이 조금씩 보태지면서 물을 마시기조차 힘들었던 이상 증세는 차츰 가라앉기 시작했다. 내 마음의 빈 곳을 채우고 내 모습을 변화시켰다. 영혼이 따뜻해지는 체험은 놀라웠고 신비스러웠다. 나는 내 감정의 주인이 되어 모든 것을 쏟아냈다. 그 글쓰기는 차원 높은 예술 활동이 된 셈이다. 이렇듯 내가 가꾼 삶의 이야기는 수필 문학으로 태어났다.

글은 곧 그 사람이라 했다. 글 속의 인물처럼 되려고 애쓰다 보면 비슷하게 닮아가지 않던가. 삶에서 피어난 내 정신의 광맥은 희로애락의 순간에서도 비워지고 순화되길 바랐다. 이런 작은 날갯짓이 오랜 세월을 거치면서 깨달음 한 조각으로 남아 좋은 수필로 태어나길 염원하며 치열하게 살아왔다.

내 삶의 역사는 수필집 6권으로 다시 태어났다. 머지않아 7번째의 수필집도 태어날 것이다. 그뿐만 아니라 기념집 2권도 출간했다. 이승을 떠난 아버지와 어머니에 대한 기념집 두 권은 한 쌍이 되어 내 책상 곁에 두었다. 그리울 때마다 들여다보며 아쉬움을 달랜다. 내 형제자매와 가까운 친척들은 아낌없는 칭찬을 보내며 유일무이한 책이라며 놀랍다고 했다. 보람을 한껏 누릴 수 있는 작품 활동이었다.

교사로 재직할 때에는 학교 교지, 학급 문집, 제자들의 개인 문집을 엮었다. 학교 행사 원고나 매주 학교통신을 맡아 학교신문을 제작하기도 했다. 교직 생활에서 수필 이외의 글쓰기 활동도 활발했다. 내가 스스로 최선을 다할 때 느끼는 기쁨은 나를 노래하고 춤추게 했다. 또한 사람들이 내 글에 공감하며 손잡아 줄 때는 이 세상을 다 얻은 듯한 감정에 들뜨기도 했다.

이제 나는 독자에게 온기를 전하는 작품을 쓰고 싶다. 그 수필은 독자가 길을 헤맬 때, 통곡하고 싶을 때 내면에 조용히 스며들어 길을 찾고 슬픔을 멀리 날려 보낼 수 있었으면 좋겠다. 작가로서 그보다 더한 기쁨이 어디 있겠는가. 오늘도 그 꿈을 가슴에 품고 수필 쓰기에 진력한다. 수필가로서의 내 삶은 아늑하고 넉넉했다. 에너지도 불러왔고 행운도 뒤따라왔다.

앞으로 큰 욕심 내지 않고 뭉근하게 쓰려 한다. 이제 내게 글쓰기는 일이자 놀이고 유희가 아닌가.

책 세상에서 마음 놓고 비상하며 꿈꿀 그들을 그려본다.
책을 건네는 일은 얼마나 즐거운 상상 놀이인가.

나는 자유인이다.

내 힘으로 도저히 바꿀 수 없는 걱정거리는 이미 걱정 끝
이다. 나는 이렇게 자유를 구가하는 내가 참 좋다.

나는 그런대로 탈 없이 살아왔다. 그런데 언젠가부터 시도 때도 없이 가슴 속에서 불덩어리가 올라와 나를 위협했다. 도저히 견딜 수 없어 샤워하다가도 탈출을 시도했고 물마시다가도 캑캑대며 물을 넘기지 못했다.

- 「착한 아이 이죽」 중

넷

—

밥은 먹고
다니냐

열린 식탁

　사람의 무게는 '사랑의 무게'라고 했던가. 묵직하고 넉넉한 품을 지닌 사랑의 배달부가 내 이웃에 살고 있다. 지극 정성으로 사랑을 전하는 그를 나는 대모님이라 부른다. 존재만으로 위로가 되고 마음을 오롯이 나눌 수 있는 그는 나의 바람벽이다. 시련과 고통이 없는 삶이 어디 있겠는가. 나는 힘들어 울고 싶을 때 그를 찾는다. 그를 통해 비우고 집착을 걷어내며 가볍게 살아갈 수 있는 내공을 전수받는다. 그의 인생 비화를 통해서. 그이 덕분에 더 나은 내가 되려고 노력하게 된다.

　그는 공감과 환대로 사람의 마음을 달래고 더불어 즐거움을 공유한다. 그의 주특기이다. 오갈 데 없는 이웃들의 빈 틈새에 작은 행복이라도 끼워 넣어 주려고 언제나 바쁘다. 그는 초등학교 교사로 재직했고 오래전에 정년퇴임을 한 86세 할머니다. 지금도 70대 제자부터 30대 제자까지 방문이 그치지 않는다. 제자를 사랑으로 따뜻하게 품어주며, 가진 것 스스럼없이 나누는 삶이 오랜 인연으로 이어지는 탓일 것이다. 비움으로써 채우는 삶의 묘미를 새삼 깨닫는다. 마지막 순간까지 나누고 비우며 살다가 아무것도 남김없이 떠나겠다며 신체 장기 기증서를 지갑에 넣고 다닌다. 그의 지혜는 '받아들임'이다. 그저 사랑하면 모든 것이 수용되는 듯하다.

나는 태백산, 덕유산, 소백산, 지리산, 한라산 산행 중에 아름드리 주목을 관찰한 적이 있다. '살아서 천 년, 죽어서 천 년'이라는, 주목을 가리키는 멋진 수식어가 나무의 존재감을 확실히 심어주어 더욱 관심이 쏠렸다. 오래된 주목은 속이 비어서 그 공간에 작은 들짐승과 곤충들을 불러들여 추위와 폭풍우를 막아준다. 나이든 주목이 작은 생명체를 품어주듯 그는 이웃들을 그의 식탁으로 불러 모은다. 가장 활기 넘치고 기쁨이 가득한 축제의 시간을 조성한다.

나의 대모님은 열 가구가 모여 사는 공동주택에 살고 있다. 5층 건물인데 엘리베이터가 없다. 오르내리기가 힘들 텐데 운동 삼아 천천히 걷는다며 무한 긍정 에너지를 발산한다. 마주치는 이웃과 정담을 오래 나눌 수 있어 좋다고 했다. 혼자 사는 집에 6인 식탁을 들여놓고 이웃에게 식사와 간식을 제공한다. 주민뿐만 아니라 외로운 이들과 지금까지 인연 맺은 많은 이들이 수시로 드나든다. 노인성 질환을 앓는 이들과는 민화투를 치기도 하고 심심한 이웃 할머니들과는 산, 강, 동식물 이름 맞추기 게임을 하며 기쁨을 주고 마음을 따뜻하게 데워준다.

최근에는 어느 문학 단체에서 '사랑으로 쓰는 서울, 우리 동네 이야기'를 공모했다. 그는 한 줌 재가 되기 전에 무언가 도전하고 싶어서 응모했단다. 결과는 심사위원 5명 만장일치로 장원을 차지했다. 최고상을 받고선 "꿈인지 생시인지 모르겠다"라며 마음껏 기쁨을 토해냈다. 이에 지인들은 로또 당첨보다 더 귀한 상이라는 등 축하 메시지를 전하며 내 일인 듯 기뻐하며 자

랑스러워했다. 요즘 그는 신이 나서 밥 한 끼 대접할 자축의 자리를 마련하며 정신적인 포만감을 맛보는 듯했다. 축하 인사를 나눈 이들과 공동주택 주민 그리고 오랫동안 좋은 인연 맺은 이들이 그의 열린 식탁에서 즐거운 의식을 치른다. 음식으로 인정 나누며 수상의 영광을 공유하며 다 같이 풍요로 워진다. 밥 위에 고마움과 행복을 얹으면 접시 위에 웃음소리와 즐거운 대화가 떠다닌다. 기쁨이 넘치는 잔칫날이 된다. 인생을 아름답게 마무리하는 그는 나의 인생 스승이다. 어른의 관용과 여유, 나이가 경륜으로 인정받는 세상을 그에게서 배운다. 미리 노년 인생 수업을 받는다. 내 마음도 흡족해진다. 그러나 쉬운 일은 아닌 듯하다. 아마 상금 백만 원보다 훨씬, 아니 그 두 배 만큼 지출이 되지 않았을까 싶다. 그래도 마냥 싱글벙글이다. 나눌수록 풍족해지는 그의 모습이 경이롭다.

그의 열린 식탁의 역사는 수십 년 전부터 꾸준히 이어져 왔다. 그의 옛집은 아카시아 숲 바로 앞 단독주택이었다. 몇 차례나 아카시아 숲에서 축제를 벌였다. 그가 초등학교 재직 시절에는 동료와 함께, 퇴임 후에는 마을 주민과 옛 동료와 지인들을 초대했다. 그 규모와 정성이 놀라웠다. 물론 금전적인 지출도 엄청났고 프로그램도 다양했다. 마을 단위의 축제 규모였다. 좋은 사람들을 초대해서 열린 식탁을 준비하고 정성 다해 준비한 음식을 맛있게 먹는 초대 손님을 보며 그는 넘치는 즐거움을 감추지 못했다. 웃고 떠들

며 대화하고 노래하며 참석자 모두는 아카시아 숲에서 "동구 밖 과수원길 아카시아 꽃이 활짝 폈네…" "아카시아 흰 꽃이 바람에 날리니, 고향에도…" 등의 동요를 부르며 동심 세계에서 시간 가는 줄 모르고 하루를 보냈다. 해마다 5월 아카시아 흰 꽃이 필 무렵이면 그날의 달콤한 아카시아 향이 마음에 오래오래 머문다.

그뿐만 아니라 그가 팔순을 맞았을 때는 그동안 신세 진 이들에게 손수 지은 밥 한 끼를 대접한다며 그의 열린 식탁에 초대했다. 온 집안을 꽃동산으로 꾸미고 예쁜 냅킨, 포크, 차 스푼, 컵, 접시 등 일습을 교체했다. 신혼 살림살이처럼. 장보기, 음식 만들기, 상 차리기, 설거지까지 누구의 도움도 받지 않고 멋지게 해냈다. 잔치는 몇 달 동안 계속됐고 손수 김치를 담그고 밤샘도 예사였다. 몇 달 동안 예상 인원 이백 명을 훌쩍 넘어 삼백 명 이상 다녀갔다. 그와 인연 맺은 모든 이에게 정성을 다하는 자세에서 작은 물줄기를 품어 안는 큰 강물의 마음을 읽었다. 한편으로는 지칠 법도 한데 거뜬히 감당해내는 초인적인 힘은 어디에서 비롯됐을까, 궁금해졌다. 사랑의 힘이었다. 몰입하여 즐거움이 따르니 엔도르핀이 과다하게 생성된 것이 아닐까. 혼자서 상상하며 헤프게 웃는다. 고립과 소유가 아닌 공감과 증여로 많은 이들과 더불어 삶의 텃밭을 의미 있게 가꾸는 그가 나의 대모님이란 사실이 행운으로 여겨진다.

그가 식탁에서 다정한 시선으로 온 정성을 쏟는 걸 보면 영화 〈바베트의 만찬〉의 주인공인 바베트를 연상시킨다.
삼십여 년 전 영화이다. 19세기 말 덴마크
해안의 작은 마을에 청빈하고 엄격한 개
신교 목사와 두 딸이 살고 있었다. 아버지
가 세상을 떠나고 두 딸은 신앙 공동체를
이끈다. 어느 날 오갈 데 없는 프랑스 여인
바베트가 입주하여 요리와 허드렛일을 도
와주며 14년을 함께 지낸다. 우연히 바베
트는 복권에 당첨되고 마지막으로 동네 어
른들에게 요리를 대접한다. 거북 등 희귀한
식재료, 귀한 샴페인과 와인, 하얀 테이블보
와 은식기를 구입하여. 절제와 금욕으로 삶

을 지켜오던 두 자매와 마을 사람들은 화려한 만찬에 불
안감과 두려움에 어쩔 줄 모른다. 하지만 요리를 맛본 사람들은 영혼
과 육체가 행복해지는 순간을 맞이한다. 자신들이 느껴보지 못한 감각들이
깨어난다. 훌륭한 요리는 마을 사람들에게 감동을 주며 마음을 한없이 부드
럽게 정화한다. 바베트는 나라가 어지러운 상황에서 그곳까지 흘러들어왔
으나 프랑스 최고 레스토랑의 수석 요리사였다. 그녀는 풍성한 만찬에 복권
당첨금을 모두 써버리고 프랑스로 돌아갈 수 없게 되었다. 어려움 속에서도
자신의 재능과 위엄을 잃지 않은 바베트는 "예술가는 가난하지 않아요. 내
가 최선을 다하면 사람들을 행복하게 할 수 있으니까요"라고 말한다. 사랑

이 완성되는 감동의 순간이다.

　나의 대모님과 바베트는 정말 많이 닮아 있었다. 온갖 정성을 다해 사람들에게 만찬을 대접해서 영혼과 육체가 행복해지는 순간을 맞이하게 했다. 좋은 식재료와 맛있는 음식 외에도 장식에 온통 공을 들여 좋은 분위기를 조성했다. 또한 바베트는 최고의 프랑스 요리사였고 대모님은 공모전에서 장원을 차지한 으뜸 문필가가 아닌가. 이웃의 기쁨이 나의 기쁨인 두 사람은 받은 상금을 일신의 안녕이 아닌 최상의 만찬을 위해 모두 소비해 버린 공통점은 의미심장하다. 그들은 늘 여유가 있고 열린 식탁에서 즐겁고 행복해한다. 그들이 식탁에 올린 최상의 요리는 사랑이 아닌가.

　나는 대모님의 삶을 오랫동안 가까이서 지켜보았다. 그의 삶은 내가 그동안 놓치고 살아왔던 소중한 일들을 일깨운다. 내 삶을 어떻게 엮어갈 것인가, 생각을 거듭한다. 결국 그의 인생 여정에 접속해서 답을 구한다. 나도 대모님처럼 넉넉한 품으로 온 정성 다해서 사랑을 배달해야 할 듯하다. 물론 열린 식탁에서 축제를 벌이는 일과 함께.

밥은 먹고 다니냐

　　한솥밥을 먹는 사람이 식구 아닌가. 나 어릴 적 우리 식구는 한 상에 둘러앉아 밥을 먹으며 배부른 사랑을 나눴다. 부모님과 올망졸망한 형제자매는 함께 아침 밥상에서 하루를 열었고, 저녁밥을 먹으며 그날 하루를 갈무리했다. 소박한 밥상이었지만 밥투정하는 아이도 없었다. 한 사람의 이탈자도 없었다. 밥이 맛있어도 맛없어도 모두 밥그릇을 싹싹 비웠다. 그곳에서는 언제나 이야기꽃이 피어났다. 아무 이야기나 잘 버무려져 밥상은 풍성했고 따스했다. 우리 식구는 어머니의 정성으로 빚은 밥을 맛있게 먹으며 조금씩 조금씩 성장했다. 몸도 마음도.

　　그러구러 세월이 흐르고 흘러 아버지는 새로운 사업을 위해, 언니들과 오빠는 학업을 위해 상경했다. 그때까지 아버지의 사업은 성공과는 거리가 멀었다. 사업 운이 없었는지, 사업 체질이 아니었는지 이유는 모른다. 어쨌든 우리 집 경제사정은 어려움에 직면했다. 자식들을 서울로 진학시킨다는 것은 감히 엄두도 못 낼 처지였다. 오빠가 영재만 다닌다는 K고에 합격했고 언니들의 재능도 작용했다. 가족 일부의 상경이 가능했던 건, 결코 물러설 수 없는 어머니의 영순위 교육열과 추진력 때문이었다. 그때 나는 한숨처럼 토해내는 어머니의 중얼거림을 자주 들었다. "밥은 먹고 다니는지…" 왜 걱정이 되지 않았겠는가. 밥은 제대로 먹고 다니는지, 공부는 제대로 할 수 있을는지. 어머니의 태산 같은 걱정에 내 가슴도 함께 저렸다.

그 무렵 이후, 고향 집의 온기는 서서히 새어 나갔다. 어머니는 가계에 도움이 될 만한 일, 학비를 마련할 일을 가리지 않았다. 따라서 우리들은 밥을 아무 때나 아무 곳에서나 형편 닿는 대로 개별적으로 때웠다. 물론 밥상에서 이야기꽃을 피우는 일은 더 지속할 수 없었다. 어머니는 고향의 실질적인 맏이가 된 어린 나와 크고 작은 집안일을 상의했다. 우리 가족은 더 이상 한솥밥을 먹는 식구가 아니었다. 고향 집 식구와 서울 식구로 분리되었다. 해서 늘 허기가 느껴졌다. 결핍을 먼저 감지하는 것이 위장인지 마음인지 구분할 수 없었다.

어느 날, 오랜 기억 속 탄식 같은 "밥은 먹고 다니냐"라는 말을 자주 듣게 되었다. 1인 1가구의 비중이 늘어나고, 맞벌이 가구가 증가하고, 한집에 사는 가족도 생활 패턴이 달라 혼밥이 늘어나는 추세다. 가족끼리 함께 밥 먹는 일이 예삿일일 수 없게 됐다. 딱하고 힘든 세상살이다. 언제부턴가 그런 세태를 반영함인지 쿡방, 먹방이 시청자들의 공감을 끌어내어 견고하게 자리를 잡고 있다. 〈심야식당〉, 〈삼시세끼〉, 〈한끼줍쇼〉 등 그 외에도 여러 채널에서 밥을 통해 대화하며 마음을 다독여주는 장면이 자주 등장한다. 어려운 이들과 인연 맺은 이들에게 밥상을 펼치는 연예인들. 그들이 상대방의 희로애락에 맞춰 축하하고 위로와 격려로 힘을 불어넣는 일을 보며 시청자들은 함께 기뻐한다. 세상에 선한 영향력이 전파되는 듯해서 흐뭇하다.

내 기억 속의 '밥'도 둥둥 떠오른다. 나 어린 시절, 우리 어머니를 포함해서 옛 어른들은 일면식도 없는 이들에게 밥때가 되면 밥 잡쉈냐며 붙잡았다. 다 같이 어려웠던 보릿고개 시절이었다. 인정이 펄펄 살아있던 그 시절, 사회공동체의 여유가 그립다. 우리 집은 여유 있는 형편은 아니었지만 행상이나 거지에게도 밥 인심이 후했다. 그래선지 '밥 잘 주는 집'으로 소문이 나 있었다. 그걸 보고 자란 나 역시 가끔 어머니 밥 인심을 흉내 내곤 했다.

그 후, 세월을 훌쩍 건너뛰어 대학에 들어간 아들이 친구나 후배를 집으로 데려왔다. 자취하거나 집밥이 그리운 이들이었다. 그들에게 잠자리를 권하고 아침밥을 함께 먹고 등교했다. '엄마밥'이 그리운 사람들을 데려오는 아들의 마음을 헤아렸다. 나도 그들의 고향 집 엄마처럼 편하게 대했다. 밥 잘 먹는 사람이 우리 집 귀빈이라 하면 정말 달게 잘 먹었다. 더 달라고 하면 최고라며 엄지를 치켜세웠다. 밥상에서 피붙이 같은 정이 흐르고 그런 마음들이 계속 이어졌다.

이런 나의 모습이나 태도에 좀 더 영향을 준 어른들이 있다. 나의 형부의 별명은 '밥 잘 사주는 남자'이다. 밥뿐이겠는가. 이루 다 말할 수 없는 선한 영향력이 친정 가족에게 미쳐 서로 만나기만 하면 '밥'이 되겠다고 야단들이다. 나의 성당 대모님도 빠질 수 없다. 대모님은 당신의 팔순에 삼백 명의 지인을 초대했다. 두세 달 동안 순차적으로 진행한 이 행사가 멋있게 마무리됐다. 사람들은 이를 축제라 하며 혀를 내둘렀다. 그는 어느 누구의 도움도 받지 않았다. 손수 지은 밥을 대접받으며 우리는 함께 노래하고 시 낭송도 했다. 팔순의 어른이 기꺼이 해냈다. 마치 신들린 듯.

돌아보면 기억 속의 밥상들이 내게 미친 영향이 작지 않다. 이제 나도 누군가에게 밥을 건네는 손이 되어 사람 냄새 물씬 풍기고 싶다. 함께 밥 먹는 식구가 되어 서로 정 나누고 다독이며 더불어 기쁨을 맛보는 일은 얼마나 멋진 일인가. '밥손'을 키운 나의 어머니, 밥 잘 사주는 형부. 축제로 팔순 잔치를 벌인 나의 대모님이 이어 온 '밥길'을 나도 이어가야 하지 않을까. 나를 꼬옥 품어준 세상에 대한 작은 보답이기도 하다. 멋진 밥상을 펼쳐보리라. 기꺼이.

밥은 사랑이다

나는 주말을 기다린다. 벗들을 만나서 노래 부르고, 공연과 전시회를 찾고, 빼어난 풍광 속을 걷고, 무엇보다 함께 밥을 먹기 위해서다. 몇 해를 이렇게 보내며, 우리는 서로를 '문화 사랑방' 친구로 부르게 되었다.

비가 오락가락하는 여름이라면, 삼각산 삼천사를 향할 만하다. 우리가 그곳을 찾았을 때는, 우람한 수목이 깨끗한 숲 터널을 이루고 있었다. 산에서 흘러내린 바위 형세며, 계곡물이 선사하는 함성 같은 소리가 놀라웠다. 삼각산 바위 영기靈氣가 이 모든 것을 품고 있는 듯하여, 무릉도원을 떠올리기에 부족함이 없었다.

그러나 삼천사 추억의 으뜸은, 점심 무렵의 공양간 풍경이다. 그때 기억은 '공양게'에서 출발한다. 우리가 공양간에 들어섰을 때, 그것이 눈에 띄었다. '이 음식이 어디에서 왔는고… 한 톨의 곡식에도 만인의 노고가 깃들어 있으니…'

의미도 따뜻하고 소리도 재미있어 '게'를 소리 내어 읽고 밥을 먹었다. 고추장과 참기름의 고소한 맛이 지금도 떠오른다. 사찰이 아니면 어디서 이런 맛을 누릴까. 당근, 호박, 고사리, 버섯, 도라지는 빛깔마저 고왔다. 쓱싹쓱싹

나물비빔밥을 비벼 먹으며 연신 "맛있다, 맛있다" 하며 도란도란 애기 꽃피우고, 손뼉 치고 좋아하며 웃음꽃을 날릴 수밖에.

공양주를 뵙고는 "행복해요, 최고의 밥상"이라며 엄지를 들어 올렸다가, 오히려 그분들에게 몇 곱절의 감사 인사를 받았다. 민망하기도 하고 훈훈하기도 해서 얼마나 웃었던지, 마음 선물을 오지게도 받았다.

삼천사가 기억에 닿은 것은, '혼밥'이 큰 흐름이 되었다는 소식 때문이다. 난, 혼밥이 딱하다. 그 밥상머리에 앉아있을 사람이 왠지 모르게 마음 쓰인다. 더 따뜻하게, 고마운 사람이 더 생각나도록 밥상을 즐길 방법이 있다고 믿는다.

따뜻한 밥상을 나눠볼까. 거기에도 내 역할이 있지 않을까. 이런 데 생각이 미치면, 겸연쩍어 혼자 소리 없이 웃다가도, 괜한 조바심이 들기도 한다. 혼밥하는 청년들 마음속엔, 세상 품도 밥상 크기만 하지 않을까.

나의 밥상에 초대받은 아들 친구들 얘기에 따르면, 잊었던 집밥, 꿀맛 같은 웃음소리가 오래도록 기억난다고 한다. 나부터 힘을 내 보자. 숨 붙어 있는 건, 전부 짠하니까.

착한 아이 아죽

　　나는 그런대로 탈 없이 살아왔다. 그런데 언젠가부터 시도 때도 없이 가슴 속에서 불덩어리가 올라와 나를 위협했다. 도저히 견딜 수 없어 샤워하다가도 탈출을 시도했고 물 마시다가도 캑캑대며 물을 넘기지 못했다. 숨이 멎는 듯했고 그 순간이 금방 찾아올 것만 같아서 눈물을 찔끔거리며 두려워했다.

　　나는 어렸을 때부터 '착한 아죽이'였다. '아죽'은 내 아명이다. 동네 사람들도 나의 부모님을 따라 그렇게 불렀다. 당시 나는 '착한'이란 수식어가 내 욕구와 소망을 소리 없이 구속하게 될 줄 몰랐다. 가끔 어릴 적 얘기를 아들 삼형제에게 들려줄 때면 내 의지와 상관없이 눈시울이 붉어졌다. 타인의 나에 대한 섣부른 판단과 행동에도 아무 말 못 하고 벙어리 냉가슴을 앓았다.

　　나는 부모님과 함께 팔 남매가 의좋게 살았다. 셋째 딸이었고 남매 중 서열은 4번이었다. 자녀 교육이 우선순위 0번인 부모님은 두 언니와 오빠를 일찍부터 서울로 유학을 보냈다. 내가 대학 입학할 무렵에 가세가 기울어져 많은 애들 학비와 서울 생활비를 감당하기엔 역부족이었다. 부모님은 숙식을 도움 받을 수 있는 나의 이모가 살고 있는 지방 교육대학에 진학해서 내가 얼른 초등학교 교사가 되길 바랐다. 그 당시 부모님에겐 장남은 신앙이었고 다른 아들들은 '버금'이었다. 학비가 싼 교육대학 선택은 5번 남동생을 서울에 있는 의대를 보내기 위한 맞춤형이었다. 3일 단식투쟁도 무위로 끝났고 밋밋한 나의 대학 생활이 시작되었다. 방학 때마다 내가 진학하고 싶었던 대학에 다니는 친구들의 대학 배지에 주눅 들었다. 그래도 부모님 몰래 설움을 삼켰다. 그러면서도 여동생들 기죽이지 않으려고 동화책과 옷을 사주기도 했다. 내게 무슨 여유가 있었겠는가.

우리 아버지는 지독히도 사업 운이 없었다. 아니 생리에 맞지 않았다. 붓글씨 쓰기, 활 쏘기(국궁), 시조창, 축구, 등산을 즐겨 했다. 감성이 앞서서 애당초 돈벌이에는 소질이 없었다. 아버지는 해방 후, 이렇다 할 산업이 없었던 시대에 우뭇가사리를 가공해서 일본에 수출했다. 몇 해를 넘기나 싶었는데 운도 따르지 않아 공장 문을 닫게 됐다. 불법 어로를 차단하겠다며 '이승만 라인'이 바다에 그어진 뒤의 일이다. 한일관계는 꼬일 대로 꼬여 무역은 끝장이 났다. 그 후 비단 공장, 우산 공장… 하는 일마다 폭삭 망하는 바람에 윗집, 공장, 과수원, 밭이 빚잔치와 교육비 지출로 남의 손에 넘어갔다. 어쩔 수 없이 하나 남은 집에서 장사를 시작했다. 버스 정류장과 지금의 작은 슈퍼마켓 같은 만물 잡화상점이었다. 명절이 되면 버스 승객이 주과포를 동반한 귀성 선물을 많이 샀다. 문제는 일손이었다. 내 아래 5, 6번은 남동생이었고 7, 8번은 꼬마 여동생이었다. 언니와 오빠는 서울에 있었고 나는 맏이 역할을 할 수밖에 없었다. 가끔 부모님의 한숨 소리도 들었고 재산 잃어 군살 없는 살림 형편도 마음 저렸다. 버스 정류장의 티켓 판매는 새벽 4시부터 시작해야 했고 가게는 늦게 찾아오는 손님맞이로 자정이 돼야 문을 닫았다. 항상 잠이 부족한 부모님 대신 하고 후에 가게 일손을 자청해서 도왔다. 시험 때도 마찬가지였다. 좋아하는 책 읽기는 물론이고 때로는 숙제도 버거웠다. 착한 아죽이는 여전히 까르르 잘 웃고 꿈 많은 여학생이었지만 스스로 구조조정하며 울타리를 쳤다.

초등학교 입학 후, '홍역'이란 병마가 나를 붙들고 놓아주질 않았다. 그 녀석은 내가 허약 체질에 맷집이 형편없다는 걸 눈치채고 되치기, 업어치기로 생사를 넘나들게 하였다. 부모님도 사람 구실 못할까 봐 무척 애를 태웠다. 오복 중에 생명줄은 그런대로 잘 타고났는지 기적처럼 살아서 학교생활을 겨우 이어갔다. 오랜 병으로 지쳐있던 어린아이는 통신표(학교생활 통지표)를 받고선 숨고 싶었다. '병약하고 용의가 단정하지 못함' 글귀는 평생 나를 따라다녔다. 한국전쟁 후 나라 전체가 힘든 시기였다. 나는 영양 부족으로 늘 입술 가장자리가 헐어 있었고 바람이 불어도 흔들리는 가랑잎이었다. 걷지 못하고 누워서 지냈던 아이가 겨우 살아나서 학교를 다녔다. 뭘 제대로 먹었겠나. 상처 입은 어린아이는 누군가에게 위로를 받고 싶었지만 아버지는 몸에 맞지 않은 사업으로 늘 바빴고 어머니는 동생을 품고 있었다. 마음속으로 울고 있던 작은 애가 자라서 초등학교 선생님이 되었다. 통지표를 기록할 때면 함박꽃처럼 웃을 아이를 상상하며 깨알 칭찬을 퍼부었다. 우리 반 꼬마들이 조금만 배가 아프고 열이 나도 안아주며 정성을 쏟았다. 거짓 환자가 생겨날 정도로.

나는 남편과 첫 선을 본 후, 반년쯤 뒤에 부부의 연을 맺었다. 사위에게 친정어머니가 처음 부탁한 말씀이 "겁 많은 아이이니 큰소리 내지 말고 잘 살게"였다. 내 전력前歷을 들춰내며. 여고 시절 미술 시간에 단체 기합을 받았다. 우리 반 친구들이 한 줄로 서 있으면 선생님이 회초리로 손바닥에 불이 날 정도로 때렸다. 친구들의 통증이 내 아픔으로 다가올 즈음에 나는 교실 마룻바닥에 넘어져 잠깐 정신을 잃었다. 체벌은 중단됐고 친구들은 수런거렸다. 그때의 일을 전한 것이었다. 남편은 그런 일은 결코 없을 거라 했고 약속은 지켜지는 듯했다. 그러나 언짢은 일이 있으면 묵비권을 발동해 나의 애를 태웠다. 언제나 내가 먼저 사과하며 말을 건넸다. 그 후로도 내 감정을 잠재우고 그의 뜻에 맞췄고 시댁 어른들도 나를 '착한 사람' 대열에 끼워주셨다. 몇 차례 의외의 단독 드리블에도 태클 없이 남편이 '골인'할 수 있게 했다. 그는 자주 "세상에 당신 같은 사람은 없어" 하며 친밀감을 표시했다.

나는 삼 형제 양육과 학교 업무에 치여 숨 고를 여유가 없었다. 하지만 가끔 답답해지면 아무도 없는 곳에서 고래고래 소리 지르며 노래했고, 가까운 절집을 찾아 자연과 계절의 변화에 눈을 씻고 돌아왔다. 더욱 힘들어지면 저 위에 계신 높은 분을 향해 하소연했다.

나는 20대 초반에 교사가 됐고 회갑 무렵에 퇴임했다. 1년 후에 남편도 정년 퇴임을 맞았다. 우리는 '복' 지으며 틈 나는 대로 여행하자며 새끼손가락 걸며 약속했다. 주말 부부의 애환을 청산하고 시간 제약으로 하지 못했던 일을 하자며 기쁨에 들떴다. 운명의 여신이 시샘했는지 그는 영원히 돌아오지 못할 먼 곳으로 갑자기 떠나버렸다. 내 인생의 매듭이 싹뚝 잘려 나갔고 삶의 뿌리가 송두리째 뽑혀버렸다. 슬픔이 목에 걸렸지만 꾹꾹 눌러 삼켰다.

'착한아이 아죽'은 세월과 함께 몸집이 불어나 '착한 사람'이 되려고 안간힘을 쓰며 버텨내고 있었다. 내 몸은 더 이상 참을 수 없다며 가슴에 불길을 지피며 시위를 했다. 그래도 남편과 동행했던 기억의 실타래를 풀어내며 추모글을 썼다. 불에 덴 자국처럼 쓰라림이 커지자 아프기 시작했다. 물 한 모금도 넘길 수 없었고 온몸에 더운 기운이 치솟아 올랐다. 얼마 후엔 온몸이 땀범벅 되어 물 젖은 솜뭉치가 됐다. 버텨낼 용기가 사라졌다. 몇 차례 의사선생님의 도움도 받았고 '좋은 이별'을 맞을 수 있는 책도 찾아 읽었다. '신'께매달리기도 했고 부정하기도 했다. 뒷산도 올랐고 꽃과 구름에게 손짓하기도 했다. 남편의 1주기 추모집을 겨우 발간했다.

차츰 마음이 열리면서 어머니를 떠올렸다. 그의 유언 '손해 본 듯 살아라'에는 아버지를 먼저 보내고 수많은 고통의 시간을 건너온 어머니의 삶이 녹아있었다. 팔 남매를 둔 어머니가 자식들의 교육을 위해 헌신했던 집념과 의지. 무너진 가정 경제를 일으키려 몸 돌보지 않고 투신했던 수고로움. 내 것 아끼지 않고 베풂과 나눔을 실천했던 어머니의 일생. 남은 물론 자식에게도 신세 지지 않으려 했던 너무나 꿋꿋했던 삶. 그 속에서 꽃 핀 인생 철학이 담겨있었다. '손해 본 듯 살아라'라는 어머니의 인생관이 내 삶에 살며시 뿌리를 내려준 듯싶다. 밥 동냥하는 거지들에게 '밥 잘 주는 집'으로 소문이 났던 우리 집. 한 푼이라도 아껴 보려는 행상 아주머니들에게 할머니와 나의 잠자리를 제공하셨던 어머니. 우리 어머니의 조건 없는 헌신이 나에게 소리 소문없이 스며들었나 보다. 글쓰기를 통해 어머니와 소통의 창구를 늘 이어가는 내 삶이 있어 얼마나 다행인가. 나도 어머니처럼 내가 견뎌낸 시간과 역사가 빛바래지 않길 바란다. '어린 아죽'과 '착한 사람'을 함께 다독인다. "넷째가 맏이 노릇 하느라 수고했어. 장하다. 문학 소녀가 되고 싶었지만 꿈꿀 시간이 없었지. 수필가로 살며 네 몫까지 다 해낼 거야. 이젠 숨지 않고 떳떳하게 내 목소리 들려줄 거야. 난 자유로운 사람이니까. 이제 됐지." 포근하게 두 팔로 나를 안아주며 토닥인다. 착한 아이 아죽이가 빙그레 웃고 있다.

정말 멋진
인생이야

나는 늘 바쁘게 살아왔다. 마라톤 선수처럼 인생길을 앞만 보며 내달렸다. 그런 세월이 이뤄낸 결실이 오늘의 '나'라고 여기며 헛헛한 빈틈이 생겨나는 것도 아랑곳하지 않았다.

언제부터인가 내 신체에 조금씩 빨강 불이 켜지기 시작했다. 이상 신호를 무시하자 내 몸 여기저기에서 시차를 두고 삐걱대는 소리가 들려왔다. 갑상샘, 손목과 피부, 눈과 혀, 무릎과 어깨, 허리와 다리…. 그때의 난감함이라니. 내 일상을 제자리에 돌려놓아야만 했다. 엉킨 실타래를 풀고 경고음을 잠재워야 했다.

지난 세월을 돌아보았다. 분망한 세월이었다. 교직에 몸담은 채 삼 형제 기르며 이어온 사십 년 결혼 생활이었다. 나를 지탱할 수 있었던 건 문학의 힘이었다. 틈틈이 시간 쪼개어 수필 세계를 헤매었다. 희망을 지키기 위한 날갯짓이었을까. 그 또한 쉽지 않았다. 글쓰기 작업은 고도의 집중력이 요구되었다. 그래도 내가 엮어낸 이야기에서 삶의 의미와 가치가 조금씩 선명해지는 순간들이 있었다. 그럴 때면 무언가가 가득 채워지는 듯했다. 상쾌한 바람은 입안으로, 따뜻한 햇살은 등으로 파고들었다. 이렇게만 의미를 찾아낼 수 있다면 살맛 나는 세상도 멀지 않은 듯 느껴졌다.

그것도 잠시, 나의 일상은 녹록하지 않았다. 나와 남편은 주말 부부였고 경영학과 교수인 남편은 주말이면 서울과 근무지를 오갔다. 학문에 전념해야 할 시간을 확보하지 못하고 길에다가 많은 시간과 돈을 허비하는 셈이었다. 그래도 서울을 떠날 수 없었다. 세 아들과 시누이와 시동생은 학생이어서, 나는 직장이 서울이어서 그럴 수가 없었다. 하는 수 없이 그가 남도의 중소 도시에서 자취 생활을 꾸리게 되었다. 서로가 불편했지만 그는 수고로움 외에 외로움까지도 떠안게 되었다. 나는 나대로 에너지가 왕성한 삼 형제와 다채로운 일을 겪으며 도를 닦는 심정으로 살아왔다. 교통사고로 의식을 잃기도 하고 다리 골절로 몇 달을 입원해야 했던 일, 지붕에서 뛰어내려 머리를 다쳐 혼비백산했던 일, 돌계단에서 굴러 선인장 가시가 온몸에 박혀 고통당했던 일, 야구공에 얻어맞아 얼굴에 피가 줄줄 흘러내려 발을 동동 굴렀던 일 등등. 모두 아찔했던 순간이었다. 하지만 돌이켜보니 역경과 고난은 거저가 아니었다. 아이들은 자신을 사랑하는 법을 익혔다. 주변의 어려운 친구들을 보살피고 아껴주는 마음도 싹트는 듯했다. 나도 아이들과 함께 성장했으며 그를 위해서는 기다림과 정성이 필요함을 체득했다.

가정과 직장을 오가며 외줄타기 하듯 살아온 순간들이 어디 한두 번뿐이랴. 겁도 없이 도전했던 배추 100포기 김장. 도시락 6개를 싸기 위해 자정을 훌쩍 넘겨야 했던 몇 년간의 고달픔, 허리를 다쳐 ㄱ자 허리로 긴 골프 우산을 짚으며 학교에 출근했던 안타까움, 수면이 부족해 수업 중 교과서를 읽다 말고 고꾸라질 뻔했던 민망함… 참으로 우여곡절이 많았다. 하지만 이 모든 일은 미래를 위한 예방주사였고 성장판이었다며 위로한다. 비록 몸에 이상 기류가 나타났지만.

다행히 나의 학교생활은 만족스러운 편이었다. 하교 후에도 집으로 일기 장 등 일감을 가져오는 일이 잦았지만, 힘든 줄도 모르고 아이들과 함께 동 심에 젖어 신나게 꿈같은 시간을 보냈다. 나는 주로 만 6세의 순진무구한 1 학년 신입생들과 함께 생활했다. 이들과의 교육 활동은 늘 소란스러웠다. 그 러나 아이들의 반응은 스펀지가 물을 빨아들이듯 신속하고 명쾌했다. 동시 공부할 때는 서로 묻고 대답하면서 표현력을 키웠다. 깜짝깜짝 놀랄 만한 발 상을 흔하게 접했다. 그래서인지 동시 공부든 일기 쓰기든 이르면 더욱 좋겠 다는 생각을 늘 가지고 있다. '교실에 놀러 온 해님과 숨바꼭질을 한다'든가 '교실 밖 느티나무와 함께 춤춘다'는 표현에는 과장된 몸짓으로 원맨쇼를 하 곤 했다. 함께 기뻐하며 보람을 한껏 누렸다. 동시 외우기, 그림일기, 책 읽고 독후감 쓰기 그리고 독서왕 선발, 장기자랑, 경필 쓰기와 줄넘기대회, 연날 리기와 윷놀이 등의 민속놀이, 소꿉놀이 등 수많은 놀이에 파묻혀 애들과 함 께 손뼉 치며 웃고 떠들며 신명을 바쳤다. 놀이동산처럼 흥미로웠던 경험들 이 작품이 되어 수많은 사연을 담아냈다. 동시와 일기, 독후감, 편지, 그림 등 으로 『일칠 꿈초롱이』 등의 이름을 달고 학년말에 학급 문집을 펴냈다. 우리 샛별이, 초롱이, 반짝이들의 작품은 고학년에 비해서 자연과 사물에 대한 고 정관념이 덜해서 신선하고 독창적이었다. 한 해의 결산인 이 문집이 종업식 날 선물로 건네졌고 학부모들은 '로또 당첨'이라며 고무됐다.

퇴임 이후 문학의집·서울에서 소장품 전시회를 열 수 있었던 것도 그런 경험들 덕이었다. 또 소중한 추억을 간직한 자료들 덕이었다. 매년 제작했던 학급 문집과 교지 그리고 제자들의 편지와 사진, 학습 관련 스크랩북은 교직 생활 중 잊지 못할 기념품들이었다. 1인 다역의 고행길을 꿋꿋이 헤쳐 나가며 얻은 보물들이었다. 아이들의 글쓰기에 열정을 쏟았던 누적물이 이야기가 되어 내 삶의 그릇들을 가득 채우고 넘쳐났다. 한껏 보람을 누렸던 문화 행사였다.

탄성이 붙어 퇴임 후에도 다섯 권의 수필집을 더 출간했다. 늘 뭔가를 줄기차게 일해 온 덕분이었다. 친정아버지 탄생 100주년 기념집과 어머니 별세 후, 1주기 추모집을 국배판으로 엮어냈다. 이야기가 있는 족보로, 부모님을 정점으로 70여 명 후손의 살아가는 모습을 담아냈다. 팔 남매가 출간 기념회를 열었고 잔치 한마당을 펼쳤다. 그 많은 일을 어떻게 치렀냐며 등 두드려주는 가족이 있어 힘든 작업도 거뜬히 해낼 수 있었고 오히려 보람으로 되돌아왔다. 내가 무디어질 때가 찾아오면 원더우먼이라고 엄지를 치켜세웠던 가족을 떠올리며 기운을 찾을 수 있을 것 같았다.

그렇게 글쓰기는 내 삶의 중심축이 되었다. 퇴임한 이후의 일이니 유희로 느껴지기도 한다. 좋은 수필을 쓰기 위해서 여행하며 해방과 자유를 맛본다. 문화예술 공연이나 전시장을 기회 닿는 대로 찾아다니며 삶의 활력을 찾기도 한다. 인문학에 관심을 두고 책방을 기웃거리며 새로운 촉수를 더듬는다. 그 일들은 내겐 삶의 쉼표이자 위안이다. 때로는 에너지이고 내 수필 쓰기의 자산으로 축적되기도 한다.

삶에 떠밀려 바쁘게 달려 온 세월이었다. 가정, 학교, 집안 행사가 바쁘게 연결되어 돌아갔다. 숱한 고비와 작은 전쟁도 치렀다. 하지만 수필이라는 무기를 지니게 된 이후로는 좀 더 풍요로워질 수 있었다. 수필은 일과 놀이를 통해 내면의 나를 탐색해야 하는 이유가 되었다. 내 삶이 부족하더라도 무한 긍정 에너지를 끌어다 쓰게 하는 핑계가 되었다. 게다가 나는, 의무도 줄고 형식에 구애받지 않는 자유인이다. 쫓길 필요도 없다. 감정에 몸을 맡긴 채로 좋아하는 일을 좇아가면 된다. 내면의 소리에 귀 기울이며 삶의 의미와 가치를 찾는 글쓰기에 힘을 더하며 쉬엄쉬엄 살아가리라.

김형석 교수는 60세에서 75세가 인생의 황금기라고 했다. 그렇다면 나도 이제 황금기를 맞는 것인가. 사유의 세계를 걷다가 한 편의 글을 쓰고, 몇 차례 퇴고를 거친 뒤 송고하는 순간의 그 기분을 온전히 누리리라. 그런 때면, 내 마음이 노래하고 춤춘다. 무대 공연을 마친 배우들이 갖는 후련함과 뿌듯함이 이렇지 않을까. 좋은 작품이 아니어도 상관없다. 그동안 내 작품과 사랑에 빠져있었던 그 시간이 소중할 뿐이다. 게다가 학문이나 문화예술엔 정년이 따로 없다. 내 생이 다하기 직전까지 글을 쓸 수 있었으면, 하는 바람이 간절하다. 그런 날이 찾아온다면 나에게 '정말 멋진 인생이야' 하고 말할 수 있기를 꿈꾼다. 다시 태어나도 6세 아이들의 선생님이며 수필가이길 바란다. 이 또한 욕심일지 모르지만.

다시 태어나도
이 길을

나에게 삶은 누군가와 함께 걷는 길이었습니다. 그 삶의 궤적에서 그들과 함께 길어 올린 이야기들이 나의 문학이 되었습니다. 그 작품들은 다시 나의 인생 걸음에 햇살이 되고 단비가 되고 별빛과 달빛이 되어 주었습니다. 나의 글은 나의 삶을 키우고 나의 삶은 나의 글을 영글게 했습니다. 인생길 마주치는 폭풍에는 내 글에 의지할 수 있었고, 글을 쓰다 마주치는 벽 앞에서는 인생길 살아온 깨달음 한 조각이 돌파구를 열어주었습니다.

수필 쓰기에 입문했던 그 시절을 되돌아봅니다. 내게 글쓰기의 기회가 찾아온 건 사십 대 중반 무렵이었습니다. 서울의 어느 공립 초등학교에서 햇병아리 같은 신입생 아이들을 담임할 때였지요. 그곳에는 일찍이 중앙 일간지에 교단 일기를 연재했던 대선배가 있었습니다. 동화, 수필, 소설 작품집을 몇 권씩이나 출간했던 그 선배의 권유로 수필 세계에 입문하게 되었지요. '너무 늦은 게 아닐까' 하는 걱정도 많았어요. 하지만 그 선배는 '수필은 40대 이후의 글'이라고 답하며 힘과 용기를 북돋아주었습니다. 스스로 삶을 음미할 수 있어야 수필다운 수필을 쓸 수 있다면서, 지금이 최적기라고 자신 있게 말하더군요.

그런 말을 듣고서도 한동안 주저했습니다. 문학은 나와는 거리가 먼 이상 세계처럼 느껴졌어요. 초등학교 교사로서 삼 형제의 엄마로서 학교와 집만을 오가며 숨 가쁘게 살아가던 시절이었으니까요. 하지만 마음 한 구석, 설렘과 기대와 호기심이 스멀스멀 피어올랐습니다. 그 선배가 적극적으로 이끌어주어서 어느 문학 단체에서 활동하기 시작했습니다. 몇 년 동안의 습작기를 거쳐서 수필가로 등단했지요.

나에게 수필가라는 이름표가 붙었습니다. 떨림으로 맞이한 '꿈의 세계'였지요. 산들바람이 느껴지고, 하얀 구름이 손짓하고, 예쁜 꽃과 새 순이 웃으면서 다가오고…. 글쓰기는 깊은 곳에 숨어있던 나의 감각을 깨우기 시작했습니다. 내 심장이 팔딱팔딱 뛰었고, 내 마음이 노래하고 춤추었지요. 내 글에 삶의 의미와 가치를 담아보려 애썼고, 그 글이 독자에게 선한 영향력이 미치길 바라며 열심히 써 내려갔습니다.

글 쓰는 동안 내 영혼은 뜨거워졌습니다. 사유를 예리하게 가다듬고 나를 담금질하는 시간이었습니다. 문학의 품에 안긴 덕분에 찾아온 변화였지요. 내 마음을 관통하고 나를 인도하는 초월적인 힘이 존재하는 듯했습니다. 상전벽해란 말을 실감하였습니다. 새로 창조되는 소우주에서 나는 해방의 자유를 맛보았고요. 학교와 가정과 문학 활동 모두 빈틈없이 맞물려 돌아가게 하느라 눈이 핑핑 돌아가는 상황인데도 그랬어요. 피카소는 '내게 그림 그리는 일은 휴식'이라 했습니다. 자기가 하는 일을 사랑하지 않았다면 그렇게 많은 명작을 창작해 낼 수 있었을까요. 그에게 그림을 그리는 일은 일이면서 놀이이고 유희였겠지요. 그런 대단한 예술적 몰입의 경지를 동경하던 어느 날, 나에게도 밤새워 글을 쓰는 날이 찾아왔습니다. 예닐곱 시간을 내리 의자에 앉아 물 한 모금 마시지 않으며 글쓰기에 매달렸지요. 허리가 조금 아픈 듯해서 창밖을 내다보니 동이 트고 있었어요. 어디에서 그런 에너지가 흘러나왔을까요. 이렇게 몰입했던 적이 또 있었던가, 글쓰기를 멈추고 한동안 생각했어요. 내 감정의 주인이 되어 내가 하고 싶은 일에 몰두하며 시간을 잊다니…. 놀랍고 신비한 체험이었지요.

글 욕심이 생기자 이내 모자란 곳을 채워야 한다는 조바심도 따라왔습니다. 허겁지겁 책을 읽었어요. 민감해진 감성이 치달아 나갈 때 지성이 균형을 잡아주어야 했으니까요. 책 속에서만 가능할 법한 간접 체험에 몸을 떨었던 적도 많았습니다. 아름다운 문장을 마주치면 밑줄을 그었고 그럴싸한 생각이 떠오르면 서둘러 메모했습니다. 전시회나 공연장을 찾았고 문학이 비롯된 곳들을 여행했습니다. 안테나를 바짝 세우고 부지런히 세상 속을 새로이 들여다보던 시절이었습니다. 내 생각을 성장시키고 마음을 정화할 수 있었던 근본은, 그 시절 그렇게 한눈팔지 않고 문학의 산실에 영근 햇살과 자양분을 얹어 주려고 애썼던 덕분일지도 모르겠습니다. 글을 쓴다는 것은 삶의 체험과 정신을 담은 사유를 알맞은 자리에 부여하고 섬세하게 조각하여 내놓는 일일 테니까요.

자석에 이끌리듯 접어든 문학의 길은 나뿐만 아니라 우리 반 어린이들과 특별 활동의 문예반 학생들에게도 많은 영향을 미쳤지요. 해마다 학급 문집을 발간했던 일, 학교 전체가 참여하는 교지 출간을 주도했던 일, 특출한 아이들을 만나게 되면 개인 문집을 펴낼 수 있게 조력했던 일은 특별한 보람을 선물해 주었습니다. 동시 쓰기와 일기 쓰기 지도에 힘을 쏟을수록 제자들의 자신감도 자라났고, 그 아이들은 교내 글쓰기 대회와 규모가 큰 지역 백일장 행사에서 상을 탈 때마다 나에게 달려와 고마움을 전했습니다. 교사라는 직업을 택한 보람을 이보다 강렬하게 느낄 수 있는 순간이 또 있었을까요. 세상을 다 가진듯했던 그 아이들의 표정이 지금도 기억 속에 선명합니다.

문학의 힘을 절감하는 시간은 성장한다고 느끼는 순간뿐만이 아니었습니다. 문학이 내게 주는 진정한 구원은 추락과 절망의 순간이 닥쳤을 때 경험할 수 있었습니다. 세상의 고통을 혼자 짊어지게 되는 순간, 발아래가 푹 꺼진 듯 외로움에 빠지는 순간, 믿었던 사람들에게서 형언할 수 없는 서운함을 느끼는 순간이야말로 나를 구원할 명약이 간절했습니다. 다행히 나에게는 문학이라는 든든한 처방전이 발급되어 있었지요. 글쓰기는 감정과 생각에 제목을 붙이는 일이었습니다. 적당한 제목을 붙이기 위해서는 감정의 맥락과 생각의 갈래를 파악할 수 있어야 했습니다. 그 작업은 곧 '나'를 이해하고 자신과 화해하는 작업이었습니다. 타인을 수용하는 방식과 생각이 지나는 길을, 그런 방식으로 깨달을 수 있었습니다. 그 고된 작업이 끝나고 나면, 알 수 없는 평정심이 찾아왔습니다.

글쓰기를 통해서 문우들과 문정을 나누며 속 깊은 대화를 나눴습니다. 삼십 년 가까이 지냈던 그 세월 동안 내내 따스하고 든든했지요. '문학 기행' 하면 자다가도 벌떡 일어났던 지난 일들을 떠올리면 저절로 미소가 피어오릅니다. 그들이 있어서 내 분망한 세월을 달래가며 버텨낼 수 있었지요. 그로 인해 내 삶이 조금씩 순화되어가며 안정기로 접어들었지요. 문우들의 품은 아늑했습니다. 글쓰기로 맺어진 인연이 값지고 귀하게 여겨지네요. 앞으로도 가슴 떨리는 동안 그들과의 고운 인연이 꾸준히 이어지리라 상상해 봅니다.

내 꿈을 오롯이 글쓰기에 담아낸 덕분에 여섯 권의 수필집이 탄생했습니다. 그 때마다 수확의 기쁨을 확실하게 맛보았으니 문학의 길을 걷게 한 대선배님의 공로가 크게 다가옵니다. 늘 감사한 마음이 가득하지요. 교직 생활에서 은퇴한 후에는 우리 부모님의 기념집과 추모집을 엮어냈지요. 교지, 학급 문집, 제자들의 개인 문집과 나의 수필집 여섯 권을 출간한 경험을 살렸지요. 한 쌍으로 발간한 부모님을 위한 기념집은 우리 집안의 후손에겐 자기 몫의 인생을 잘 살아내자는 응원가이기도 하고 이야기 족보이기도 해요. 우리 팔 남매와 다음 세대들은 부모님과 조부모님이 보고 싶을 때나 힘들 때 이 책자를 들여다보면서 위로 받고 힘을 얻지요. 나의 형제자매들이나 가까운 친척이나 친지들은 '이런 책은 처음 본다'라며 칭찬을 아끼지 않았습니다. 그 때마다 애쓴 보람을 한껏 느꼈지요.

이제 나는 어떤 글을 써야 할까 생각해 봅니다. 사람 냄새 풀풀 풍기는 글. 시원한 한 잔 물처럼 갈증을 풀어주는 글. 눈물을 닦아주는 글이었으면 좋겠습니다. 마음을 모으고 세상을 향해 품을 넓혀 가면 이를 수 있을까요? 타인의 삶에 애정을 가지되 인간적 예의라는 거리는 유지해야 좋은 글이 탄생하겠지요. 타오르는 애정과 주제를 넘지 않는 절제를 동시에 품는 일은 인간이 도달할 수 없는 저 높은 인격의 경지일까요? 그 가느다란 균형의 끈을 아슬아슬 잘 타보려 합니다. 욕심내지 않고 뭉근하게 쓸 수 있기를.

다시 태어나도 지금처럼 수필가가 되고 싶습니다. 현재 도달한 최선 이상의 것을 추구하는 삶을 살아내야 하겠지요. 글은 곧 그 사람이라 했고, 사람이란 이내 정체되기 마련일 테니까요. 내가 흠모하던 위대한 작가들의 삶을 닮으려 애쓰다 보면 비슷하게 닮아가지 않을까요. 앞으로도 마음의 빈 곳을 채우고 내 모습을 새롭게 바꿔가며 영혼이 따뜻해지는 문학가로 거듭나길 두 손 모아 빌어봅니다. 내가 의식하지 않아도 물이나 공기처럼 독자의 가슴에 저절로 스며드는 수필을 쓸 수 있게 되면 더욱 좋으련만.

밥은 먹고 다니냐

응달엔 눈 쌓인 겨울이 그대로 남아 있다. 방송에선 따뜻한 남쪽 섬의 양지 녘에서 피어난 노란 복수초 소식을 전한다. 기지개 켜며 세상 구경 나온 원추리 새순도 앙증스럽다. 얼음장 밑으로 흐르는 봄물도 졸졸졸 봄노래를 합창한다. 차갑게 언 땅 밑으로 봄은 조용히 다가오고 있다. 이른 봄소식에 나도 어디론가 봄 맞으러 떠나야 할 듯싶다. 신체 나이는 뒷걸음칠 수 없지만 부풀어 오르는 마음은 영락없이 봄처녀다. 생명을 잉태하고 깨어나는 봄. 예쁜 자태를 뽐내며 화려하게 피어날 봄꽃들. 부스스 문 열고 나오는 사연이 있다.

내 막냇동생의 아내, 올케 이야기다. 올케에게는 수선화의 결기가 느껴진다. 겨우내 얼어있던 땅속 틈에서 제 뜻을 꼿꼿하게 지켜내며 마침내 피어나는 모양을 떠올리면, 더욱 그런 생각이 든다. 올케는 봄 같은 처녀 시절, 서예 공부를 시작했다. 아버지의 서예학원이었다. 어떤 꾸밈도 없는 순수한 제자였다고 한다. 부끄러움이 많으면서도 주위 어른에게 도움을 아끼지 않는 제자의 행동을, 아버지는 눈여겨보았다. 세월이 흘러 그 제자는 막내아들과 부부의 연을 맺었다. 올케와 내 남동생은 세 딸과 함께 인생의 단맛, 쓴맛, 매운

맛을 두루 경험했다. 생활은 요즘 날씨처럼 얼었다 풀리기를 반복했다. 밟을수록 잘 자라는 보리처럼, 욕심이 치솟아 오를 때면 꼭꼭 밟아주며 삶을 단단하게 꾸려가는 듯했다.

구순이 지나 백수를 바라보던 나의 어머니는 생의 마지막 몇 해 동안, 휠체어와 침대를 오가며 올케의 수발 덕분에 생명을 이어갔다. 올케는 꽃을 좋아하는 어머니를 위해 꽃방을 꾸몄다. 나들이할 때도, 무언가 매달 수 있는 곳마다 꽃장식을 했다. 휠체어에, 어머니의 챙 넓은 모자에, 새끼손가락에 어딜 살펴도 작은 꽃이 하나씩 보였다. 신발도 분홍색, 어머니의 나들이옷도 꽃무늬였다.

그렇게 올케는 휠체어에 달콤한 커피와 어머니 기호식품을 싣고 동네를 돌았다. 휠체어 손잡이 바구니에는 계절 따라 옥수수와 감자, 고구마가 담겼다. 동네 공원 귀퉁이 노인정 정자에는 할머니들이 모였다. 그분들이 어머니께 말을 걸어주었다. 어머니의 모습을 보고 "곱기도 해라" 칭찬도 했고, 내용이 통하든 아니든 시간 가는 줄 모르고 얘기꽃을 피웠다. 준비한 간식을 펼쳐놓고 대화가 무르익을 때 즈음엔 모두 친구가 되었다. 다음날을 기약하며 헤어질 때마다 그분들은 눈물을 훔쳤다.

반대쪽 벤치엔 할아버지들이 모여 있었다. 이상하게도 그분들은 서로 얘기를 나누지 않았다. 언제 지나가도 우두커니 앞만 바라보며 시간을 흘려보내고 있는 그들이 올케에겐 마음이 쓰였나 보다. 올케는 이따금 그들에게 서대회와 막걸리를 대접했다. ○시에서 수산물을 취급하는 올케의 언니가 동생을 생각하며 보낸 물 좋은 것들이었다. 그녀는 선뜻 그것들을 할아버지들에게 내놓았다. 냉장고가 헐거울 땐, 분식집의 어묵이나 튀김을 간이 점심으로 드렸다. 외로운 할아버지들은 어머니의 휠체어를 은근히 기다리는 듯했다.

어머니의 병세가 깊어진 것은 친정 오라버니가 죽음을 앞두고 있을 때였다. 오빠가 병마의 고통 속에 회복 기미가 보이지 않자 어머니는 표나지 않게 곡기를 줄이다가 쓰러져 고관절 수술을 받았다. 수술 후, 섬망증과 불안 증세가 뒤따랐다. 바스러질 듯한 여윈 몸, 온전치 않은 보행, 누군가의 도움이 절실했다. 팔 남매 중 누구도 선뜻 나설 수 없는 상황이었다. 어머니만을 위해 삶을 바치기에는, 각자의 현실이 녹록지 않았다. 그러다가 퇴원 날, 올케와 남동생이 결심을 전했다. 부부는 자청해서 그들의 안방을 내주었고, 어머니를 중심으로 일상을 재편했다. 조카까지 합심해서 몸과 마음이 불편한 어머니를 위해 손발이 되어주고, 틈나는 대로 쓰다듬어 드리며 온 정성을 쏟았다.

어머니의 기쁨조라면서 맛집으로 모셨고, 재롱 잔치를 보여드리며 굳은 몸과 마음을 치유하려고 했다. 꽃구경이 빠지지 않았고, 화투 놀이와 콩 까기는 뇌 활동을 위한 배려였다. 우리 남매들도 틈나는 대로 참여했지만, 한 주에 몇 번 쏟는 정성으로는 올케의 수고로움에 따를 수 없었다.

어느 날, 동생 부부는 어머니를 휠체어에 태우고 제주도에서 강원도까지 전국 방방곡곡 꽃구경을 다녔다. 어머니의 삶이 얼마 남지 않았음이 점점 분명해지고 있던 때였다. 어머니는 사랑받고 있다고 느꼈던지, "이제 죽어도 여한이 없다"라고 했다. 노란 감국이 피어날 무렵, 어머니는 백수를 다섯 달

남기고 잿불 꺼지듯 조용히 눈을 감았다. 삼우제 날, 지방자치단체에서 올케에게 효부상을 주어 기렸다. 누군가 '어머니가 하늘에서 보살폈나' 했다. 얼마 지나지 않아 세 딸이 멋있고 성실한 신랑 만나서 결혼해 아들딸을 낳았다. 그녀는 이 또한 하늘에서 어머니가 돌봐준 은덕이라고 말한다.

이들 가족이 아니었다면 어머니 생의 마지막 순간이 어떻게 되었을까. 생의 마지막 순간까지 인간의 존엄성을 유지할 수 있었던 어머니. 올케가 어머니에게 쏟은 모든 시간과 사랑 덕분이었다. 얼마나 힘들었을까. 목울대가 꺼지듯 쓰리고 아프다. 부르는 것만으로도 뜨거워지는 그의 이름이다.

올케는 수선화를 닮았다. 수선화는 봄철 훈풍에도 되바라진 모습 없이, 제 모습 서늘하게 지켜간다. 그녀는 가진 것 많지 않아도 넉넉하고 풍요롭다. 몸이 불편한 어른들께는 목욕봉사를 나간다. 어머니를 위해 취득해 두었던 요양보호사 자격증 덕이다. 초등학생에게는 한문을 가르친다. 지루할까 봐 익혔던 마술을 보여주기도 한다. 어린 제자들을 위해서는 과자와 빵, 문제집, 학습 용구를 정성스레 준비한다. 몸을 낮추어 겸손하고, 비 올 때 우산이 되어주는 정 많고 착한 사람이다. 가족 행사에서도 드러나지 않게 보이지 않는 곳에서 어려운 일을 챙긴다.

눈매가 선하고 수줍음 많은 올케를 떠올린다. 상선약수上善若水. 우리 가족이 좋아하는 글귀다. 최고의 '선'은 물과 같다는 이 글에서, 올케의 삶이 보인다. 낮은 데로 흐르는 겸손함, 모든 것을 받아들이는 융통성, 막힌 곳을 돌아가는 유연함…. 그녀의 정성은 누구에게나 봄물처럼 스며든다. 눈이나 얼음이 녹아 흐르는 봄물. 조용히 다가가 봄기운을 입힌다.

이젠 우리 남매들이 그녀의 가족에게 보상해야 할 차례다. 올케 앞에선 자기 욕심만 부릴 수 없다. 도덕적인 권위. 그녀의 삶에서 나온 말과 행동에는 힘이 저절로 실린다. 그녀의 희생과 사랑이 가져온 자연스러운 결과물이다. 얼마 전, '자오나 학교'에서 한 수녀님을 만났다. 미혼모의 자립을 돕고, 갓 태어난 아이를 돌보아 온 수녀님의 미소 띤 얼굴. 수녀님과 우리 올케는 참 비슷하다는 생각을 했다.

적선지가 필유여경積善之家 必有餘慶. '선을 쌓는 가정에는 반드시 경사스러운 일이 따른다'는 이 글귀가 올케의 가정에 꼭 들어맞았으면 좋겠다. 그녀와 가족의 인연으로 묶여 있는 게 고맙고 미안하다. 어머니가 고생하며 길러낸 팔 남매는 이제, 떠나신 부모님을 합쳐 75명의 대가족으로 불어났다. 우리 모두는 동생 부부의 효심을 자랑스럽게 여기며 좋은 가풍으로 이어지길 바란다.

봄이 오는 길목이다. 봄 햇살이 가득하다. 봄물은 골골을 어루만지며 생기를 불어넣는다. 봄바람은 살랑대며 죽은 가지를 덜어내며 새 생명을 깨우고 있다. 땅은 달뜨고 내 마음은 부풀어 오른다. 올케와 손잡고 봄맞이 꽃구경에 나서야겠다. 어머니와 동행했던 추억의 장소로.

명사십리의
저녁놀

신지도 명사십리 바닷가의 노을이 무척 곱다. 탁 트인 바다와 잇 댄 하늘, 푸른 물결과 은빛 모래 위에 뿌려진 저녁놀이 황금빛, 보랏빛, 주황 빛으로 변신을 거듭한다. 나도 온몸에 저녁놀을 휘감고 두 팔 들어 올려 환 호한다. 울창한 소나무 숲을 지나온 바람결도 내 볼을 스치며 노송이 전하는 솔향을 선사한다. 일상을 벗어나 유유자적하며 대자연의 신비와 황홀함에 젖어 세속의 먼지를 천천히 털어낸다. 순수하고 맑은 기운이 전신을 적신다.

출렁거리며 밀려 나갔다가 되돌아오는 물결. 빛의 향연을 연출한 저녁놀. 조화를 부리는 자연에 넋 잃은 길손. 노을빛처럼 다채로운 내 인생 보따리를 풀어헤친다.

나와 남편은 주말부부였다. 우리 부부, 아이들 삼 형제, 시누이와 시동생. 일곱 명이었다. 나는 서울 초등학교 교사, 그는 지방 국립 대학교수. 우린 부 부교사여서 남편은 주말마다 상경했고, 한 주가 시작하는 날에는 근무지로 떠났다. 만남과 이별이 매주 되풀이되는 안타까움이 가장 큰 어려움이었다. 우리집 아들 삼 형제는 늘 에너지가 넘쳐서 기쁨도 한가득, 걱정거리도 그만 큼 따라다녔다. 보통 자정이 넘어서도 내 일은 끝나지 않았다. 도시락 7개를 싸는 몇 년 동안은 더욱 힘들어 출근 때는 마라톤 선수가 따로 없구나, 생각했다.

학교에서는 정규 수업 외에 동시와 일기 쓰기에 치중했다. 개인 문집과 학급 문집, 교지 발간, 교내외 백일장 등 문예 행사에도 관심을 쏟았다. 백일장에서 수상하며 자신감을 키워가는 제자들이 미래의 정지용, 박경리로 태어나길 바랐다.

사십 대 중반에 입문한 문학의 길은 제자의 글쓰기에도 도움을 주었지만 내 삶에도 영혼의 자양분으로 스며들었다. 마음에 맺힌 사연을 풀어내며 한숨을 토해냈다. 글을 쓸수록 삶의 의미가 또렷이 내게 다가왔다. 세상이 또록또록 살아나는 기쁨은 경이로웠다. 내 몸에 꼭 맞는 옷을 찾아 입은 듯 마냥 기뻤다. 그 시절 밤잠을 설치는 내게 둘째 언니는 슈퍼우먼이라고 했다. 어찌 그 많은 일을 감당하냐면서.

나를 문학의 길로 이끌어준 이는 나의 대모님이다. 90년대 초에 부임한 ○ 학교에서 그를 만났다. 교사로 맺어진 인연이 문우로, 교우로 이어졌다. '글은 곧 그 사람'이라며 내게 무한한 신뢰를 보냈다. 대모님을 만나지 못했더라면 오늘의 내가 존재할 수가 있을까. 지금처럼 글쓰기가 일이자 놀이가 되어 신명을 다 바칠 수 있었을까. 그와 엮인 작고 큰 인연에 감사한다. 나는 지금도 그에게서 배운다. 팔순을 훌쩍 지났음에도 일어와 중국어를 가르치고 제자들로부터 두터운 신뢰와 존경, 사랑을 받고 있다. 배움에도 열의를 품고 평생교육원, 서당, 문화 교실에서 행복 특강과 파워 스피치, 한문 교육, 종이 공예, 댄스 등 늘 변화를 멈추지 않고 배운다. 끊임없는 학구열이 젊음의 비결인가. 최근엔 여섯 번째 수필집을 출간했고 다음 출간할 책도 예고되었다. 동인 후배들을 자극해서 그들의 작품집이 쏟아져 나오지 않을까. 물론 나도 더욱 분발할 듯하다. 그저 그의 신명이 놀라울 뿐이다.

그를 떠올리기만 해도 뇌에서 거울 뉴런이 작동하나 보다. 그가 하는 대로 모방한다. 띠 동갑인 그가 회갑 때 책 세 권을 출간했고 나도 회갑을 맞아 똑같이 실행했다. 먹을 만큼 덜어서 먹고 음식 남기지 않는 일도 흉내 낸다. 대모님처럼 삶을 사랑하며 글쓰기를 인생의 길동무로 삼으려 한다.

내 삶의 마무리 그림을 그려본다. 노벨문학상을 받은 버나드 쇼는 95세에 세상 인연 다할 때까지 글쓰기를 멈추지 않았다고 하잖은가. 건강이 허락한다면 눈 감기 전까지 그렇게 글을 쓰리라.

삶은 글이 되고 또 그 글은 또 삶을 비춘다. 해서, 지혜롭게 인생을 잘 가꾸는 이들을 눈여겨본다. 내가 몸담고 있는 문화 사랑방을 이끄는 옛 동료이며 사업가인 김 대표의 서산 노을도 장중한 빛을 뿜어낸다. 그는 문화 사각지대에 놓인 이들에게 문화 혜택을 주려고 수백억 원을 모으고 있다. 가장 재정이 열악한 동네 열 곳에 문화센터를 건립할 꿈을 꾸고 있다. 이제 목표치의 반을 모았다며 꿈에 부풀어 있다. 주일마다 우리 성당의 강당에서 두 시간 동안 문화 사랑방을 꾸려가고 있다. 성당 반주자로 봉사하고 있는 그는 우리에게 동요, 가곡, 성가를 지도하고 문화예술을 얘기하고, 책 이야기, 회원의 마음 치유에 앞장선다. 달동네 결핵 마을 환자를 위해 십수 년 동안 봉사하고 비혼모와 그 자녀를 위해 기부하는 등 선행에 앞장서는 참 신앙인이다. 회사에서는 무한 긍정에너지로 감사 경영을 실천하며 감사 편지를 몇 년 동안 꾸준히 쓰고 있다. 김 대표 역시 나와 같은 성당 교우며 문학 동인이고 옛 동료 교사이다. 묵주 알처럼 줄줄이 엮인 아름답고 소중한 인연이다.

　대모님과 김 대표, 이들은 앞으로 남은 내 인생을 무엇으로 채워야 할지 앞서서 본을 보여주고 있다. 문화 사랑과 선의를 품은 값지고 고귀한 그 마음이 나와 이웃에게 고루 번져나가길 빈다. 이들과 정서적 교감을 계속 이어가며 세상을 아름답게 물들이고 싶다. 신지도 바닷가를 아름답게 물들인 노을처럼.

문화수다 놀이

　　지금 지구촌의 모든 이들은 정말 어렵고 힘든 시기를 살아가고 있다. 코로나바이러스가 우리 모두를 공포 속으로 몰아넣고 있지 않은가. 이 현실이 답답하고 두렵고 섬뜩하다. 사람들은 더불어 살아가길 원한다. 하지만 코로나19는 소통하고 관계 맺는 일을 가로막는다. 이제 누굴 만나서 밥 먹으며 담소하는 일은 옛일이 되었으니 안타깝기 그지없다.

　　이 질병은 언젠가 방역으로 막아내겠지만 코로나 시대 이후, 배려와 양보 그리고 서로를 격려하는 인문학적 휴머니즘은 작동이 가능할까. 코로나 재앙이 초래한 사회적 거리두기의 후유증은 회복될까. 의문부호가 남는다. 우울하지만 이미 와버린 재난인데 어찌하겠는가. 아무리 힘들고 외로워도 우리의 삶은 지속되어야만 한다. 열정에 몸을 싣고 역경과 시련을 힘차게 딛고 일어서려고 한다.

　　우선 생각을 바꿔본다. 즐거웠던 지난 세월로 되돌아가 행복의 자장을 넓게 펼친다. 그 어느 날, 성당 교우가 내게 햇살처럼 다가왔다. '문화수다 놀이'를 하자고 했다. 나는 우리 집에 '문화 사랑방'을 꾸미고 싶은 소망을 품고 살아왔다. 그 얘기를 듣자마자 전광석화처럼 일을 진행했다. 아름다운 마음과 생각을 지닌 사람들이 모여 인문학 수다를 나누는 일이다. 얼마나 바랐던 일인가. 얼마나 신나고 멋진 일인가.

　매주 성당의 교중 미사가 끝나면 눈이 멎고 마음이 닿는 곳을 찾았다. 그곳이 문화 사랑방이 되었다. 수려한 산과 계곡, 강과 시냇가를 찾아다녔다. 박물관, 찻집, 정자, 음식점, 성당 등 조용한 곳이면 어디든 가리지 않았다. 인간을 탐구하는 일이면 무엇이든 수다 테이블 위에 올려놓았다. 퇴직한 문인 교사들이 주류여서 생활 속에서 길어 올린 시 한 수, 한 편의 수필을 읊기도 했다. 안테나를 세워 책들을 사냥하기도 했다. 김영하, 박웅현, 김사인, 김연수, 김훈, 니코스 카잔차키스, 장 그르니에, 칼릴 지브란은 수다 밥상의 단골손님이었다. 책은 오감을 자극하고 살아갈 지혜를 나눠주는 듬직한 친구였다. 내 삶이 너그러워지고 경쾌해졌다.

　또한 빠질 수 없는 메뉴는 서정적인 가사로 작곡한 아름다운 노래를 부르는 일이었다. 가곡과 팝송, 동요와 성가 등 가리지 않았다. 장르별로 악보를 제본해서 다섯 권의 노래집을 엮었다. 구성원들의 품은 넉넉하고 아늑했다. 가사를 음미하며 노래할 때마다 행복했고 좋은 기운이 온몸으로 퍼져나가는 듯했다.

　문화 사랑방은 삶의 십자가를 내려놓은 자리에 풍요로움을 채워주는 마법의 공간이자 즐거운 놀이장소였다.

　이제 역병이 어서 물러나 그 시절로 빨리 돌아가고 싶다. 언제쯤일까. 문화수다 놀이가 그리워진다.

누군가에게 밥을 건네는 손이 되어
사람 냄새 물씬 풍기고 싶다.

이제 나는 어떤 글을 써야 할까 생각해 봅니다. 사람 냄새
풀풀 풍기는 글. 시원한 한 잔 물처럼 갈증을 풀어주는 글.
눈물을 닦아주는 글이었으면 좋겠습니다. 마음을 모으고
세상을 향해 품을 넓혀 가면 이를 수 있을까요?

인생살이에서 소용돌이치지 않는 게 가능할까요. 바다와 마주하며 삶의 굴곡을 넘다 보면, 마음도 바다의 품에 깃들게 됩니다. 바다는 모든 것을 받아들이지요. 깨끗한 물도 그렇지 않은 물도 품어 안습니다. 가장 낮은 곳에 터를 잡고 스스로 깊어져서 넘치지 않으려고 안간힘을 씁니다. 풍파에 떠밀려갈 때 손 내밀어 품어주고 위로하는 일은 얼마나 가치 있는 삶일까요. 어머니 같은 너른 품으로 모든 것을 받아들이는 푸른 바다는 영원한 안식처이자 내 삶의 목표가 됩니다.

- 「바다가 부르는 노래」 중

다섯

—

숲의 시간은
천천히 흐른다

—

바다가 부르는
노래

8월입니다. 바다가 손짓하며 나를 부릅니다. 바다. 부르는 것만으로 상쾌해지고 마음의 창이 스르르 열립니다. 어릴 적에 즐겨 불렀던 노래도 흥얼거리게 되네요. "아침 바다 갈매기는 금빛을 신고 고기잡이배들은 노래를 신고…." 권길상 선생님의 〈바다〉였던가요. 바다 관련 동요는 스프링처럼 튀어나옵니다. 〈등대지기〉, 〈섬집아기〉, 〈가고파〉…. 맴도는 노래는 끝이 없습니다.

나는 남쪽 항구도시에서 태어났습니다. 팔 남매에 아버지까지 모두 초등학교 동문입니다. 바다에서 함께 뛰놀며 성장했고, 공유할 추억이 많으니 언제나 화제가 풍성했지요. 만선 깃발을 단 고깃배들의 풍어 노래와 그 배를 뒤쫓는 갈매기 떼. 알록달록한 물고기와 하늘거리는 물결 따라 춤추는 해초. 아버지의 해초 가공 공장에서 맡았던 비릿한 바다 내음. 뱃사공이 젓는 나룻배 타고 가서 성묘했던 조부모님 산소. 소풍도 오밀조밀 모여 있는 섬으로 가곤 했던 바닷가 여학교. 온 가족이 얼굴만 내놓고 나란히 누워 검은 모래로 찜질했던 만성리 해수욕장. 남편이 내 어머니를 업고 모래밭에 또박또박 새긴 '만수무강' 편지글을 썼던 신지도 해수욕장. 모두가 바다 풍경이 가득한 '추억 화집'에 고이 수록된 장면들입니다. 정겨운 그 시절이 있었기에, 인생 나루를 건너며 힘에 부쳐도 그럭저럭 견딘 것이 아닐까요.

내 가족처럼 바닷가에서 태어나지 않았더라도, 누구나 바다를 그리워합니다. 우리가 몸 안에 담고 있는 것은 7할이 물이니까요. 저마다 작은 바다를 품고 살아가고 있는 셈이지요. 태아 때부터 짭짤한 양수 속에 둥둥 떠서 보호받고 태어나는 존재가, 평생토록 바다를 갈망하고 파도 소리에 가슴 뛰는 일은 어쩌면 당연한 일이겠네요.

바다는 막연히 그리워하는 대상에 그치는 게 아닙니다. 나는 살아가며 이리저리 부대낄 때, 상처 난 가슴을 어루만지는 데에도 바다만 한 곳은 없었습니다. 숨쉬기도 힘들었던 어느 날, 나는 바다를 향했습니다. 제방에 걸터앉아서 바다를 바라보며 큰 한숨을 토해냈죠. 장 콕토의 짧은 시가 떠올랐습니다. '내 귀는 소라 껍데기, 바다를 그리워한다.' 나처럼 바다에서 태어나고 바다를 바라보며 성장한 장 콕토가 바다를 사무치게 사랑하여 그와 같은 시를 쓸 수 있었다면, 누구보다 바다와 가까웠던 내 귀도 소라가 되지 말라는 법은 없습니다. 바다에 귀를 기울여 보았습니다. 온갖 소리가 음악처럼 내 귀를 울렸어요. 장 콕토가 얼마나 가깝게 느껴졌는지 모릅니다. 밀물이 밀려 들어 오다가 이내 썰물이 되어 빠져나가도록, 파도치는 선율을 실컷 귀에 담았습니다. 해조음과 갈매기의 날갯짓과 울음소리. 모든 자연의 음이 어우러져 나만을 위한 연주가 시작됐지요. 눈물과 함께 가슴의 불길도 토해냈지요. 노여움도 아픔도 조용히 파도에 깎여나가는 듯했어요. 눈을 멀리 들어 수평선을 바라보니, 하늘과 맞닿아 구별되지 않는 먼바다가 내게 질문을 던지는 것 같았습니다. 왜, 무엇 때문에 가슴앓이하며 사느냐고. 할퀴는 파도와 아련한 수평선은 본디 하나입니다. 같은 바다가 내게 건네는 여러 이야기일 뿐이었지요. 변화무쌍한 바다와 삶 전체를 두고 대화하고 바다의 연주를 들으며 인생 책자 또 한 페이지를 넘겼습니다.

인생살이에서 소용돌이치지 않는 게 가능할까요. 바다와 마주하며 삶의 굴곡을 넘다 보면, 마음도 바다의 품에 깃들게 됩니다. 바다는 모든 것을 받아들이지요. 깨끗한 물도 그렇지 않은 물도 품어 안습니다. 가장 낮은 곳에 터를 잡고 스스로 깊어져서 넘치지 않으려고 안간힘을 씁니다. 풍파에 떠밀려갈 때 손 내밀어 품어주고 위로하는 일은 얼마나 가치 있는 삶일까요. 어머니 같은 너른 품으로 모든 것을 받아들이는 푸른 바다는 영원한 안식처이자 내 삶의 목표가 됩니다.

8월. 태양의 에너지가 넘실대는 바다. 수평선으로 탁 트인 시야. 바다가 부르는 노랫소리와 파도의 리듬이 전하는 '생의 찬미가'가 들려오지 않나요. 자, 우리 모두 떠나요. 바다로. 그곳에서 팔딱팔딱 뛰는 심장소리를 듣게 되기를 바랍니다. 또한 인생의 나루를 지혜롭게 건너가기를 소망합니다.

툭툭 털고 일어나
생명의 땅으로

　공포가 나를 에워싼다. 역병이 불러온 '카오스' 때문이다. 인간의 욕심과 만용이 기어이 아슬아슬한 조화를 깨트리고 말았구나. 일제히 마스크를 썼다는 점 말고는 달라진 게 없다는 걸 믿을 수 없다. 사람들은 똑같은 일상을 반복하며 똑같은 속도로 자연을 해치고 있다. 일제히 둘러쓴 마스크는 마치 가면처럼 보인다. 가면 뒤에 숨어서 안락하고 익숙하게 파괴를 지속하는 광경은 낯설다. 익숙한 타인들이 낯설게 느껴진다는 건 위험신호다. 이 무리에 머무르다간 어느새 자기혐오에 빠지기 십상이다. 이 도시를 떠나야 한다. 잠깐이라 할지라도.

　어디로 가야 하나 생각을 해 보려는데, 김승옥의 소설 『무진기행』이 떠오른다. 아무런 이유도 없다. 그저 떠나려는 마음에 처음 떠오른 이미지였을 뿐이다. 그래. 이유는 충분하다. 친구가 절실해지는 바로 그 순간 우연히 내 곁을 찾아온 사람처럼, 운명이라 부를만한 만남은 사실 우연으로 결정되는 법이다. 그래. 순천만으로 떠나자.

　툴툴 털고 일어나 순천만 갈대밭으로 향한다. 갯벌은 다양한 생명을 품고 있다. 갈대가 가득한 틈새를 헤집어 살펴보면 온갖 생명으로 가득하다. 염습지 생물인 칠면초, 퉁퉁마디. 짱뚱어, 농게, 눈콩게, 조개, 갯지렁이…. 이 하찮은 것들이 내가 지켜야 할 가장 소중한 존재가 되리라. 인간의 필요에 의해 선발되지 않은 순수한 것들이므로.

팔백만 평의 광활한 갯벌은 생명체를 품어 안은 자궁이다. 수십 년 전만해도 쓰레기가 뒹굴던 갯벌이었다는 사실은 믿을 수 없다. 불과 수십 년의 돌봄으로 이 갯벌은 철새들의 낙원이자 세계가 주목하는 자연 생태계의 보고寶庫가 되었다. 비릿한 바다 냄새조차 나지 않는다. 갈대가 폐기물을 처리하고 부영양화를 억제해 준 덕분이다. 그 하찮은 갈대의 힘이라고는 언뜻 수긍하기 어렵다. 사진가가 피사체를 마주할 때처럼 온 정성과 마음을 기울여 자연에 귀 기울여 준 향토 사람들이 아니었다면 가당치도 않았을 결과다.

순천만을 쓰레기로 뒤덮었던 사람들과 순천만을 낙원으로 만든 사람들이 같은 사람들이라는 사실은 복음이다. 스스로의 과오를 극복할 수 있는 힘이 있는 존재 역시 인간이 아니던가. 지혜로운 어부의 당부에 귀를 기울이기만 하면, 우리는 다른 미래를 마주할 수 있다. 당장의 이익을 위해 그물코를 촘

촘하게 엮지 않는 것, 순천만 주변 주민들이 우리 모두에게 주는 지혜다. 자연과 인간 사이에 적절한 경계가 있다는 걸 깨닫고 공존을 시도한다면 희망은 있다. 그런 희망을 실현하는 건 우리 모두의 몫이다. 마스크 뒤에 숨어 내 목숨 하나 지키는 것으로는 충분하지 않다. 탐욕으로 에덴동산 밖으로 쫓겨난 태초의 조상의 길을 답습할 수는 없지 않은가.

코로나 이전의 일상으로 돌아갈 수는 없을 것 같다. 다만, 이전과 다른 길이 꼭 이전보다 나쁜 길이어야 한다는 법은 없다. 순천만 갯벌과 갈대가 우리에게 넌지시 이르는 가르침이다. 지금이라도 자연 앞에 겸손해지면 된다. 탐욕에서 벗어나 지구의 모든 생명을 지켜내는 일은 그 겸손이 출발점이다.

순천만 갈대숲을 지나는 산들바람의 춤사위에 내 마음을 얹어본다. 순천만 갯벌의 진객 흑두루미의 날갯짓은 얼마나 평화로운가.

지국총 흥취에
젖다

　　해남 땅끝마을. 달마산 줄기가 더 이상 뻗어 나갈 수 없어 멈춰버
린 곳. 한 눈으로 다 껴안을 수 없는 바다. 햇빛에 분사된 은물결이 찰랑댄다.
경이롭다. 겨울을 배웅하고 봄 마중 나온 내게 은빛 옷을 입은 요정들이 선물
하는 춤사위다. 청록 바다 위에서 뿜어내는 그들의 현란한 빛의 잔치. 나를 에
워싼 그림 같은 바다 풍경이 어느 여름날 문학기행지의 추억을 불러 모은다.

　　스무 해 전인가. 초등교사 동료들과 해남의 녹우당과 고산기념관, 땅끝전
망대와 땅끝 탑을 거쳐 완도의 보길도를 답사했다. 고산 윤선도의 발자취를
따르는 여정이었다. 설렘과 순수와 열정으로 여고 시절 기억을 되짚었다, 윤
선도의 「어부사시사」를 더듬듯 낭송했다. 유명한 후렴구 '지국총'의 흥을 받
아서였는지, 자연스레 우리 이야기는 고산의 문학과 생애로 이어졌다. 유배
와 은둔, 출사와 귀양이 반복됐던 험난한 풍파를 견뎌낸 그 저력이 어디서
비롯됐을까. 인간사 덧없어 모든 욕망 내려놓고 빈 마음 되었기에 시 창작에

전념할 수 있었을까. 고산을 가가이 불러내어 동료들과 문답하였지만 후련한 해답을 찾을 수는 없었다. 뭔가 채워지지 않은 숙제를 안은 채 일상으로 돌아올 수밖에. 그 후, 숙제하듯 고산의 시와 삶을 찾았고 참고 자료를 뒤적였다. 「선계의 땅 보길도」를 기행 수필로 남겼지만 무언가 깨닫는 순간이 온다면 제2탄으로 총정리를 해보리라 다짐했다.

그 시작은 그의 시가문학이었다. 「금쇄동기」 「산중신곡」 「오우가」 「어부사시사」 등 많은 작품을 살펴보았다. 당시의 사대부들은 한시를 즐겨 썼지만 그는 「산중신곡」이나 「어부사시사」와 같은 뛰어난 국문학 작품을 남겼다. 그의 글은 산수화 화첩을 한 장 한 장 넘기면서 보는 듯 이해하기 쉽고 풍성했다. 서정성 짙은 노래에 아름다움이 짙게 배어 나왔다.

특히 나를 자석처럼 끌어당긴 것은 「어부사시사」였다. 이 작품은 보길도의 절경을 춘하추동 사계절 따라 각각 10수씩 모두 40수로 짜낸 연시조이다. 봄 편 네 번째 시조를 필사해두고 암송했다. '우는 것이 뻐꾸긴가 푸른 것이 버들 숲인가/ 노 저어라 노 저어라/ 어촌 두어 집이 내 속에 날락들락/ 지국총 지국총 어사와/ 맑아진 깊은 소에 온갖 고기 뛰는구나.' 감칠맛 나는 글이다. 우리글의 아름다움을 진하게 우려냈다. 우리말이 아니고선 새김질할 수 없는 글맛이다. 뻐꾸기, 버들 숲, 어촌의 집, 소[沼], 물고기가 눈앞에 보이는 듯 시조 속에 그림이 떠오른다. 아기자기한 원근법이 살아있다. 리듬이 실려 있다. '지국총 지국총 어사와'라니! 흥이 돋아난다.

이 글에서 영감을 얻어 서정성 짙은 글을 흉내 내어 썼다가 지우기를 반복했다. 내 어린 시절의 성못길의 나룻배도 등장하고 물빛 고운 해수욕장 모래

밭에서 뜀박질하는 아이도 그랬다. 「어부사시사」 모방 놀이를 재미있게 했던 습작 시기였다.

이제 스무 해 전과 같이 고산이 걷던 그 길을 답습한다. 또다시 해남을 거쳐 보길도로. 활처럼 휘어진 깨돌밭, 예송리 해수욕장. 해풍 한 자락 내 머릿결을 스치며 지나간다. '차르르 차르르륵…' 맑고 고운 목소리로 노래하는 검은 자갈돌. 이곳에 솜털처럼 가벼운 구름도 잠시 머문다. 자유롭고 억누를 수 없는 어떤 기운 탓에 하늘 향해 두 팔 벌린 어린나무가 되고, 자갈돌을 타악기 삼아 음악대 놀이 하는 아이가 되어 서슴없이 앞으로 나아간다. 흥이 한동안 이어진다.

부용동 세연정에 다다르니 옛적에 본 원림이 아니다. 그때엔 대충 보아 넘겼던 그 풍광에서 의미를 발견할 수 있게 된 탓이리라. 정자에 신발을 벗고 오르니 사방에 여러 폭의 동양화가 펼쳐진다. 보길도의 주봉인 격자봉. 판석의 보를 쌓아 만든 못, 세연지. 큰바위 칠암七岩. 연못에 비친 주위 경관. 비홍교와 옥소대. 동백나무, 왕벚나무, 느릅나무, 해송. 고산의 삶을 지켜봤을 법한 노송은 거북등 수피를 입고서 연못 수면에 닿아있다. 낮에는 자연을 벗 삼아 지내다가 밤엔 호롱불 아래서 밤새워 시문학에 몰입했을 고산을 생각한다.

그러다 생각에 그림자가 드리워진다. 몸도 마음도 무너져 내린 시절이 떠오른 탓이다. 그땐 두 발을 땅에 딛고 서 있을 수 없었다. 물 한 모금도 넘길 수 없었다. 아무리 책을 읽으려 해도, 글쓰기를 하려 해도 할 수가 없었다. 세월이 흐르고, 마음을 비우고 모든 것을 내려놓은 후에야 다시 글을 쓸 수 있었다. 그러는 동안 나를 위로해 준 동무들은 자연이었다. 산새, 꽃과 나무, 구름과 바람, 섬을 품은 바다 등등.

고산은 평생을 은신하려고 제주를 향해 가던 중 운명처럼 절해고도인 보길도를 발견했다. 그곳의 절경과 지국총의 정취에 빠져들어 선계에서 노니는 시적 체험을 맛보았으리라. 외로운 섬에서 굴곡 많은 삶을 시로 버무려 드높은 경지의 문학세계를 일궜으니 세상의 이치는 알다가도 모를 일이다. 고산의 삶에서 나는 묘한 위로와 삶의 방향을 안내 받는다. 우리나라 시가문학의 봉우리로 우뚝 선 그가 더욱 친근하게 다가온다.

이제 나도 연습 없는 삶의 무대를 잘 가꾸어 마무리하고 싶다. 인생 고빗길을 자연과 합일하며 지혜롭게 헤쳐나간 고산의 문학 세계와 높고 깊은 정신 세계를 자양분 삼아 잘 살다 보면 그의 풍류와 식견을 조금이라도 따를 수 있을까. 내 수필 문학 세계가 그처럼 풍요로워지길 바란다.

예송리 바다에 고산의 「어부사시사」를 떠운다. '… 노 저어라 노 저어라/ 앞에는 만경유리 뒤에는 첩첩옥산/ 지국총 지국총 어사와/ 선계인가 불계인가 인간이 아니로다' 나는 고산이 되어 지국총 정취에 취해 눈 감으며 선계를 넘나든다.

숲의 시간은 천천히 흐른다

　　삶이 허무해지면 무력감이 찾아온다. 날씨마저 무덥다면 위험신호다. 등줄기를 타고 땀이 흐르는 지경이 되면 더 이상 미루면 안 된다. 즉시 뒷산에 올라야 한다.

　간단히 물과 비상식량을 준비하며 아파트 뒷문을 빠져나온다. 구불구불한 숲길을 따라 벚나무가 터널을 이룬다. 사열을 받으며 천천히 걷는 기분이 마냥 호기롭다. 마중 나온 산들바람은 내 볼과 머리를 어루만지며 위로한다. 환영가를 불러주는 주인공들은 숲이 깊어짐에 따라 슬며시 바뀐다. 박새, 멧비둘기, 직박구리, 소쩍새, 꾀꼬리가 차례로 노래한다. 이들이 나를 위무해주었으니 답례가 빠질 수 없다. 견과류를 잘게 찧어 식탁을 차린다. 먼저 멧비둘기가 서로 부리를 부딪치며 먹이 쟁탈에 나선다. 이어 간이 급식소를 찾아온 다른 새들도 얼굴을 파묻고 배를 채운다. 배가 고팠나 보다. 싸우지 말고 맛있게 먹어봐. 부질없는 부탁을 남기고 나무 데크를 따라 걷는다.

　이윽고 나타나는 숲속 극장은 작은 연못이다. 우리 가족이 즐겨 찾는 곳이다. 겨울엔 무채색으로 존재감이 없다가 봄이 찾아오면 변화가 시작된다. 개구리 알에서 올챙이, 다음엔 청개구리로 커가는 모습을 살피는 일은 무척 흥미룹다. 다섯 살 손자도 이곳을 무척 좋아하는데, 곤란하게도 이곳 주인들에게 돌을 던지기도 하고 막대기로 물속을 휘젓기도 한다. 헤어질 때는 언제 그랬냐는 듯 '안녕' 하고 인사해주긴 하지만.

우렁이, 미꾸리, 붕어도 함께 살고 있는데 낯을 가리는 편이다. 얘들은 짧은 눈 맞춤 뒤에 얼른 숨어버린다. 그중에서도 우렁이는 좀처럼 얼굴을 잘 보여주지 않는 부끄럼쟁이다. 낮에는 부끄러워서 숨어들고 어두워서야 안심하고 모습을 드러낸다. 몇 달 전에 아들과 함께 한밤중에 우렁이를 보러 왔다. 크고 작은 우렁이 열두 마리가 바위 위에 앉아서 달빛을 받으며 얘기를 나누고 있었다. 올망졸망 정답게 모여 있는 풍경이 가족 나들이 싶었다. 부들, 갈대, 수련이 부산스러운 수중 생물들을 위해서 놀이터와 쉼터를 마련해 주고 있다.

소나무 숲을 지나 참나무림을 거쳐 아카시아 숲에 이르니 햇살이 나뭇잎 틈새로 들어와 간지럼을 태운다. 웃음 머금은 나뭇잎이 꼼지락대며 살랑거린다.

'노래는 즐겁구나 산 넘어 길 나무들이 울창한 이 산에… 햇빛은 나뭇잎 새로 반짝이며 우리들의 노래는 즐겁다.' 편안하고 아늑한 자연의 품에서 노래를 흥얼거린다. 나무들이 내게 다가오고 숲 향기가 온몸을 감싸준다. 숲의 정령이 내게 순수와 감사를 선물했나 보다.

한 달 전 저녁나절이 생각난다. 알싸하고 달콤한 아카시아 향기에 취해서 뒷산으로 발걸음을 옮겼다가, 소쩍새가 건네는 인사에 그만 슬픔에 싸였다. 나를 기다렸다는 듯 '소쩍소쩍' 울며 풀어낸 그리움과 서러움이 이내 나에게 전해진 것이다. 그땐 도망치듯 집으로 달음질쳐 내려왔었지…. 그때 채 덜어내지 못한 슬픔을 말끔히 씻어낼 기회다. 오감을 열고 숲을 온전히 받아들이자. 시간이 천천히 흘러가는 모습을 그저 바라보면 족하다.

팥배나무 군락지를 지나 정자에 앉아 숨을 천천히 깊게 들이마시고 배가 홀쭉해질 때까지 서서히 내뱉는다. 폐 속에 쌓였던 먼지도 빠져나가고 마음에 남아있던 속진도 털어낸다. 이곳에서 오랫동안 더위 식히고 산림욕하며 청정한 기운을 흠뻑 빨아들인다. 모든 시간이 정지되고 고즈넉한 분위기에 취해 천상을 걷는 듯한 마법의 시간이 찾아온다. 그렇게 마음이 조금씩 비워지면 눈과 귀에 닿는 모든 것이 고맙게 느껴진다.

'호로로롱, 호로오롱' 맑은 음색으로 노래하는 새들. 덤불 부근에서 '꿩, 꿔엉'하며 합창하는 까투리와 꺼병이들. 숨바꼭질하자며 상수리 나뭇가지로 쪼르륵 올라가는 다람쥐들. 감각이 들끓어 빽빽하게 되면 어느덧 경외심이 차오르게 된다. 숲속 주인들이 들려주는 이야기가 이쯤에 이르게 되면, 몸과 마음이 가벼워져서 일상의 고달픔과 허무감도 저 멀리 달아난다. 영혼의 고요가 찾아온다.

내 마음을 위무하고 정화하여 행복의 품으로 돌려주는 숲. 그 시절 숲이 아니라면 누구와 대화할 수 있었을까.

　　사월 하순. 봄빛이 느티나무 사이로 퍼져나간다. 새잎으로 몸단장
한 나무들이 여백 있는 그림처럼 편안하다. 만발한 철쭉꽃이 생기를 불어넣
는다. 연보라, 진분홍, 하양이 신록과 어우러진 풍경에 감탄사가 절로 터져
나온다.

　이 좋은 계절에 '수필의 날' 행사가 청주에서 열린다. 또한 충주 일원의 알
찬 탐방 일정이 잡혀 있어 소풍 나온 아이처럼 해맑은 웃음이 번진다. 전국
의 수필가들 수백 명이 모여들어 자축하는 이 잔치가 어언 열아홉 번째. 열
아홉 청년의 기상으로 힘차게 정진한다. 수필의 향기를 세상에 전하기 위해
심포지엄도 열린다. 문학 동네에 발을 내딛고 아름다운 세상을 꿈꾸며 잔잔
한 행복을 누릴 수 있음에 그저 감사할 따름이다. 전국에서 활동하는 수필가
들이 청주 스파텔에 모여든다. 4대의 버스에 나눠 탄 서울 회원들이 이곳에
도착하니 잔치 분위기가 한층 더 무르익는다. 청주 회원들이 정성껏 마련한
차와 떡 그리고 간식을 대하니 고마운 마음, 가득하다. 멀리서 찾아온 문우
들을 극진하게 맞이한다. 얼마나 따뜻하고 반가운지. 청주 인심이 반짝인다.
청주 지인들과 뜨겁게 포옹하며 문우지정을 나눈다.

'수필의 날' 행사를 알리는 사회자 등장으로 잔치 분위기로 흥성대던 분주함과 번잡함이 사라진다. 행사장 무대 중심에 '한국수필, 문학의 중심에 서다'라는 문장이 씌어 있다. 우리 모든 수필가의 바람이 담겨있다. 개회 선언, 내빈 소개, 선언문 낭독, 수상, 축사…가 이어진다. 이번 행사의 핵심인 심포지엄 주제는 '유튜브 레볼루션과 수필 역학성'이다. 두 분이 주제 발표한 후 네 분의 질의 그리고 응답이 이어지면서 학술발표대회 분위기가 무르익는다. 나의 잠자던 감각이 깨어나고 미래 세대들에게 다가갈 수 있는 수필을 창작해야겠다는 의욕도 고개를 든다. 영상매체에 익숙한 젊은이들과 소통의 장을 더욱 넓혀 수필의 새 시대가 열리길 기대한다.

　'수필의 날' 행사에 충주 무예공원과 탄금대, 청주 고인쇄박물관, 제천 농다리 일정도 잡혀있어 임도 보고 뽕도 딴다며 모두들 기뻐한다. 졸고 있는 감성을 깨우는데 여행도 한몫 차지하지 않던가. 감각을 충동질하자며 발걸음도 가볍게 내딛는다. 콧노래도 부르고, 꽃향기 맡으며 분위기를 충전한다. 바람에 실려 온 꽃향기에 오감은 활짝 열리고 내 마음은 하염없이 부풀어 오른다. 나는 꽃의 여신 플로라. 바람의 신 제피로스도 나를 따라온다. 상상만으로도 흥겨워지니 충만한 마음은 덤이다. 머리에 꽃을 꽂고 신발도 벗어던지고 아기처럼 한들한들 걷고 싶다. 차후에 마음 맞는 이들과 기회를 만들면 신날 것 같다.

　먼저 충주 무예공원에 이른다. 햇살이 살포시 얹어진 나무와 바람에 흔들리는 예쁜 꽃들이 우리를 맞이한다. 이곳에서 무술 축제가 열린다니 행사장이 멋진 무대가 되겠다. 미리 우리를 기다리던 안내자가 친절하게 무술 대회

성격을 알려준다. 공원 내의 '충주 세계무술박물관'에는 세계 무술과 풍물, 세계 무술의 기원과 한국 무술 역사, 택견의 체계를 갖춘 송덕기와 그의 제자 신한승의 업적, 다양한 세계 무술과 무술 체험실이 3층까지 일목요연하게 배치되어 있다. 4, 5층은 전망대로 무예공원 주변 경치가 한눈에 나타난다. 이곳저곳에 '2019 충주 세계무예마스터십'을 알리는 홍보물이 있어 큰 잔치마당이 열림을 예고한다. 올해 8월 30일부터 9월 6일까지 대회가 열린다. 관계자가 열성을 다하고 충주 시민이 뒷받침하고 우리 모두가 행사에 적극 참여하여 대회가 성공적으로 치러졌으면 좋겠다.

여수 세계엑스포가 열렸을 때 서울에서 여수까지 몇 번이나 오르락내리락하면서 엑스포를 즐겼던 기억이 새롭다. 대전 엑스포, 서울 아시안게임 개막식 때도 참여했고 광주 전국체전에는 강강술래 매스게임단으로 참가했다. 내 삶을 통과한 국가행사에서의 각별한 장소와 순간들은 내게 추억이 되고 선물이 되어 내 삶을 긍정하고 사회적 공동선을 추구하는데 많은 관심을 갖게 했다. '충주 세계무예마스터십' 행사 기간 동안 무술 대회와 함께 다양한 문화 공연에 동참하면 지구촌의 많은 사람들을 만나며 특별하고 의미 있는 나들이 시간이 되겠다. 그 귀한 경험은 내 역사의 한 페이지가 되어 두고두고 아름답게 장식되리라. 그곳을 찾는 사람들의 발걸음이 탄금대로도 옮겨오지 않을까.

우리 수필가들도 탄금대에 오른다. 나는 이곳이 좋다. 오래 머물고 싶은 곳이다. 사연도 많고 풍광도 자랑하고 싶다. 울창한 소나무 숲, 기암절벽을 휘감아 돌며 흐르는 남한강. 탄금정 아래 솟은 열두대. 이곳에 들어서면 맑고 깨끗한 공기가 내 호흡 따라 몸속을 파고든다. 솔향 배인 바람을 만나면 마음이 열려 생각이 자유로워진다. 이 사색의 숲을 거닐면 수많은 사연과 만난다. 신립장군의 한이 서린 곳, 우륵의 가야금 연주대, 어린 임경업의 무술 연습장 삼초대, 순국장병의 넋을 기리는 충혼탑, 예술가의 혼이 담긴 조각작품들, 시인 권태응의 '감자꽃 노래비' 등등. 수많은 이야기를 간직한 이들 장소에서는 마음 가다듬으며 '어떻게 살아갈까' 지혜를 모으게 한다. 나는 이곳에 올 때마다 '감자꽃 노래비' 앞에 오래 머문다. '자주 꽃 핀 건/ 자주 감자// 파 보나 마나/ 자주 감자// 하얀 꽃 핀 건/ 하얀 감자// 파 보나 마나/ 하얀 감자' 일제의 창씨개명에 맞서 은유로 나타낸 동요라지만 아무려면 어떤가. 동요인 만큼 순수한 어린이 마음으로 받아들이는 것도 무방할 듯하다. 그의 고향인 충주, 더해서 사람들의 발길이 끊이지 않는 국가 지정 명승지인 탄금대에 노래비가 세워졌으니 얼마나 잘된 일인가. 시인은 33세로 요절했지만 그의 시는 오래오래 탄금대에 남아 우리 영혼까지 말갛게 씻어주고 있다.

문학이란 이름으로 진행한 우리 '수필의 날' 행사를 알차게 마무리 한다. 봄의 한 가운데에서 맞이한 우리들의 잔치가 꽃처럼 향기롭다. 꽃과 나무는 아름다운 자태와 향기로, 우리 문인은 자기 취향 따라 봄노래로 화답한다. 「상춘곡」을 쓴 정극인은 '…칼로 재단해 내었는가/ 조물주의 신비로운 솜씨가 사물마다 야단스럽구나' 하며 그의 고향 태인의 봄을 노래했다. 정철 역시 「성산별곡」 가사에서 '무릉도원이 어디인가/ 여기가 바로 그곳이다'라며 성산, 지금의 담양에서 고향의 봄과 자연을 극찬했다. 이들처럼 정서적 충만감이 차오르면 이처럼 후대까지 전해지는 절창을 남길 수 있을까. 봄이 절정이다. 나도 이 봄날의 꽃처럼 고운 모습으로 피어나길 고대한다.

매화나무에
스민 봄물

텔레비전에서 제주도의 봄꽃 소식을 전하고 있다. 유채꽃, 매화, 수선화, 복수초…. 서울은 매서운 추위가 가시지 않고 동장군의 힘이 아직은 건재하다. 먼 세상 이야기처럼 보인다. 하지만 세상이 하 수상하니 우리들 마음에 희망의 봄을 선사하고 싶은가 보다. 다른 어떤 꽃보다 매화에 오래도록 마음이 머문다. 시민을 찬 바람 부는 광장으로 모이게 하는 그 푸른 기운이 매화와 닮아있다. '지금 눈 내리고 매화 향기 홀로 아득하니/ 내 여기 가난한 노래의 씨앗을 뿌려라….' 광야에서 목 놓아 부르게 하는 이육사의 시가 얼음처럼 맑고 눈처럼 깨끗하다. 머지않아 이곳에도 매화 소식이 전해지겠지. 고난을 통해 강해지는 매화꽃이 피고 그 향기를 전하는 날을 기다려본다.

순천 금둔사의 설선당 앞, 홍매나무 두 그루가 눈앞에 스쳐 지나간다. 마음은 그곳을 향해 달려간다.

어느 해, 2월 끝자락이었다. 나는 '고운 님 바삐 오셨네' 제목을 달고 홍매화를 소개한 신문을 들고 서둘러 금둔사를 찾아갔다. 한발 앞서 봄맞이하려고 남녘땅으로 달려간 것이다. 설선당 앞 홍매는 눈을 크게 뜨지 못하고 꽃

망울인 채로 나를 맞이했다. 다행히 같은 나무에서도 햇볕을 더 많이 받은 나뭇가지의 꽃들이 발간 얼굴을 내밀고 고운 자태로 내게 눈인사를 보냈다. 땅속 어둠을 뚫고 새 생명을 피워낸 인내의 화신이었다. 한파를 견뎌내고 진통 끝에 자손을 출산한 산모였다. 그 고귀한 생명력과 경이로움이라니. 제 생명을 키워내려고 얼마나 힘들었을까. 나는 눈 맞춤과 입맞춤에 이어 귀와 코를 열고 마음을 모아 매화 향을 깊게 들이마셨다. 그윽한 향기에 취해 자리를 뜨지 못하고 탐매에 넋이 빠져 있었다. 물아일체物我一體가 이런 것일까. 그때 이 절집 주지스님인 지허 스님이 낙화한 두 송이 매화를 집어 들고 '어허! 어허!'를 연발했다. 그 작은 꽃송이를 귀한 생명체로 받아들이며 안타까워하는 모습이 생불처럼 여겨졌다. 낙화한 꽃마다 버리지 못하고 수반에 동동 띄우는 어느 여인이 떠올라 가만히 미소 지었다.

옛 시인 묵객들은 선비 정신의 상징인 매화나무를 시서화詩書畵 그리고 명언으로 남겼다. 달빛에 비친 매화를 사랑했던 김시습은 호를 매월당이라고 하지 않았는가. 그의 호號에는 눈길 속에 찾은 매화를 달이 기울도록 바라보았던 매월당의 고결한 모습이 배어있다. '매화' 하면 퇴계도 빼놓을 수 없다. 매화 사랑이 남달라 100수가 넘는 매화시를 남겼다. '매화나무에 물을 주어라'라는 그의 유언은 얼마나 유쾌하면서도 묵직한가. 서정주 시인은 매화향을 맡으며 '가는 님 그린 내음새, 오는 님 그린 내음새'라고 읊었다.

나도 이제 새 봄을 맞이하려니 지허 스님 요사채에서 그윽한 차를 함께 마셨던 가신님이 그립다. 지금은 그리워하면서도 슬픔에 자리를 내어주지 않는다. 하지만 그와 세상 인연 다했던 날부터 얼마 동안 나는 무채색의 겨울

나무였다. 앙상하고 암울했다. 물 한 모금도 넘길 수 없었던 때가 있었고 발작에 가까운 더운 기운이 가슴 복판에서 솟구쳐올라 차라리 내 삶이 멈춰지길 바랐던 적도 있었다. 가까스로 49재를 넘겼고 백 일 그리고 일 년, 삼 년, 오 년…. 거칠게 휘감아 돌았던 격랑의 세월이 서서히 잔물결 되어 편하게 흘러간다. 길고 추웠던 지난 시간은 나의 매화 나뭇가지에 꽃을 피우기 위한 과정이었나 보다. 낡고 병든 껍질을 찢고 나왔으니 나도 은은한 향기를 전하는 매화가 되어야 하지 않을까. 자신을 극복한 사람은 누구나 위대하다고 하지 않던가. 힘들었던 시간은 내게 말한다. 주위의 좋은 사람들과 함께 시린 손 잡아주고 처진 어깨 다독여주며 그들에게 온기를 더하는 일에 소홀하지 말라고.

매화나무는 내게 소멸과 소생의 때를 넌지시 이른다. 그 아픈 세월 동안 우리 집안에도 아기였던 예쁜 손녀는 수줍은 소녀로 자라났고, 반가운 손자가 태어났다. 나를 삶의 한복판으로 뚜벅뚜벅 걸어 나오게 한 수호천사들이다. '푸르른 아이들이고 세상은 눈부시다'며 그는 내게 이런 마음가짐을 주문하지 않을까. 내가 언젠가 세상 인연 다할 때 뒤에 올 새 생명을 위해 좋은 일 하다가 편한 모습으로 '안녕' 하며 떠날 수 있을 듯하다.

풋봄이다. 예리한 통찰로 설법하셨던 지허 스님도 그립고 설선당 앞 홍매도 보고 싶다. 삶이 팍팍한 사람들과 마음이 얼어붙어 있는 사람들에게도 봄물이 철철 스며들고 햇빛이 고루고루 비추기를 빈다. 희망의 봄이 오고 있다.

우선 떠나자

연일 폭염경보와 주의보를 발령한다. 국민안전처에서 보낸 문자 메시지를 보며 산과 바다를 그린다.

사람은 누구나 방랑벽이 있다. 오랜 유목 사회의 유전인자 탓이려니 싶다. 어디론가 훌쩍 떠나고 싶은 여행 본능은 누구에게나 잠재해 있겠지만 나는 더욱 그러하다. 부대끼던 일상에서 벗어나고 싶을 때, 행복하고 싶을 때, 나를 찾아 나서고 싶은 순간이 올 때 떠나고 싶은 마음이 더욱 간절해진다. 이럴 땐 깊은숨을 들이마시고 여유와 용기를 배낭에 가득 담고 일단 발을 떼보자.

여행은 세상을 만나는 창이다. 여행의 출발점은 일상과 멀어지는 일이다. 자신을 돌보지 않고 일에 파묻혀 허둥대다 보면 정작 중요한 일을 놓치는 경우가 많다. 고인 물처럼 여겨지는 일상을 과감하게 박차고 일어나자. 예전에 경험하지 못했던 풍경과 사람이 나를 새로운 세상으로 안내한다. 시골 장터에서는 넉넉한 인심을 경험하며 온기를 더한다. 팔리지 않은 채소를 앞에 놓고 꾸벅꾸벅 졸고 있는 아주머니를 바라보며 인정에 목말라하기도 한다. 여행 중에 길을 잃거나 예기치 않은 힘든 상황에서 생면부지의 사람으로부터 도움을 받아 문제를 해결하는 일도 있다. 나는 혼자가 아니고 나의 삶은 누군가와 더불어 이루어진다. 나와 다른 생각과 풍습을 보며 내 삶을 들여다보기도 한다. 나를 자각하고 느끼면서 나를 더 나은 '나'로 변모시키는 경험은 나를 성장시키고 풍요로움을 안겨 준다.

이제 8월이다. 우선 떠나자. 산과 바다. 계곡과 강. 어디든지 좋다. 내 건강과 형편에 맞춰 선택하고 집을 나서기만 하면 된다. 잘 짜진 계획표대로 움직여도 좋고 형편껏 자유를 구가하며 자연을 벗 삼아 뒹굴뒹굴 망중한을 누린들 누가 탓하랴.

인생의 굴곡을 닮은 산을 오르내리며 내 인생을 돌아다본다. 산천경개 두루 주유하며 계곡물이나 냇물의 흐름을 살핀다. 자연을 거스르지 않고 물처럼 살라고 내게 이른다. 바람에 누운 풀을 내려다본다. 자기를 낮추며 역경을 이겨내라고 그들은 속살거린다. 때로는 자연과 하나 되어 욕심내지 않고 살아가는 삶을 내게 주문하기도 한다. 기암괴석을 올려다보며 조물주의 위대한 창조력에 경탄하기도 한다. 풍류가 무르익는 순간에는 자갈돌을 타악기 삼아 두드리며 동요와 가곡을 노래한다. 모두가 여행이 주는 선물이다.

8월에는 넓은 바다와 푸른 물결이 보고 싶어진다. 이리저리 부대끼고 상처 난 마음을 달래는데 탁 트인 바다만 한 것이 어디 있으랴. 바다는 치유의 공간이다. 훨훨 나는 갈매기를 떠올리면 나도 한 마리 새가 되어 바다 위를 비상한다. '해를 삼키는 저녁 바다' 위를 날면 더욱 아름다우리라. 노을빛에는 사람의 심금을 울리는 파장이 있다고 전하는 이가 있었다. 바다. 말만 들어도 가슴이 설렌다.

여행 짐을 꾸려 놓자. 떠나자. 일상을 훌훌 벗어던지고. 8월이지 않은가.

백년송의
속삭임

나는 소나무를 좋아한다. 소나무를 좋아한 탓으로 송원松園이라는
또 하나의 이름을 가지고 있다. 공적인 이름은 아니지만 시·서·화에 능했던
ㅅ회장님이 선물해 주셨다. 솔향이 전해질 듯해서 감지덕지 받아들였다. 송
원은 소나무 정원 즉 솔밭이고 소나무 군락지와도 연관된다.

소나무의 의젓한 자태, 높은 기상, 고결함과 기품을 생각하며 문인, 화가
등 예술가들의 작품에 등장하는 소나무를 떠올린다.

〈세한도〉를 그려 제자 이상적의 의리와 절개를 담아낸 김정희. 이상적은
제주도로 유배된 스승을 위해 중국에서 어렵게 구한 귀한 책을 선물한다. 그
에게 감동한 스승이 제자의 마음을 형상화하여 그린 작품이다. 여기엔 겨울
에 홀로 푸르른 소나무가 서 있다.

성삼문도 '백설이 만건곤할 제 독야청청하리라' 하며 세조에게 홀로 푸르른 빛을 띠는 소나무, 지조가 곧은 선비인 그 자신을 글로써 대적하고 있다.

우리나라 대표 소나무 사진작가 배병우는 아름다운 사진을 찍어 한국의 미를 알리는 세계적인 예술가이다. 엘튼 존은 그의 소나무 사진을 수천만 원에 구입했고 우리나라 어느 대통령은 오바마 대통령에게 배병우 작가의 사진집을 선물했다. 소나무에 푹 빠져 삼십 년 넘게 한국의 소나무만 주로 찍었던 그는 퍽 행복했지 싶다. 좋아하는 일을 하면 힘들어도 행복하고 감사하다. 내게도 그런 경험이 있다. 우리 아버지 탄생 100주년 기념집과 어머니 1주기 추모집을 출간하기 위해서 밤샘 작업을 하면서 피곤해도 지칠 줄 모르고 재미있게 작업했다.

우리나라에는 의젓한 자태를 뽐내는 소나무가 전국 각지에 분포되어 어디서나 흔하게 볼 수 있다. 나는 금강산 만물상에서 하늘을 찌를 듯 뾰족뾰족한 능선과 천태만상의 바위, 절벽 사이에서 힘찬 생명력을 자랑하며 서 있는 소나무를 감탄하며 바라보았다. 미완의 졸작 시를 쓰면서.

대관령 휴양림에서는 계곡의 기암괴석을 휘감다가 우렁차게 떨어지는 물소리와 노송 스친 솔바람 소리를 들으며 하늘의 별과 달을 헤아렸다.

강릉에서 내가 가장 선호하는 곳은 허균과 허난설헌 생가터의 돌담을 끼고 이어지는 소나무 숲이다. 꾸미지 않은 자연 그대로의 숲이어서 안온한 휴식처였다. 아름드리 소나무가 나를 반기는 듯해서 안아주기도 하고 쓰다듬기도 했다. 벤치에 누워 하늘에 펼쳐진 수묵화를 오래도록 올려다보았다. 하얀 구름과 어우러진 하늘에 걸린 소나무는 사진작가가 아니어도 욕심내기에 충분한 피사체였다.

안면도 자연휴양림 소나무 군락지에서 백년송을 어루만지는 내게 '오랜 세월 물난리, 천둥 번개 피하며 잘 살아왔다.'라며 노송은 내게 말을 걸어왔다. 그 송림에서 나는 치유의 순간을 맞았다. 백년송의 줄기는 거북이 등처럼 갈라져 틈이 벌어져 있고 가지 끝부분 솔잎은 꺾여져 있었다. 그 상처에서 솔향이 짙게 배어 나왔다.

우리네 삶도 어찌 푸르기만 하랴. 나도 시련과 고통 속에서도 사람 냄새 물씬 풍기며 더욱 성장하리라. 척박한 바위틈에서도 고결한 품성을 지니는 소나무처럼. 나의 또 다른 이름은 송원이지 않은가.

별바라기

나는 언젠가부터 소중한 것을 잃어버린 채 살고 있다. 누구나 잃어버린 것에 대한 그리움을 품고 있다. 내겐 그중 하나가 '별 보기'이다. 별 보기를 내 버킷리스트에 올렸다. 밤하늘을, 별을, 은하수를 잊어버리고 산 세월이 언제부터였던가. 어린 시절 고향에서 세다 그만뒀던 수많은 별은 어디로 숨어버린 걸까.

불현듯 별을 헤아렸던 그 옛날 총총하게 빛나던 별이 내게 다가왔다. '별 하나 나 하나, 별 둘 나 둘….' 내가 별이 됐고 별이 내가 됐던 동화 같은 그 시절. 나는 작은 우주였고 별은 잔잔히 내 가슴에 내려와 앉았다.

어느 날 별이 내 가슴에서 반짝거렸다. 문화 사랑방 친구들과 함께 ㅈ교수의 '시와 아름다움, 낭만과 사랑'에 대한 특강을 들은 순간부터 시작됐다. 그는 TV에 자주 출연해서 얼굴이 잘 알려진 문인이었다. 강의 내내 내 심장은 팔딱팔딱 뛰었다. 깊은 사유와 인문학적 소양이 풍부해 그의 강의에 빨려 들어가는 듯했다. 그중 별에 관한 내용은 압권이었다. 알퐁스 도데의 「별」 윤동주의 「별 헤는 밤」 빈센트 반 고흐의 〈별이 빛나는 밤〉 등이 예시로 제시되었다. '외로운 사람들은 밤하늘을 본다. 별과 달을 만나며 대화하고 위로를 구

한다. 가장 순수하고 고결하며 아름다운 우주적 존재를 만나자'라며 내 안의
별을 흔들어 깨웠다. 정답고 사랑이 가득한 목소리는 귓가에서 잔잔히 물결
치다가 가슴으로 파고들었다. 꿈을 꾸고 있는 듯했다. 우리 모두는 거북이 목
이 되어 경청했다. 방정환 〈형제별〉, 김광섭 〈저녁에〉, 유심초 〈어디서 무엇이
되어 다시 만나랴〉 등 별에 대한 노래를 부를 때는 더욱 감정이입이 되어 온
몸으로 노래하며 기쁨 백배가 되었다. 강의를 마친 후 그의 팬이 되어 사인
을 받았다. 우리 일행은 실소를 금하지 못하는데 나는 아랑곳 하지 않았다.

　나는 왜 이렇게 '별, 별…' 하며 별에 집착하는 걸까. 아마도 내게 어둠이
내려앉을 때, 슬픔과 막막함에 가슴이 미어질 때 광대무변한 밤하늘에 펼쳐
진 별을 보며 위안과 희망을 얻고 싶었을 것이다. 어둠 속에서 별은 더욱 빛
나지 않던가. 그리움과 외로움에 사무친 날은 더욱 간절하게 별을 그린다.
일찍 떠난 이와 못다 나눈 얘기도 나누고 순수하고 진실해서 차마 아무에게
도 들려줄 수 없는 비밀 얘기를 털어놓기 위해서다.

　별이 빛나는 밤하늘을 올려다보며 별빛 세상을 그려낸 고흐를 생각한다.
빼앗긴 삶의 자리에 별을 그리며 아파했던 고흐. 자신을 제물로 삼아서 〈아
를의 별이 빛나는 밤〉으로 부활시켰던 그 사람. 나는 느낀다. 그림은 그에게
별이고 생명이고 길이었음을.

　나는 어떻게 별을 담아낼 수 있을까. 무엇을 위해 그렇게 할 수 있을까. 고
흐의 간절함을 내 슬픔에서도 길어 올릴 수 있을까. 거친 붓으로 온 마음 다
해 〈아를의 별이 빛나는 밤〉을 캔버스에 담아내듯. 별과 혼을 담아 글 쓰는
일부터 시작하리라. 그 일에 내 모든 것을 쏟아붓고 싶다. 그가 별을 그리며

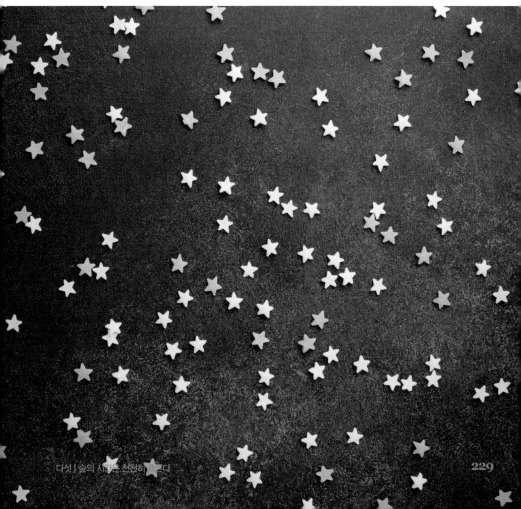

꿈꾸고, 자유를 얻고, 감당할 수 없는 슬픔을 녹여내었듯 나 또한 별을 보며 그렇게 하리라.

'저렇게 많은 별들 중에/ 별 하나가 나를 내려본다/ 이렇게 많은 사람 중에/ 그 별 하나를 쳐다본다/ 이렇게 정다운/ 너 하나 나 하나는/ 어디서 무엇이 되어/ 다시 만나랴' 나직하게 웅얼거리며 영롱하게 빛나는 별 하나에 눈을 맞춘다.

다홍색 융단 밟고
사뿐히 오네

나를 사로잡는 꽃이 있다. 눈 속에서도 붉은 꽃봉오리를 터뜨리는 꽃. 햇살에 반짝이는 진초록 잎과 어우러져 그윽한 매력을 발산하는 꽃. 두 껍고 질긴 생명력이 돋보이는 꽃. 나무와 땅에서 두 번 피는 꽃. 동백꽃이다.

언제였던가. 내 삶이 향하는 곳을 알 수 없을 때, 여수 오동도 산책로에서 수북이 땅 위에 떨어진 꽃을 보았다. 목이 꺾인 가엾은 동백꽃. 슬퍼서 더 아름다웠다. '당신 위한 붉은 융단, 곱지요' 소곤거린다. 발꿈치 들고 징검다리 건너듯 조심스럽게 발걸음을 옮겼다. 상처 입지 않은 두 송이를 왼 손바닥에 올려놓았다. 그들의 얘기를 들어보았다. '붉은 옷으로 곱게 단장하고 동박새 를 불렀죠. 애타게 그리던 임이 찾아왔어요. 고맙게도 내게 꽃가루 선물을 주고 떠났네요. 이제 나는 내 길을…' 동박새는 다른 나뭇가지로 날아갔고 동백꽃은 낙화했다. 땅에서도, 나뭇가지에도 생생한 동백꽃이 피어났다. 용 굴 지나 바람골에서 오동도 등대로 오르는 언덕은 동백꽃 관람 명소이다. 오 동도에서 내가 제일 좋아하는 숲길이다.

기암절벽 위 향일암의 동백은 어떤가. 동틀 녘 동백꽃에 포위된 암자와 한 려수도의 쪽빛 바다를 굽어본 사람은 안다. 세상 어느 곳에도 이런 비경은 찾기 힘들다는 것을. 성삼문은 향일암 동백을 향해 '고결함이 매화보다 낫고 아리따움은 지나치다'라고 노래했다. 지나친 아름다움이라니. 조선의 학자 김성일도 '눈 속에 홀로 핀 동백. 너를 좋아한다'라고 읊었다.

남녘에선 동백꽃이 이월부터 봄의 전령사를 자처한다. 제주 거문오름부터 시작해서 충남 서천 마량포구가 북방한계선이다. 서천에선 사월 지나서까지 동백을 볼 수 있다. 아니 춘백이다.

거문도의 등대 가는 길에도 동백숲 터널이 길게 이어져 있다. 완도 보길도의 세연정은 고산의 풍류까지 더하여 시심을 불러온다. 정원 곳곳에 우람한 동백이 멀리서 온 손님을 반갑게 맞이한다.

특별히 기억하는 동백은 강진 백련사 숲속 동백 군락지다. 이곳은 수령이 400년 된 나무들로 이뤄져 있다. 숲 전체가 천연기념물이고 치유의 길이다. 삼월 말, 동백꽃이 만개할 때, 교우와 손잡고 거닐면서 다산과 혜장선사처럼 수런거리는 생각을 잠재우고 오래오래 머물렀다.

선운사 뒤편 오백 년 된 동백나무 숲에서는 동백꽃의 존엄이 느껴진다. 폭풍 한설에도 그 오랜 세월 동안 버텨낸 그 생명력이 경이로워 다가가 품에 안는다. 잘 견뎌냈다며 어루만지며 토닥인다. '살아있는 너희들은 모두 장하고 고귀하다'며.

동백하면 봄을 알리는 전령사 대접을 받으며 흥거워질 법도 한데, 북상하는 봄철 동백이 전하는 전설은 하나같이 처연하다. 한 여인과 어부가 살았다. 고기잡이를 나선 지아비가 바다로 나갔을 때 도적 떼가 들이닥쳤다. 도망간 여인은 절벽 위에서 몸을 날렸다. 어부는 슬피 울며 무덤을 썼다. 그해

겨울, 하얀 눈 쌓인 무덤가에 여인의 붉은 순정이 동백꽃으로 피어났다. 이 꽃을 소재로 한 작품이나 전설은 모두 비극으로 결말난다.

동백의 다홍은 선연하고 낙화의 생경함은 절절하다. 찬란하게 빛나다가 스러지는 삶의 은유로 동백만 한 것이 있을까. 임 향한 붉고 생생한 마음을 절절히 전한다. '그대만을 사랑해'. 꽃말이 전하는 감정도 그렇다. 동백꽃을 소재로 한 예술 작품이 끝없이 이어질 수밖에. 이미자의 노래 〈동백아가씨〉. 뒤마의 소설 『동백꽃 아가씨』. 이 소설을 모티브로 창작한 오페라 〈라 트라비아타〉. 가슴 벅찬 베르디의 아리아와 중창을 세계적인 성악가의 목소리로 들었던 가슴 벅찬 시간을 기억한다. 예술가의 감정을 고양하는 쪽은 역시 행복보다는 고통이 아닌가 한다. 그것이 인생 아닌가. 자신이 어떤 사람인지를 드러내는 계기는 역시 깊은 절망인 경우가 많다.

치열하고 진지한 삶을 동경한다면 동백나무 화분이라도 곁에 둬야 할까 보다. 다홍색 융단 밟고 사뿐히 오실 임을 기다리면서.

우리네 삶도 어찌 푸르기만 하랴. 나도 시련과 고통 속에서도 사람 냄새 물씬 풍기며 더욱 성장하리라. 척박한 바위틈에서도 고결한 품성을 지니는 소나무처럼. 나의 또 다른 이름은 송원이지 않은가.

그리움과 외로움에 사무친 날은 더욱 간절하게 별을 그린다. 일찍 떠난 이와 못다 나눈 얘기도 나누고 순수하고 진실해서 차마 아무에게도 들려줄 수 없는 비밀 얘기를 털어놓기 위해서다.

집을 떠나지 말아야 할 이유는 많았지만, 그 모든 걸 호기심 하나로 이길 수 있었던 건 행운이었다. 나는 분명히 과거의 내가 아닐 테니까. 내 버킷리스트 하나를 지우며 또 다른 여행을 꿈꾼다

- 「잉카의 후예」 중

여섯

—

기쁨 싣고
나는 떠나네

—

기쁨 싣고 나는 떠나네

꿈만 같다. 삼월 중순부터 사월 중순까지 한 달 동안의 여행이라 니. 미국과 중남미 일부 지역이다. 때는 바야흐로 봄, 새봄에 떠나는 여행은 참으로 눈부시다. 연녹색 옷을 입고 돋아나는 새순. 제 색깔과 향기를 뽐내는 봄꽃. 청아한 목소리로 노래하는 새들. 봄의 교향악이 울려 퍼지는 들판. 뭇 생명의 축제 마당이다. 내 마음도 열기구처럼 부풀어 올라 생기가 흐른다. 모든 생명체는 따스한 봄볕 아래 푸른 꿈을 꾸고 있다. 나는 오감을 열고 연둣빛 대지 위에서 네 활개를 펼치며 튀어 오른다. 배경음악으로는 김동률의 〈출발〉이 제격이다.

'아주 멀리까지 가보고 싶어/ 그곳에선 누구를 만날 수가 있을지/ 아주 높이까지 오르고 싶어/ 얼마나 더 먼 곳을 바라볼 수 있을지/ …/ 새로운 풍경에 가슴이 뛰고/ 별것 아닌 일에도 호들갑을 떨면서/ 나는 걸어가네/ …/ 더 넓은 세상으로'

음악을 들으니 여행에 대한 설렘으로 마음이 더욱 바빠진다. 형제자매와 한 달 동안의 여행 계획이 무르익는다. 가족여행의 핵심은 조카 결혼식. 현재 미국 애틀랜타에 거주하고 있다. 그곳에 도착하여 결혼식 장소인 멕시코

칸쿤으로 이동하는 길에 중남미 여행이 덤으로 붙어 있는 계획. 나의 버킷 리스트인 중남미 여행이 현실이 되다니 이 아니 좋을 수가…. 휴양 도시 칸쿤에서의 결혼식, 바하마 제도 크루즈 여행, 마추픽추와 이구아수폭포, 다시 애틀랜타와 뉴욕행…. 완벽하다. 남대문 시장을 며칠 동안 드나들며 미국 거주 친척들의 옷과 우리나라 전통 공예품 그리고 건어물을 사들이기에 바쁘다. 가족이 함께 이곳저곳에서 노래할 악보와 행사 때 이용할 소품도 준비했다. 한국 축하 사절단은 큰언니와 남동생 부부 그리고 여동생과 나. 한 팀을 꾸린 우린, 여러 사정으로 함께 하지 못한 가족과 지인들의 축하 메시지와 선물을 지니고 출발!

묵은 겨울옷을 벗어 던지고 산뜻한 봄옷으로 갈아입고 애틀랜타로 향하는 대한항공 비행기에 탑승한다. 하루의 절반 이상의 시간을 기내에서 보내야한다. 맨 먼저 준비한 책을 읽다가 영화, 음악, 다큐멘터리 등을 훑어본다. 피곤해진 눈을 지그시 감고 며칠 후에 예식을 올릴 신랑과 가족을 떠올린다. 주인공은 내 둘째 언니의 아들 삼 형제 중 막내다. 마흔 살이 넘은 노총각이라 우리 가족 모두는 내 일처럼 기쁨이 가득하다.

신랑 아버지의 별명은 '밥 잘 사주는 남자'이고 어머니는 '평화주의자'다. 부모 닮은 아들은 한국 가족을 찾아올 때면 우리 대가족에게 밥 한 끼 대접을 자청한다. 삼사십 명만 모여도 비용이 만만치 않을 텐데, 나의 기쁨이라며 미소 띤 얼굴로 응대한다. 그 아버지에 그 아들이다. 이 좋은 성품은 부모로부터 비롯됐구나, 가늠한다.

'밥 잘 사주는 남자'뿐만 아니라 우리 가족은 누구나 밥 한 끼나 차 한 잔 산다며 호시탐탐 기회를 노린다. 다음엔 내 차례라며 사전 예약하는 바람에 기회 잡기도 만만치 않다. 그 유쾌한 분위기의 근본을 캐다보면 결국 레이더 망에 포착되는 건 우리 어머니다. 넉넉지 않은 살림살이에도 우리 팔 남매나 이웃에게 평생 가진 것 다 내어놓고 먼 길 떠났다. 손해 본 듯 살다던 어머니의 유훈을 새기며 우리들은 그 정신을 이어가려 노력하고 있다.

우리 가족들은 오랫동안 이 같은 분위기에 젖어 들다 보니 어느 날, 뜻깊은 일을 시작하게 되었다. 송석장학회. 친정 아버지 호를 딴 장학 사업이다. 집안에 아기가 태어날 때와 성장해서 초중고교 및 대학을 입학할 때 한 사람에게 다섯 번 장학금을 지급한다. 인생의 중요 성장기에 맞춰 새 출발을 축하하며 격려하고 지지한다. 가족 공동체가 우리의 희망인 후손에게 힘을 보태며 다 함께 양육과 교육을 지원하고 있다. 옛날에 마을 공동체 구성원이 함께 동네 아이를 키워왔듯이. 이 장학 증서와 장학금을 받는 날이면 아이나 부모 그리고 조부모 모두가 학교 다닐 때 상장을 받듯이 기쁨을 감추지 못한다. 그 모습이 아름다워서 함박웃음이 터진다. 함께 밥 먹으며 치러지는 이 행사는 구성원 모두에게 큰 보람과 긍지를 안겨준다. 이 행사가 존속할 수 있게 키워준 중심에는 '밥 잘 사주는 남자' 즉 신랑의 아버지가 우뚝 서 있다. 약 십 년 전쯤, 장학회에 쾌척하고 늘 추가 지원을 아끼지 않았다. 그의 적덕은 헤아릴 수 없이 많다. 그의 적선 통장 잔고는 계속 불어나고 있다. 그뿐만 아니라 큰언니부터 막내 여동생 그리고 조카들에 이르기까지 자기 형편에 맞게 장학회에 기부한다. 경사가 있을 때 명분을 살려서.

이제 우리 대가족은 부모님을 정점으로 80여 명으로 성장했다. 가족 나무가 이렇게 튼실하게 가지 뻗고 열매 맺었으니 얼마나 든든한지. 이 장학회가 가업으로 이어지고 우애가 지금처럼 지속하길 바라며 다음 세대의 적임자를 선정해두었다. 후손들이 손잡고 희망을 노래하며 건강하고 멋진 삶을 꾸려가길 바란다.

애틀랜타 공항에 도착하니 둘째 언니와 형부가 손을 흔들며 한국의 결혼 축하 사절단을 맞는다. 서로 포옹하고 볼을 비비며 반가움을 스스럼없이 드러낸다. 언니 집에 도착하여 선물 꾸러미를 펼쳐놓고 그동안 밀린 얘기를 풀어헤친다. 공유했던 옛 추억이 튀어나오고 잊었던 고향 사투리가 불쑥 고개를 내미니 까르르 웃음이 터져 나오고 여독은 저 멀리 사라진다. 내가 가져온 악보가 펼쳐지고 둘째언니는 피아노를 치며 흥興부자 우리 가족의 감정이입에 앞장선다.

"푸른 잔디 푸르러 봄바람은 불고…"

"봄의 교향악이 울려 퍼지는…"

"목련꽃 그늘 아래서 베르테르의 편지를 읽노라…"

봄과 관련된 노래부터 합창이 시작된다. 가곡, 팝송, 성가, 동요로 이어지다가 우리 어머니 애창곡 〈그네〉로 마무리한다. 언니들과 형부가 앞장서고 동생들은 장단을 잘 맞추며 분위기를 띄운다. 조카 결혼식에서 솔로로 축가를 부를 성악가 동생이 있어서 그런대로 잘 어우러지는 편이다. 자유롭고 평화로운 분위기로 가족이 끈끈하게 결속되어 정말 뿌듯하다.

동네 구경에 나선다. 집집마다 정원에 담장이 없어서 엄청나게 규모가 큰 골프장을 찾아온 듯하다. 높낮이가 제각기 다르면서 그다지 높지 않은 언덕들과 90여 채의 예쁜 집들이 띄엄띄엄 흩어져있는 전원 주택 단지다. 봄바람에 꽃들은 춤추고, 목청 좋은 새들은 재잘재잘 지저귀고, 대지는 꿈틀대며 봄맞이 중이다. 잘 손질된 잔디와 꽃과 나무들은 지극정성으로 돌본 주인들에게 감사 인사하며 고운 모습을 드러내고 있다. 아늑하고 경관이 뛰어난 이 동네를 찾아온 이방인들은 여기저기서 카메라 셔터를 눌러대며 소풍 나온 어린이처럼 마냥 흥겹다. 나는 동화 세계로 걸어 들어가며 동요 〈싹트네〉를 부르며 율동을 한다.

"싹 트네~ 싹터요 내 마음에 사랑이…"

노란 수선화도 방긋 웃는다. 우리들의 주체하지 못하는 기쁨의 풀무질이 조금 우스꽝스럽다. 하지만 따스한 기운이 오래 맴도니 어쩌나.

내일부터는 꿈과 환상의 나라 디즈니월드. 기쁨 싣고 노래하며 떠나리.

밥은 먹고 다니냐

책은 내 동무이다. 존중하는 스승이기도 하다. 멋있고 경이로운 데다가 부를 때마다 곧장 달려와 준다. 우선 만나면 즐겁다. 세상 이야기를 어찌나 재미있게 들려주는지. 이 이야기꾼에 푹 빠져 있으면 시간 가는 줄도 모른다. 지칠 때 웃게 하고 낙담하면 용기를 말한다. 꿈꾸는 삶을, 행복을 정의하는 삶을 가만히 보여준다. 내가 조금이라도 성장할 수 있었다면 이 재주꾼 탓이리라.

얼마 전 모 일간지에 '책 안 읽는 좀비 세상' 기사가 실렸다. 우리나라 성인 중 일 년 동안 단 한 권의 '종이책'도 읽지 않은 사람이 10명 중 4명이라 했다. 독서 인구를 끌어올릴 묘수가 없을까.

최근 독서 환경을 개선하려는 움직임이 활발해져 여간 반가운 게 아니다. 아마 '2018 책의 해' 영향인 듯하다. '함께 읽자', '가까이 책을 두자'며 캠페인을 벌이며 행사를 다채롭게 펼치고 있다. 내가 오랫동안 구독한 신문도 '책 읽는 마을'을 시리즈로 연재한다. 책이 주는 메시지와 가치를 삶 속에 끌어들이려고 언론이나 관련 단체에서 책의 효용성을 알리는 모습이 믿음직스럽다.

'책의 해' 행사가 광화문 광장에서 열렸다. 기념식과 책 전시에 관심을 가지며 각자가 삶의 풍요로움을 책에서 얻겠다고 다짐했으리라. 요즘 심야 책방, 동네 북 카페, 골목 서점이 산뜻하게 예전과 다른 모습으로 돌아와 사람들의 발길이 이어지고 있다니 크게 환영할 일이다.

나는 궁금해져서 세계 여러 나라의 서점은 어떤지 순례를 시작했다. 물론 다정한 친구와 함께 내 좁은 책상에서. 독일의 게스탈텐, 프랑스의 알타차트, 영국의 마그마숍. 이들 모두가 인터넷 뉴스와 정보가 넘치는 디지털 세상에서 종이책이 살아남기 위해 변신하여 새로운 이익을 얻고 있다는 공통점이 있다. 모바일 기기, 와인 잔, 등산 칼, 운동용품과 음료를 팔면서. 일본에서는 가지각색의 골목 서점이 도처에서 성업 중이다. 자기 계발에 마음 쏟는 이들의 취향에 맞게 접근하여 단골손님이 많단다. 전 세계의 종이책이 사라진다 해도 이곳은 살아남으리란 전망이 재미있으면서도 한없이 부럽다.

지난봄, 남미 여행 중 아르헨티나의 부에노스아이레스에 있는 엘 아테네오 서점을 찾아갔다. 세상에서 가장 아름다운 서점이라니 내겐 참새방앗간 아닌가. 아테네 신전을 본뜬 건물은 고풍스러웠다. 천정의 화려한 성화와 벽과 기둥의 섬세한 조각에서 눈을 뗄 수 없었다. 오페라 공연장을 개조한 곳이어서 무대가 남아 있었다. 다국적 관광객이 그곳에서 차를 마시며 여유롭게 책을 보고 있었다. 차 맛이 저절로 우러나올 법한 아늑하고 우아한 공간이었다. 1, 2층엔 다양한 서적, 3층엔 음악 앨범, 지하엔 어린이 서적과 장난감이 옛 오페라 극장을 채우고 있었다. 내국인은 물론 하루에도 수천 명의 외국인이 방문해 매출액이 상당하다고 서점 관리인은 자랑했다. 오페라 극장의 아름다움을 그대로 살린 품격 높은 서점이라니. 이런 보물창고를 볼 수 있어 선물 받은 듯 감사했다. 우리나라는 봄, 이곳은 가을. 멀고 먼 부에노스 아이레스에 와서 가장 아름다운 서점을 볼 수 있다니. 휘청거릴 때 이 순간을 떠올린다면 새로운 힘을 얻을 수 있겠지.

이들처럼 우리나라에서도 서점의 개념을 넓혀 어떻게든 생존하려는 노력이 시도되고 있음을 어렵지 않게 볼 수 있다. 북 카페, 심야 책방, 골목 서점 등이 독자층을 넓히기 위해 다른 서비스와 결합해 틈새 시장을 파고든다. 차나 음료를 마시며 책 읽는 호사를 누리는 사람들이 생긴다. 생활용품이나 문구류를 판매하거나 각종 이벤트로 매출을 끌어올리고 있다. 전문가들은 책에 대한 욕구가 살아난다고 진단한다. 서울뿐만 아니라 전국으로 책 읽는 분위기가 퍼져나간다니 마음 든든하다. 변화가 감지된다. 나도 무언가 기여하고 싶은 마음 간절하다. 책 선물하는 운동에 앞장서는 일도 괜찮을 듯하다.

새 동무를 사귀려고 집을 나서는 날이 있다. 변화가 필요할 때가 그렇다. 그 벗은 마법처럼 좋은 기운을 실어다 준다. 신촌의 헌책방은 아들과 함께, 경의선 책거리는 손녀와 손잡고, 대형 서점은 가족과 더불어.

몇 시간이 걸리더라도 괜찮다. 고마운 이들에게 선뜻 건넬 책과 틈나면 들춰 볼 나만의 책을 만날 수 있다면 족하다. 나의 생각이 어떻게 전해질까. 선물 받을 이를 떠올리는 일은 얼마나 흐뭇한가. 내가 길어 낸 책으로 마음 축이며 벗과 교감하는 묘미를 어디서 또 찾겠는가.

오늘도 변함없이 책장을 넘긴다. 여백에 나와 다른 삶 하나를 배우고, 나와 닮은 인생에 손을 내민다고 적는다. 내 동무의 흐뭇한 미소가 피어나는 새벽이다.

마추픽추에 서다
– 잉카의 전설

기억을 되짚으면, 오랫동안 잉카를 꿈꿔왔던 것 같다. 잃어버린 공중도시 마추픽추, 피지배자와 정복자의 문명이 어우러진 잉카제국의 수도 쿠스코, 잉카 트레일과 티티카카 호수…. 이따금 TV에 그 신비로운 나라가 소개될 때마다, 넋을 잃고 빠져들어 상상의 여행을 하곤 했다. 그렇게 나의 꿈속에서 잉카의 영토가 팽창했다. 그러니까 잉카는, 나에게 그저 꿈이었다. 오래전 월드컵에 열광하며 '꿈은 이루어진다'라는 말이 유행할 때도 있었지만, 주술 같은 표현이구나 하고 흘려들었다. 그런데 어느 날 정신을 차리고 보니, 남동생 부부와 함께 페루로 향하고 있다. 아. 저 주술 같은 말이 내게는 필연과 운명의 선언이었나.

페루는 잉카의 나라다. 잉카는 12세기 무렵 티티카카 호수 근처에서 기원해서 위대한 도시 쿠스코를 건설하였으나 16세기에 스페인의 황금 추적자들에 의해서 함락당했다. 잉카제국 전성기에는

밥은 먹고 다니냐

북쪽에 에콰도르, 남쪽에 칠레까지 이어지는 중남미 안데스 지역을 통치했다. 그들은 태양신을 숭배하고 황금의 제국을 일궜으며, 신기神技에 가까운 솜씨로 석벽을 쌓았다. 안데스 고산지대를 촘촘하게 연결하여 길을 냈으며 그 길을 발로 뛰어 왕명을 전달했다. 그들을 '차스키'라 불렀으며 쿠스코에서 왕명이 하달되면 일정 구간을 전속력으로 달린 차스키가 다음 마을의 차스키에게 릴레이로 전했다. 지금도 2만 킬로미터에 이르는 잉카트레일이 남아 있어 트레킹 코스로 활용하고 있다.

미지의 땅 고대의 제국이 시정잡배에 가까운 한 줌 문명인들에게 절멸에 가까운 도륙을 당했다는 기괴한 결말은 솜씨 좋게 가려져 있다. 그런 이야기는 멋진 유적을 관광하려는 행락객들을 곤란하게 할 뿐이다. 수백 년 전 위대한 문명을 이루었던 사람들이라고 해봐야, 지구 반대편에서 바라보면 피한 방울 섞이지 않은 철저한 타자일 뿐. 타자에 대한 연민은 위험하다. 나의 안온한 일상을 죄책감으로 오염시킬지 모르는 불온한 생각이다. 되도록 보이지 않도록 솜씨를 부리는 편이 서로 쾌적하다. 보이지 않는 곳에 가려두면 좋을 치부처럼, 모두가 알고 있지만 모두가 외면하고 싶은 일이다. 그렇게 잉카인의 마지막 비명은 그들이 건설한 빛나는 건조물이 드리우는 짙은 그늘 아래 은폐되어 있다.

그러나 잉카를 만져보고 느껴보지 못한 관광객에게는, 그런 기막힌 부조리마저 지고의 예술적 구도로서의 완성도를 높일 뿐이다. 환희와 절망의 선명한 대비야말로 낭만의 미학을 이루는 정수가 아니던가. 그러므로 페루에서 제일 먼저 가봐야 할 곳은 두말할 것도 없이 마추픽추다. 가장 찬란해야 하고 가장 처연해야 한다. 찬란과 처연의 간격이 좁을수록 숨 막히게 아름다울 것이다. 잉카문명의 마지막 걸작이자 잉카문명의 마지막 몰락을 그곳에서 두 눈에 담고 말리라.

마추픽추로 가는 길, 우루밤바의 인디오 촌락으로 들어섰다. 띄엄띄엄 붉은 지붕의 집이 보이고, 붉은 토양의 계단식 밭엔 옥수수가 자라고 있다. 사월 초인데 우리나라 여름철 꽃이 무리 지어 피어있다. 나팔꽃, 금잔화, 수국, 칼라. 제라늄, 샐비어, 백일홍, 글라디올러스, 과꽃 등등. 이곳 사람들의 할아버지의 할아버지의 할아버지의 할아버지도, 오늘처럼 불타오르듯 꽃으로 가득한 언덕에서 내려오는 장대한 행렬을 보고 숨이 멎는 느낌이었겠지. 거대한 짐승 위에 빛나는 은빛 흉갑을 걸치고 육박해 들어오는 존재들을 보았을 것이다. 꿈에서도 상상해 본 적 없는 금속 병장기의 철컹거리는 소리와 아케부스 화승총이 내는 천둥소리를 들었을 것이다. 황제의 전령 '차스키'가 전하는 결사 항전의 외침조차도, 압도적 비현실의 충격 속에서는 꿈결처럼 느껴졌겠지.

피가 강물처럼 흘렀을 그 시절 마을 도랑을 똑같이 끼고 앉아 잉카시대 그대로의 삶을 이어가고 있는 이곳 우루밤바에도, 현대가 어색하게 얹혀살기 시작했다. 우루밤바 농사연구소가 그것인데, 이곳엔 15층의 계단식 밭이 있고 층마다 3천 종의 감자와 4백 종의 옥수수를 재배한다. 이렇게 시작된 새로움이 조금씩 자라고 사람들이 소중하게 돌보아 주기를 손 모아 기도한다. 그럴 수 있어야만, 잉카 마지막 날의 처연함도 '옛날 옛날 한 옛날'로 시작하는 동화 속 자신의 자리를 찾아 영면할 수 있을 것이다.

그러나 지금껏 마주친 페루인의 일상에서 잉카에서 비롯된 절망의 그림자를 읽어낼 수는 없었다. 적어도 우루밤바에 오기까지는, 영광과 슬픔의 미학적 대비는 드러나지 않는다. 우루밤바에서도 잉카는 상품이다. 그러나 그런 엄청난 재앙이 흔적을 남기지 않을 리 없다. 아직 읽히지 않는 잉카의 슬픔은 어떤 천연덕스러운 모습으로 현재 속에 숨어 살고 있을까. 내 눈이 아직 밝아지지 않았구나, 짐작하며 숙소 주변 페루인들을 유심히 바라본다. 저 소탈한 미소 뒤 마음속 깊은 곳에 잉카로부터 비롯된 깊은 것이 잠들어 있겠지. 상상으로 더듬으며 짐작해 볼 수밖에.

옛 상처의 흔적을 찾는 일을 멈추고 잉카의 옛 영토 위에 지어진 농사연구소를 생각한다. 이들이 과거를 과거로 돌려놓는 까마득한 과제를 해나가는 것이라면 제대로 된 방법을 찾았구나, 생각한다. 상처는 절대로 지워지지 않으니까. 상처는 지워지는 게 아니라 하찮아질 뿐이다. 새로운 승리와 새로운 상처, 모든 새로운 것들로 희석되는 것이다. 당장의 끼니가 지난 천 번의 끼니보다 중요하듯, 현재는 언제나 과거보다 중요하다.

잉카의 색채

　　타완틴수유. 우리가 잉카 제국으로 알고 있는 나라의 정식 명칭이다. 이 나라의 황제를 '사파 잉카'라고 불렀는데, 여기서 잉카 제국이라는 말이 유럽으로 알려져 우리 모두의 상식이 되었다. 같은 나라라도 언어에 따라 다르게 불리고 같은 말이라도 맥락에 따라 뉘앙스가 달라진다. 내가 알고 있던 '잉카 제국'의 이미지도 여정에 따라 흥미진진하게 다른 색채를 띠었다.

　서울에서 출발할 때 잉카제국은 석조건물 가득 황금과 옥수수와 감자가 넘치는 풍요와 불가사의의 나라였다. 그런데 페루의 수도 리마에 도착하니 그 대단한 제국의 대리인들은 번화한 거리로 몰려나와 친근하게 관광객에게 치리모야Chirimoya와 스타 프루트Star Fruit 등 열대과일을 팔고 있다. 시간과 권위의 낙차가 어마어마한데, 이 낙차는 마추픽추로 향하는 기차를 타고 안데스를 오르다 보면 몸으로도 진하게 느낄 수 있다. 잉카로 향하는 길의 복병, 고산병 이야기다. 귀 안쪽에서 밀어내는 압력과 내 혈관을 흐르는 핏속에 녹아드는 산소포화도가 조화를 부리기 시작하면, 잉카인들의 모든 성취에 경외감을 느끼게 된다. 숨 쉬며 걷기도 버거운 곳에서 백 톤짜리 거석으로 신전을 올렸다니.

안데스 산지 마을은 해발 삼천 미터가 넘는 마을이 많다. 잉카의 수도 쿠스코는 3,450미터, 아직 여행 초입인 이곳조차도 2,800미터이다. 다행히도 이곳 여행자 숙소 '아구스토스'가 위치한 곳은 움푹 꺼진 분지여서 기분만은 산 바닥에 내려앉은 듯 아늑하다. 울릉도의 '나리분지'가 떠오른다. 신비로운 타국의 꽃들을 사진으로 담아보려고 숙소 주변으로 나섰더니 여기서도 고산병 증상은 당연하다는 듯 내 걸음에 따라붙는다. 황급히 숙소로 돌아오니 직원이 코카 차를 건넨다. 왠지 마약스러운 이름에 경계심을 품는 일 따위는 사치다. 규범을 의식한 불편함은 육체가 감지하는 티끌만 한 고통 앞에 너무나 무력하다. 냉큼 받아 마셨더니 효과 만점이다. 아, 이 순간의 잉카는 코카의 제국일 수밖에 없다. 이 높은 곳에서 어지러운 머리를 부여잡고 부역과 전쟁을 치렀을 잉카의 농부와 병사들에게 코카 차 이외에 무엇이 일상을 가능하게 했을 것인가.

다시 마추픽추로 가는 기차, 잉카 레일을 탄다. 기차는 '칙칙폭폭' 소리를 울리며 길고 험한 안데스의 산허리를 천천히 달린다. 우루밤바 계곡의 작은 폭포가 쏟아내는 힘찬 물소리도 듣고, 산자락 곳곳에 숨어있는 보행자 도로인 잉카트레일과도 기묘하게 교차한다. 헝겊을 아무리 구겨놓아도 자세히 들여다보면 씨줄과 날줄이 직교하는 것처럼, 현대의 강철 길과 고대의 흙길은 신비롭게 엮여 있다. 한가롭게 풀을 뜯는 알파카와 라마 무리가 나타나는가 하면, 안데스 야생화 향기가 창틀 틈새로 배어 들어온다. 후각은 여지없이 꽃향기와 엮인 옛 추억을 안데스 풍경 가득한 기차 창에 겹쳐 놓는다. 한동안 진달래 가득했던 어릴 적 뒷동산 생각에 빠졌다가 간신히 정신을 차리니, 도로 잉카다. 이 풍경은 아마도 잉카의 마지막 황제 아타우왈파 시대 이래로 변하지 않았겠지.

공상을 멈추게 만든 건 또다시 생경한 현대다. 마추픽추 입구 마을 '아구아스 칼리엔테스'인데, 난데없이 1970년대의 향취를 풍긴다. 사이먼 앤 가펑클의 명곡, 〈엘 콘도르 파사 (콘도르는 날아가고)〉 선율 때문이다. 마법처럼 문을 벌컥 열고 다른 시절로 데려가는 힘으로 친다면, 음악이 향기를 앞선다. 아구아스 칼리엔테스 입구에 열린 마법의 문 앞에, 잉카의 후예들이 주황색, 밤색, 녹색이 조화롭게 배열된 쿠스코 문양의 옷을 입고 피리처럼 생긴 악기로 유럽의 70년대 음악을 연주한다. 너무도 잘 알려진 친숙한 곡인데도, 이제껏 느껴보지 못한 색다른 느낌이 강하게 풍긴다. 사이먼 앤 가펑클이 아스라하고 자유롭고 신비롭고 목가적인 느낌을 전한다면, 이곳 인디오 밴드의 선율은 무언지 모르게 살짝 마른 눈물 같은 맛이 난다.

마른 눈물 맛이라…, 필시 뭔가 곡절이 있겠지. 곧 단서를 찾을 수 있었다. 〈엘 콘도르 파사〉는 페루에서 제2의 국가나 다름없는 대접을 받는다고 하여 이유를 물었더니, 이 노래의 원곡 가사 때문이라는 대답을 들었다. 원곡은 1910년대부터 널리 불렸는데, 잉카인들의 아픔을 애도하는 내용이었다고 했다. '아. 그랬구나.' 다시 유심히 들어보니, 이 밴드가 연주하는 민속 목관악기 음색 자체가 서러움과 체념에 어울린다. 원곡의 케추아어 가사를 들은 적은 없지만, 진짜 잉카인의 언어에 얹힌 것만으로 〈엘 콘도르 파사〉는 다른 의미로 다가오겠지. 드디어 잉카가 드리우는 짙은 슬픔을 만난 것인가. 기묘하고 잔잔한 흥분감이 마음 밑바닥에 깔리기 시작한다.

마추픽추와 점점 가까워지면서 잉카제국이 발산하는 색채는 변화무쌍하게 변화했다. 그저 흥미롭게 그 변화를 따라가다 별안간 마른 눈물 맛을 마주치고 말았다. 아차. 죄의식이 슬며시 깨어난다. 슬픔의 흔적을 찾다니, 이무슨 심보인가. 실존의 옷을 걸치고 나타난 절망 앞에, 예술가적 탐미 뒤에 숨어 미소를 지을 수는 없다. 이런 생각을 거치면서 잉카의 절망은, 미학적 탐구 대상에서 보편사적 공감의 대상으로 다시 한 번 더 슬며시 변화를 겪는다. 이 정도의 변화를 기대할 수 있으려면, 내 살아있는 감각기관으로 직접 부딪히는 방법밖에 없다. 이것이 바로 멈추지 않고 여행해야 하는 이유이기도 하다.

내 속을 알 리 없는 아구아스 칼리엔티스 악단에게 내내 미안하다. 이들이 부르게 될 미래의 노래에도 얼마간 마른 눈물 맛이 나겠지만, 그저 감내해야 하는 기막힌 모순 때문만은 아니기를 바란다. 끝내 이루고 난 뒤에 주르륵 흘리는 환희의 눈물 맛을 이들도 언젠가는 맛보게 되려나. 이들이 이루어 낼 새로운 공동체를 상상한다. 성취로 절망을 덮는 일과 새로운 좌절로 절망을 흐리게 만드는 일은, 똑같은 힘으로 사람을 과거에서 현재로 데려온다.

15층 계단식밭이 있고, 층마다 3천 종 감자와 4백 종 옥수수를 재배하는 이곳 우루밤바 농사연구소의 분투는 그래서 그 자체로 고귀하게 빛난다. 그것이 성공하든 그렇지 않든 페루인들을 그들의 과거로부터 현재로 안내할 테니까.

이제 나에게 잉카제국의 색채는 우루밤바 농사연구소 텃밭의 황토빛이다. '건강하고 정직한 흙빛의 잉카'라니 멋지지 않은가.

잉카의 후예

마추픽추의 잉카인들은 어디로 사라졌을까.

페루로 찾아온 관광객 중 이 질문을 품지 않은 사람은 없을 것이다. 너무 오래 묵혀서 궁금하다는 감각 자체를 잊게 된 케케묵은 질문. 마추픽추로 가는 열차 여행을 마치고 마침내 마지막 고개를 오르는 셔틀버스에 앉으니, 이 당연한 질문이 다시 꿈틀꿈틀하며 나를 지배한다.

버스는 기암절벽과 수직 낭떠러지를 곁에 두고 40분을 더 올라간다. 고산병까지 느껴가며 지금껏 올라가고 또 올라갔는데, 올라갈 곳이 아직도 남아 있다는 게 놀라울 지경이다. 게다가 열대의 정글을 뚫고 생소한 벌레와 독초가 우거진 길이다. 이런 곳을 정복하겠다며 누비고 다닌 스페인 군인들도 대단하다. 종교와 황금의 열정이 아니었다면 애초에 가당치도 않을 일이었겠지.

마침내 당도한 산길의 정상. 갑작스레 도시가 공중에 붕 떠 있다. 아찔한 산세야 수십 년 전 중국 황산을 여행했을 때도 보았지만, 그 허리를 싹둑 잘라내고 중세 성곽도시를 얹어 놓은 모습은 아무리 예상했어도 놀랍기 그지없다. 눈앞에 등장한 불가사의에 압도당하여 허둥대던 눈에, 조금씩 세밀화가 나타나기 시작한다. 경사면을 깎아 일군 경작지, 상수도와 하수도로 쓰인 석조 구조물, 양수장과 거대한 석조문, 광장, 곡식 창고, 방위표시 조형물…, 이 모든 게 산속에서 자급자족이 이뤄졌다는 증거다. 계단식 경작지에 정교한 수로 체계를 갖추어 옥수수와 감자 등 식량을 생산했다. 마지막 잉카인들이 건설한 도시의 놀라움은 여기서 그치지 않는다. 병영, 감옥, 태양신전, 콘도르 신전을 통해 확인할 수 있는 건, 규범을 집행하고 도시를 방비하고 신에게 기도하며 고도의 사회구조를 이루고 살았다는 사실이다. 믿기지 않는 아찔한 고산지대에 이런 수준의 고도 문명이 위태롭게 존재했다니. 그 모든 것이 이렇게 온전하게 남아있으니 믿지 않을 도리가 없다.

종잇장 하나 들어갈 틈도 없게 정교하게 마감한 석재 기술은 지금도 공학자들의 논쟁 주제이다. 동짓날 햇살이 창문을 통과하게 설계한 태양신전, 콘도르의 날개와 머리 모양을 돌로 형상화한 콘도르신전에 이르면 그러한 놀라움은 찬탄으로 바뀐다. 초고대 고도 과학 문명 같은 터무니없는 이야기들이 아직도 사라지지 않고 인기를 끌고 있는데, 마추픽추를 여행해 본 사람이라면 그런 이야기가 떠도는 걸 이해할 만도 하다.

베일에 싸인 이 도시는 20세기 초, 미국 예일대 교수 하이럼 빙엄에 의해 발견될 때까지 400년 동안 정글 숲속에 잠들어 있었다. 최소한 만 명 이상이 거주했을 거라 추정하는 이 침묵의 도시는 모두 산으로 포위되어 있다. 바깥 세계에서 이렇게 큰 규모의 도시가 존재하고 있으리라는 상상은 불가하리라. 발견과 발굴을 시작하고 나서도 수수께끼는 오히려 풍성해졌다. 잡풀을 제거하며 복구하는 과정에서 여자와 아이들, 노인의 유골 185구가 건축도구, 도자기, 청동기, 은 제품 등과 함께 발견된 것이다. 누가 이들을 묻고 사라졌다는 말인가. 이곳 마추픽추는 황금 추적자 피사로를 피해 숨어든 최후의 은거지가 아닌가. 얼마나 급박한 사정이 생겼기에 이곳마저 버리면서 생목숨을 희생시켰을까. 건장한 남자들은 어디로 갔을까. 잉카제국의 부활을 꿈꾸며 아마존 밀림 속으로 숨어들었을까.

지금도 안데스의 작은 마을마다 메시아가 부활할 거라는 신화가 전해진다고 한다. 강렬한 역사적 사건은 사람들의 집단의식에 흔적을 남긴다. 역사책과 증거로 남지 않아도, 그런 기억들은 구전과 설화를 빌어 살아남기 마련이다. 잉카의 마지막 황제와 잉카의 마지막 도시에 관한 기억도 그렇게 살아남지 않았을까. 피와 절규와 비탄과 체념의 거대한 절망이야말로 기억에서 절대로 사라지지 않는다는 건, 한국 현대사를 기억하는 내가 증언할 수 있다. 20세기의 한국인들의 기억에 남녘 도시의 총성이 잊히지 않듯, 잉카인들에게도 수백 년을 건너올 법한 강렬한 집단의식이 남았을 것이다. 그런 집단의식은 풀뿌리 사이에 섞여들어 가만가만 살아가는 농부들의 기억마다 파편처럼 흩어졌을 것이다. 그러다가도, 흥미로운 사건이나 위대한 인물의 서사를 만나기만 하면 먼지처럼 빨려 들어가 응축되고 새로운 항성이 태어나듯 신화가 되었을 것이다.

이쯤 되니 번쩍 스치는 생각이 있다. 마추픽추의 잉카인들은 사라지지 않았구나! 비록 스페인 군인들이 퍼뜨린 천연두로 대륙 전체 인구의 90퍼센트가 절멸되었어도, 개종을 강요당하고 모든 전통을 탄압당하여 진짜 옛것을 찾아볼 수 없어도 마찬가지다. 이곳에서 마주치는 주민 모두가 마추픽추 잉카인의 후예다. 아기를 업고 알파카를 끌며, 나에게 알파카 인형을 팔던 아기 엄마나 열차에서 엄지손가락을 척 올리며 미소를 보내주던 승무원을 떠올린다. 그들은 잉카인들의 옛 슬픔에 관한 〈엘 콘도르 파사〉의 케추아어 가사에 운명적으로 공감한다. 유전자가 달라졌다고 하여 이들을 잉카와 마추픽추의 후예라고 생각하지 않을 이유가 있을까.

현대의 페루인들이 현대적 민주정치 체제에서 살고, 선조들과 달리 가톨릭을 신봉한다고 해도, 이들이 정치와 종교를 꾸려가는 일상에는 잉카의 유전자가 새겨져 있을 것이다. 이들이 정치 지도자에게 품는 연모와 성모승천을 기리는 축제에는 세계 어디에도 없는 이들만의 짙은 색채가 있다. 페루를 페루답게 하는 이 강렬한 색채야말로 문화적 유전자 단위로 살아남은 잉카와 마추픽추의 흔적이 아닐까. 위대한 문명이 계승되는 보편적인 방식은 사실 이런 식일지도 모른다. 핏줄이 쭉 이어져 오늘에 이르렀을 리 없고, 잉카의 정통성을 직접 계승한 정부는 더더욱 아니다. 이런 불가능한 믿음을 애써 붙들 필요도 없다. 일본 천황가가 만세일대萬世一代로 이천 년을 이어왔다는 일본인들의 믿음을 지키기 위해 주변 나라가 치러야 했던 희생을 떠올린다면 더욱 그렇다.

현대에도 잉카는 끝없이 소환된다. 그런 의미에서 잉카는 여전히 존재한다. 실제로 체 게바라, 파블로 네루다, 인디오 출신 톨레도 대통령 등에게 영감을 제공하고 운명을 마주치게 해준 건 잉카의 유적들이었다. 한 공동체의 문화 속에는 이렇게 스스로 영속하고 스스로 분열하는 문화적 유전자가 자리 잡고 있다. 안데스의 계곡이나 아마존 정글 어딘가에 문명을 멀리하고 숨어서 살고 있는 잉카의 후예들이 있다 하더라도, 이들만이 진짜 잉카의 후예라고 말하는 건 문화의 계승을 너무나 편협하게 이해하는 방식이다. 문명이 그런 단순한 방식으로 이어질 리 없다.

하산하기 전, 따갑게 내리쬐는 햇볕 아래서 마추픽추를 한 번 더 가슴에 담는다. 시원찮은 다리를 끌고 꿈결처럼 잉카의 전설 마추픽추에 내가 서 있다니. 비행기, 기차, 버스를 몇 번이나 갈아탔다. 험난한 여정이었다. 유난히 오래도록 걸어야만 했다. 남동생 부부가 동행하지 않았으면 불가능했을 여행이었다. 이런 게 형제애인가. 살짝 울컥한 마음이 스친다.

성 아우구스티누스는 '세계는 책 한 권이다. 여행하지 않으면 그 책의 한 페이지만 읽을 뿐이다'라고 했다. 나는 이곳 페루의 마추픽추를 돌아보며 또 한 페이지를 더 넘길 수 있었다. 낯선 곳에서 다른 문명을 대하고 내 나라와 내가 속한 문명을 돌아보는 호사를 누렸다. 집을 떠나지 말아야 할 이유는 많았지만, 그 모든 걸 호기심 하나로 이길 수 있었던 건 행운이었다. 나는 분명히 과거의 내가 아닐 테니까. 내 버킷리스트 하나를 지우며 또 다른 여행을 꿈꾼다.

　　장난감 같은 모노레일 꼬마 기차에 오른다. 이구아수폭포로 가는
길이다. 아르헨티나 쪽 국립공원을 통해 이구아수폭포로 가려면 달리 적당
한 교통수단이 없다. 모노레일은 인상적일 만큼 느릿느릿 밀림 사이를 지난
다. 덕분에 좌우로 펼쳐진 아열대 숲속을 살피기에 좋다. 정글 캐노피 아래
는 온갖 덩굴이 뒤엉켜 어지럽지만, 그 빽빽한 틈에도 온갖 생물이 가득하
다. 덩굴을 그네 삼아 활공하는 원숭이, 화려한 의상으로 자태를 뽐내는 앵
무새, 여유만만하게 거니는 도마뱀, 영롱한 이슬방울이 맺혀있는 거미줄….
고속철도였다면 어림없었을 풍경이다.

　기차 안으로 날아든 나비 떼에 탄성이 터져 나온다. 손등 위에서 너울거리
는 모습도 신기하고 사랑스럽지만, 이렇게 다양한 나비가 이렇게나 많이 존
재한다는 사실 자체가 믿기지 않는다. 아! 나비 떼 사이로 줄무늬 꼬리가 언
뜻 비친다. 긴코너구리Coati다. 남미 여행 전에는 존재하는지도 몰랐던 동물
이다. 바깥 풍경에 문득 겹치는 장면이 있다. 영화 〈아바타〉다. 영화 속 나비
족이 살았던 원시의 땅. 자연 앞에 경건했던 나비족처럼, 이곳 원주민도 자
연과 공존하며 오랜 세월 이 땅을 지켜왔겠지.

　20분쯤 지났을까. 저편 하늘에서 우렛소리가 들린다. 하얀 물보라 움직임

이 예사롭지 않다. 이내 안개 입자들이 모노레일을 휘감는다. 꿈꾸는 듯 장난감 같은 기차에서 내려 얼마만큼 걷다 보니 보행자 다리 언저리에서 느닷없이 안개가 걷힌다. 시차 없이 시각과 청각을 압도하는 거대한 폭포와 굉음! 시야와 지축을 흔들어 숨이 멎는 듯하다. 장대한 물줄기가 회오리치며 커다란 함정 속으로 빨려 들어간다. '악마의 목구멍'이다. 그 옛날 인디오들을 단숨에 삼켜버렸다 해서 생겨난 이름이라고 했다. 수직으로 곤두박질하는 폭포수, 하늘로 튀어 치솟는 물보라. 눈을 제대로 뜰 수가 없다. 비옷도 속수무책, 옷이 젖는다. 두렵고 아찔하다. 거대한 폭포 앞에서 내 존재는 가벼워져 작은 티끌처럼 여겨진다. TV에서 본 적 있는 그 낯익은 폭포는 완전히 낯설다.

물보라 너머 쌍무지개에 시선이 닿는다. 압도되어 가라앉았던 마음은 어느새 고양되어 방방 뛰어오른다. '하늘의 무지개를 볼 때마다/ 내 가슴 설레느니/ 나 어린 시절에도 그러했고/ 다 자란 오늘에도 매한가지….' 워즈워스의 시 한 구절이다. 순수한 동심으로 무지개를 바라봤던 그 소년은 나와 구별되지 않는다. 무지개는 희망이다. 희망은 나를 응원하고 생명의 불씨를 지켜낸다.

이구아수폭포는 아르헨티나뿐 아니라 브라질과 파라과이에 걸쳐 있는 거대한 존재다. 그러므로 브라질 쪽 이구아수폭포에 관심이 가지 않을 수 없다. 브라질 쪽 국립공원 입구에서 출발해 다시 폭포 쪽으로 발길을 옮긴다. 밀림 주변은 나무 데크가 잘 조성되어 그다지 힘들지 않다. 또다시 우렁우렁 진동하는 소리가 들린다. 이쪽에서는 파노라마처럼 크고 작은 폭포를 한눈에 감상하는 재미가 쏠쏠하다. 순간 폭포수가 돌풍이 되어 날아올라 뺨을 때리고 우의가 날아간다. 물을 뒤집어쓴 채 달아나 한숨을 몰아쉰다. 엘리베이터로 달아나 이구아수폭포 전망대에 오른다. 그곳에서는 잘 보전된 정글과 폭포의 압도적인 풍경에 계속 감탄사만 연발한다. 이구아수폭포는 275개의 개별 폭포를 부르는 집합 명이다. 수십 킬로미터나 떨어진 곳에 지은 이다이프 수력발전소가 세계 최대 수력발전량을 매번 갱신한다는 소식은 너무나 당연하게 느껴진다.

십여 년 찾아갔던 나이아가라 폭포가 떠오르지 않는다면 이상한 일이다. 미국과 캐나다 양국을 오가며 탐방했지만 캐나다 쪽에서 더 많은 시간을 보냈다. 그때도 폭포 너머엔 무지개가 걸려 있었다. 가슴이 뜨거워져서 열 살 소년처럼 두 손 들고 펄쩍펄쩍 뛰어올랐던 기억이 선명하다. "나이야 가라"라고 외쳤던 기억도 되살아난다. 그곳에서 그렇게 외치는 건 한국 관광객의 국가 표준에 해당한다. 누가 말려서 될 일이 아니다. 나도 모르게 그렇게 되는 걸 어쩌나. 그럴 때마다 내 옆지기는 내 팔을 붙들며 눈치를 주었다. 자제하라는 뜻이었겠지. 하지만 감성이 폭발하던 내가 그 요청에 충실히 반응했는지는 잘 기억나지 않는다. 이런 광경을 어떻게 아무렇지 않은 평상심으로 다룰 수 있단 말인가. 더군다나 무지개나 불꽃, 별 무리를 대하기만 하면 감성이 폭발하는 나인데.

폭포를 뒤로하고 사파리 체험을 시작한다. 마쿠코 사파리라고 했다. 30분쯤 전기차를 타고 깊은 열대우림으로 들어간다, 강변까지는 케이블카, 즉 푸니쿨라가 맡는다. 강변 선착장에서 보트를 갈아탄다. 스무 개가 채 안 되는 좌석을 모두 채우고 보트가 출발한다. 처음엔 잔잔한 물 위를 얌전하게 운행하는가 싶더니 차츰 속도를 올린다. 최고 속도에 이른 보트는 놀이기구를 탄 듯 스릴 만점이다. 환호인지 비명인지, 탑승객의 괴성이 강물 따라 흐른다. 어느새 나타난 이구아수폭포. 엄청난 속도로 폭포 한가운데로 돌진한다. 눈을 뜰 수도 없고, 숨 쉴 수도 없다. 얼굴을 감싸며 머리를 숙인다. 두려움과 경외감에 나도 모르게 두 손을 가슴에 모은다. 물세례를 뒤집어쓸 무렵엔 심장 박동이 최고조가 된다. 예기치 않게 흐르는 눈물은 강물인지 눈물인지 분간할 수 없다. 성당에서 세례성사를 받던 날이 슬로우 모션처럼 지나간다.

세례식 날, 나는 '베아트리체'로 다시 태어났다. 신부님이 새 이름을 부르며 차가운 물로 세례를 주었다. 그날도 눈물이 흘렀다. 성수가 흐른 것인지 눈물이 흐른 것인지는 분간하기 어려웠으나, 가슴이 벅차오른 건 분명하다. 내 세례명에는 '신의 축복을 받은 자'란 뜻이 담겨 있다. 단테의 『신곡』에 나오는 베아트리체만 보아도 알 수 있다. 그녀는 '구원의 여인상'의 상징과도 같지 않은가.

그때는 많이 지쳐 있었다. 그래선지 누구의 권유도 없이 스스로 성당에 발을 들여놓았다. 신의 축복을 받기 위해서는 나를 먼저 구원해야만 했다. 내가 편안해야 다른 사람에게 위로와 도움을 줄 수 있지 않은가. 그 즈음 〈누군가 널 위해 기도하네〉 성가는 내게 잠언이었다. '누군가 널 위하여 누군가 기도하네/ 내가 홀로 외로워서 마음이 무너질 때/ 누군가 널 위해 기도하네…'. 그때 이미 어머니와 여동생, 대모님 등 가족과 친지들이 나를 위해 기도하고 있었다는 사실은 나중에 알았다. 시간차를 두고 알려진 이 소식은 내게, 일종의 신비체험이었다.

이구아수폭포와 밀림 역시 신비체험에 가까웠다. 문득 이 모든 호사까지도 지금까지 나를 위해 기도해 준 모든 이들 덕분이라는 생각이 들었다. 다리 부상에서 온전하게 회복되지 않은 채 남미 여행을 할 수 있었던 건 온전히 남동생 부부 덕택이었다. 모두가 신의 축복이다. 세례명 '베아트리체' 이름값에 톡톡히 덕 본 셈인가. 지금까지 인생의 고빗길을 그럭저럭 헤쳐 온 것도 그분들의 기도와 헌신 덕이라는 생각은 자연스러웠다. 그들을 위해 기도해야 한다. 당연히.

사파리 체험을 마치고 이구아수폭포를 향하던 길을 되짚어 온다. 노란 전기차 안을 〈넬라 판타지아〉 음악이 채운다. 영화 〈미션〉의 주제음악이다. 영화 장면 장면이 생생하게 떠오른다. 재생 목록 첫 번째는 천길 이구아수폭포 아래에서 가브리엘 신부가 오보에를 연주하는 장면이다.

이구아수폭포 위쪽 원주민인 과라니족이 신부에게 화살을 겨눈다. 위기일발의 순간에 정적을 깨는 건 오보에의 애절한 선율이다. 과라니족은 대포나 철제 흉갑, 기마병 대신 이 선율에 굴복한다. 음악은 설명할 수 없는 경로로 과라니족 마음속 핵심을 타격한다. 그들은 화살을 거두고 우여곡절 끝에 가브리엘 신부가 이끄는 공동체의 일원이 된다.

그러나 우리 모두가 아는 것처럼, 포르투갈 군대는 과라니족을 살육한다. 가브리엘 신부의 절절한 호소는 간단히 무시되고, 편리하기 그지없는 장부상 숫자는 비극적 광경에 관심이 없다. 그 장면 전체에서, 〈넬라 판타지아〉의 나지막한 오보에 연주는 이구아수폭포의 굉음 전체를 합친 것만큼이나

장엄하게 가슴을 때린다. 겨우 인간 정신 따위로 빚은 예술을 장엄한 대자연에 견주게 되는 영적 경험이다. 신과 종교, 예술과 내가 범벅이 되는 태초의 혼돈이다.

영화 〈미션〉의 주제가 제목은 〈가브리엘의 오보에〉이다. 가슴을 저미는 이 곡에는 나중에 가사가 붙었다. '나는 환상 속에서/ 모두가 정직하고 평화

롭게 사는 세상을 봅니다/ 나는 떠다니는 구름처럼/ 항상 자유로운 영혼을 꿈꿉니다.'

　믿을 수 없는 꿈처럼 내 육신은 이구아수폭포에 도달했다. 구름과 안개는 구별되지 않고 밀림과 예술은 하나의 풍경을 절반씩 채운다. 모두가 떠다니는 구름처럼 자유롭기를, 세상이 정직하고 평화롭기를 꿈꾸기에 이보다 더 완벽한 순간이 있겠는가.

오늘도 변함없이 책장을 넘긴다. 여백에 나와 다른 삶 하나를 배우고, 나와 닮은 인생에 손을 내민다고 적는다. 내 동무의 흐뭇한 미소가 피어나는 새벽이다.

당장의 끼니가 지난 천 번의 끼니보다 중요하듯,

현재는 언제나 과거보다 중요하다.

밥은 먹고 다니냐

김혜숙 수필집